Marquis de Sade

Die Philosophie im Boudoir

area

Marquis de Sade: Die Philosophie im Boudoir

Titel der Originalausgabe:
La philosophie dans le boudoir

Einbandgestaltung: rheinConcept, Wesseling
Einbandabbildungen:
Sammlung Hans-Jürgen Döpp, Frankfurt/Main
Bildmotive:
Henri Monnier, o. T., 1830
Deveria et. al., »Lithographies Romantiques«, 1835
Anonymus, 1780
Mihaly Zichy, »Liebe«, 1895
Satz und Layout: Andreas Paqué, Gleichen
Druck und Bindung: Oldenbourg Taschenbuch GmbH,
Hürderstraße 4, 85551 Kirchheim

Printed in Czech Republic 2006
ISBN-13 978-3-89996-630-5
ISBN-10 3-89996-630-9

www.area-verlag.de

Inhalt

Inhalt

An die LIBERTINS

Wollüstige Menschen jeden Alters und jeden Geschlechts – euch allein widme ich dieses Buch. Macht euch seine Prinzipien zu eigen, sie werden eure Leidenschaften fördern, und diese Leidenschaften, aus denen kalte und armselige Moralprediger euch ein Schreckensbild machen, sind nichts anderes als die Mittel, die die Natur anwendet, um den Menschen zu dem zu bringen, was sie mit ihm beabsichtigt. Nur ihr Ursprung soll euch zum Glück führen.

Sinnliche Frauen, möge die wollüstige Saint-Ange euer Vorbild sein. Verachtet wie sie all das, was den göttlichen Gesetzen der Lust entgegensteht, die ihr ganzes Leben bestimmt haben.

Junge Mädchen, die ihr viel zu lange die überflüssigen und gefährlichen Fesseln einer eingebildeten Tugendhaftigkeit und einer verabscheuungswürdigen Religion getragen habt, macht es der leidenschaftlichen Eugenie nach! Zerstört und zertretet so schnell wie sie all die lächerlichen Vorschriften, die unbedarfte Eltern euch eingeprägt haben.

Und ihr, liebenswerte lasterhafte Menschen, die ihr von Jugend an keine anderen Zügel als eure Begierden und keine anderen Gesetze als eure Launen habt, euch diene der Zyniker Dolmancé als Beispiel. Geht so weit wie er, wenn ihr wie er alle Blumenpfade beschreiten wollt, die die Lust euch bereitet. Seine Lehre möge euch überzeugen, daß das unglückselige Individuum namens Mensch, ohne seine Einwilligung in dieses trostlose Universum geworfen, nur dadurch ein paar Rosen auf die Dornen des Lebens streuen kann, daß es den Bereich seiner Neigungen und Liebhabereien erweitert, daß es alles der Lust aufopfert.

Erster Dialog

MADAME DE SAINT-ANGE,
CHEVALIER DE MIRVEL

MADAME DE SAINT-ANGE: Guten Tag, Bruder. Nun, wo ist Dolmancé?

CHEVALIER: Er kommt pünktlich um drei, und wir essen erst um sieben. Du siehst, wir haben Zeit genug zum Plaudern.

MADAME DE SAINT-ANGE: Weißt du, Bruder, ich bereue etwas meine Neugier und all die obszönen Pläne für heute. Wirklich, mein Freund, du bist zu nachsichtig. Je vernünftiger ich sein müßte, desto mehr erregt sich mein verfluchter Kopf und wird unanständig. Du läßt mir alles durchgehen, das macht mich noch schlimmer

... Mit meinen sechsundzwanzig Jahren müßte ich bereits fromm sein, und ich bin noch immer die zügelloseste aller Frauen ... Man macht sich keine Vorstellung davon, was ich mir ausdenke, mein Freund, was ich tun möchte. Ich glaubte, wenn ich mich nur an die Frauen hielte, würde mich das zur Vernunft bringen ... Meine Begierden, auf mein Geschlecht konzentriert, würden sich nicht mehr dem euren entgegendrängen. Trügerische Pläne, mein Freund. Die Vergnügungen, die ich mir versagen wollte, stelle ich mir nur noch lebhafter vor, und ich habe gemerkt, daß, wenn man wie ich für die Ausschweifung geboren ist, bereits der Gedanke sinnlos wird, sich Zügel anzulegen – leidenschaftliche Begierden zerreißen sie alsbald. Kurz, mein Lieber, ich bin ein wechselhaftes Wesen. Ich liebe alles, alles amüsiert mich, ich möchte alle Arten verbinden. Aber gib zu, Bruder – ist es nicht völlig verrückt von mir, den merkwürdigen Dolmancé kennenlernen zu wollen, der, wie du sagst, sein Leben lang keine Frau hat sehen können, wie der Brauch es vorschreibt, der, Sodomit aus Prinzip, nicht nur sein eigenes Geschlecht vergöttert, sondern dem unseren sogar nur nachgibt unter der besonderen Bedingung, daß man ihm die bevorzugten Reize überläßt, deren er sich bei den Männern zu bedienen gewohnt ist? Dies, Bruder, ist meine bizarre Idee: Ich will der Ganymed dieses neuen Jupiter sein, ich will seine Neigungen, seine Ausschweifungen genießen, ich will das Opfer seiner Irrtümer sein. Du weißt, mein Lieber, daß ich mich bisher so nur dir – aus Freundlichkeit – oder einem meiner Leute hingegeben habe, der dafür bezahlt war, mich so zu behandeln, und sich nur aus Eigennutz dazu herbeiließ. Heute ist es weder Freundlichkeit noch Laune mehr, nur die Neigung bestimmt mich ... Ich sehe zwischen den Methoden, die mich dieser bizarren Manie unterworfen haben, und denen, die mich ihr unterwerfen werden, einen unfaßbaren Unterschied, und ich will ihn erkennen. Beschreibe mir deinen Dolmancé, ich beschwöre dich, damit ich ihn gut im Kopf habe ehe er erscheint; Du weißt ja, daß ich ihn nur kenne, weil ich neulich für ein paar Minuten in einem Hause mit ihm zusammentraf.

CHEVALIER: Dolmancé, Schwester, hat gerade sein sechsunddreißigstes Lebensjahr erreicht. Er ist groß, sehr wohlgestaltet, hat sehr lebhafte und geistreiche Augen, doch unwillkürlich spiegelt sich irgendetwas ein wenig Hartes und Böses in seinen Zügen. Er hat die schönsten Zähne der Welt, eine gewisse Weichlichkeit in Gestalt und Haltung, zweifellos durch seine Gewohnheit, häufig feminines Verhalten anzunehmen. Er ist äußerst elegant, hat eine angenehme Stimme, viele Talente und vor allem ein philosophisches Denken.

MADAME DE SAINT-ANGE: Er glaubt hoffentlich nicht an Gott.

CHEVALIER: Oh, was sagst du da! Er ist der größte Atheist, der sittenloseste Mensch ... Oh, hier ist sicherlich die weitgehendste und vollständigste Verderbtheit, das bösartigste und ruchloseste Individuum, das es auf der Welt geben kann.

MADAME DE SAINT-ANGE: Wie mich das alles erhitzt! Ich werde noch schwärmen für diesen Mann. Und seine Vorlieben, Bruder?

CHEVALIER: Du kennst sie; die Wonnen Sodomas schätzt er

ebenso als Handelnder wie als Passiver. Er will nur Männer zu seinem Vergnügen, und wenn er sich dennoch manchmal herbeiläßt, Frauen zu versuchen, so nur unter der Bedingung, daß sie so freundlich sind, das Geschlecht mit ihm zu tauschen. Ich habe ihm von dir erzählt, ich habe ihn von deinen Plänen unterrichtet, er ist einverstanden und macht dich seinerseits zuvor auf die Klauseln des Handelns aufmerksam. Ich warne dich, Schwester, er wir dich rundweg zurückweisen, wenn du ihn zu etwas anderem bringen willst. »Was ich mit

Ihrer Schwester zu tun bereit bin«, behauptet er, »ist eine Ausnahmc ..., ein Seitensprung, mit dem man sich nur selten und mit vielen Vorsichtsmaßregeln beschmutzt.«

MADAME DE SAINT-ANGE: *Sich beschmutzen! ... Vorsichtsmaßregeln!* ... Ich liebe die Sprache dieser liebenswürdigen Leute wahnsinnig! Unter uns Frauen haben wir ebenfalls derartige Exklusivworte, die wie jene den tiefen Abscheu beweisen, der uns gegenüber allem erfüllt, was nicht zum akzeptierten Kult gehört ... Ja, sag mir doch, mein Lieber, er hat dich gehabt? Mit deinem entzückenden Gesicht und deinen zwanzig Jahren kann man, glaube ich, so einen Mann fesseln!

CHEVALIER: Ich will dir meine Ausschreitungen mit ihm absolut nicht verbergen. Du hast zuviel Geist, um sie zu tadeln. Tatsächlich liebe ich die Frauen, und ich gebe mich jenen bizarren Neigungen nur hin, wenn ein liebenswürdiger Mann mich dazu drängt. Es gibt nichts, was ich dann nicht täte. Ich bin weit von jenem Dünkel entfernt, der unsere jungen Laffen glauben machen will, man müsse derartige Angebote mit

Stockschlägen beantworten. Ist der Mensch Herr seiner Neigungen? Man muß die beklagen, die besondere haben, doch nie sie beleidigen. Ihr Unrecht ist das der Natur. Sie hatten es ebensowenig in der Hand, mit andersartigen Neigungen zur Welt zu kommen, wie wir, krummbeinig oder wohlgestaltet geboren zu werden. Sagt euch übrigens ein Mann etwas Unangenehmes, wenn er euch den Wunsch bezeugt, sich mit euch zu vergnügen? Zweifellos nicht, er macht euch ein Kompliment. Warum also ihm mit Beleidigungen oder Beschimpfungen antworten? Nur Dummköpfe können so denken. Nie wird ein vernünftiger Mann über dieses Thema anders reden, als ich es tue, aber die Welt ist voll von platten Dummköpfen, die glauben, man verletze sie, wenn man ihnen gesteht, daß man sie zur Lust für geeignet hält, und die, verdorben durch die Frauen, die immer eifersüchtig sind auf das, was ihre Rechte anzutasten scheint, sich wie ein Don Quichotte dieser gewöhnlichen Rechte vorkommen, wenn sie die brutalisieren, die diese nicht in ihrer ganzen Reichweite anerkennen.

MADAME DE SAINT-ANGE: Oh, mein Freund, küsse mich! Du wärest nicht mein Bruder, wenn du anders dächtest. Doch erzähle mir ein paar Einzelheiten, ich beschwöre dich, und zwar über das Äußere dieses Mannes und über seine Vergnügungen mit dir.

CHEVALIER: Domancé wußte durch einen meiner Freunde von dem prachtvollen Glied, mit dem ich, wie du weißt, ausgestattet bin. Er veranlaßte den Marquis de V..., mich mit ihm zum Souper einzuladen. Nachdem ich einmal da war, mußte ich wohl zur Schau stellen, was ich besaß. Die Neugier schien zunächst das einzige Motiv, ein überaus schöner Arsch, den man mir zuwandte und den man mich zu genießen bat, ließ mich bald erkennen, daß einzig die Neigung an dieser Untersuchung beteiligt gewesen war. Ich warnte Dolmancé vor all den Schwierigkeiten des Unterfangens, nichts schreckte ihn ab. »Nicht einmal der Bock kann mir etwas anhaben«, sagte er zu mir, »und Sie haben nicht mal die Ehre, der fürchterlichste der Männer zu sein, die den Arsch durchbohrt haben, den ich Ihnen darbiete!« Der Marquis war anwesend. Er ermunterte uns, indem er alles, was wir an den Tag legten, betätschelte, befühlte, küßte. Ich stellte mich etwas an ..., ich wollte zumindest ein paar Vorbereitungen. »Hüten Sie sich ja davor!« sagte der Marquis, »Sie nähmen die Hälfte der Gefühle, die Dolmancé von Ihnen erwartet. Er will, daß man ihn zerspaltet ... Er will, daß man ihn zerreißt!« – »Er soll zufriedengestellt werden!« sagte ich, während ich mich blindlings in den Abgrund stürzte ... Und du denkst vielleicht, Schwester, ich hätte große Mühe gehabt? ... Nichts dergleichen.

Mein Schwanz, so riesig er ist, verschwand, ohne daß ich es merkte, und ich berührte den Grund seiner Eingeweide, ohne daß der Schurke es zu fühlen schien. Ich behandelte Dolmancé als Freund. Die maßlose Wollust, die er verspürte, sein Erbeben, seine köstlichen Worte, all das machte mich bald selber glücklich, und ich benetzte ihn. Kaum war ich draußen, als Dolmancé sich zu mir umwandte, das Haar verwirrt, rot wie eine Bacchantin. »Du siehst, in welchen Zustand du mich versetzt hast, teurer Chevalier,« sagte er, indem er mir einen harten und lebendigen Schwanz zeigte, sehr lang und von mindestens sechs Zoll Umfang. »Erlaube, oh Liebster, ich beschwöre dich, mir als Frau zu dienen, nachdem du mein Liebhaber warst, auf daß ich sagen kann, ich habe in deinen göttlichen Armen jegliche Lust der Neigung genossen, die ich mit solcher Ausschließlichkeit liebe.« Da ich das eine nicht schwieriger finde als das andere, erklärte ich mich bereit. Der Marquis zog sich vor meinen Augen die Hosen aus und beschwor mich, mit ihm noch ein wenig Mann sein zu wollen, während ich die Frau seines Freundes werde. Ich behandelte ihn wie Dolmancé, der mir hundertfach alle Stöße zurückgab, mit denen ich den Dritten reichlich versah, und mir bald ins Innerste meines Arschs die verzaubernde Flüssigkeit spritzte, mit der ich fast gleichzeitig den Arsch von V... benetzte.

MADAME DE SAINT-ANGE: Du hast sicher extremes Vergnügen empfunden, als du dich so entre deux befandest, Bruder. Man sagt, das sei herrlich.

CHEVALIER: Sicherlich, mein Engel, ist das der beste Platz,

doch was man auch sagen mag – all das sind Extravaganzen, die ich niemals dem Vergnügen mit Frauen vorziehen werde.

MADAME DE SAINT-ANGE: Nun, Liebster, um am heutigen Tage dein delikates Entgegenkommen zu belohnen, will ich deiner Leidenschaft ein jungfräuliches Mädchen überliefern, schöner als Amor.

CHEVALIER: Wie! Zusammen mit Dolmancé ... läßt du eine Frau zu dir kommen?

MADAME DE SAINT-ANGE: Es handelt sich um eine Erziehung. Ich habe dieses kleine Mädchen letzten Herbst im Kloster kennengelernt, während mein Mann im Bad war. Dort konnten wir nichts tun, wagten wir nichts, zu viele Blicke hafteten auf uns, doch wir gaben uns das Versprechen zusammenzukommen, sobald dies möglich wäre. Einzig von diesem Wunsch besessen und um ihn zu befriedigen, habe ich mit ihrer Familie Bekanntschaft geschlossen. Ihr Vater ist ein Libertin … den ich gewonnen habe. Endlich kommt die Schöne, ich erwarte sie. Wir werden zwei Tage zusammen verbringen … zwei wonnevolle Tage. Den längsten

Teil dieser Zeit verwende ich, um die junge Person zu erziehen. Dolmancé und ich werden in diesen hübschen kleinen Kopf alle Prinzipien der Zügellosigkeit einpflanzen, ihn mit unserer Glut entzünden, ihn mit unserer Philosophie füttern, ihm unsere Begierden einflüstern, und da ich der Theorie ein wenig Praxis hinzufügen will, da ich will, daß man in dem Maße demonstriert, in dem man erörtert, habe ich dir, Bruder, die Myrten Kytheras bestimmt, Dolmancé die Rosen von Sodom. Ich werde zweierlei Vergnügen zugleich erleben, dasjenige, selbst jene verbrecherischen Lüste zu genießen, und das, Lehren zu erteilen, den Geschmack daran der liebenswerten Unschuld einzugeben, die ich in unsere Netze locke. Nun, Chevalier, ist dieser Plan meiner Vorstellungskraft würdig?

CHEVALIER: Nur sie kann ihn ersinnen. Er ist himmlisch, Schwester, und ich verspreche dir, aufs beste die reizvolle Rolle zu spielen, die du mir bestimmst. O Schurkin, wie du das Vergnügen genießen wirst, dieses Kind zu erziehen; welche Wonne für dich, es zu verderben, in seinem Herzen jeden Samen der Tugend und der

Religion zu vernichten, den seine Lehrerinnen hineingelegt haben! In der Tat, das ist zu durchtrieben für mich!

MADAME DE SAINT-ANGE: Sicherlich werde ich kein Mittel scheuen, um sie umzudrehen, um in ihr all die falschen moralischen Prinzipien zu zerstören, umzustoßen, mit denen man sie vielleicht schon verdummt hat. Ich will sie in zwei Unterrichtsphasen ebenso ruchlos machen, wie ich es bin ... ebenso gottlos ... ebenso verderbt. Unterrichte Dolmancé, sage ihm Bescheid, sobald er kommt, damit das Gift seiner Unsittlichkeit, das in diesem jungen Herzen zusammen mit dem kreist, das ich hineinspritze, in kurzer Zeit jegliche Saat der Tugend ausreißen kann, die dort ohne uns aufkeimen könnte.

CHEVALIER: Einen besseren Mann hättest du nicht finden können. Irreligiosität, Gottlosigkeit, Unmenschlichkeit fließen Dolmancé von den Lippen wie die salbungsvolle Mystik von den Lippen des berühmten Erzbischofs von Cambrai. Er ist der größte Verführer, der verderbteste Mann, der gefährlichste. O liebe Freundin, laß deine Schülerin den Bemühungen des Lehrers entsprechen, und ich garantiere dir, daß sie bald verloren ist.

MADAME DE SAINT-ANGE: Sicher dauert das nicht lange bei ihren Veranlagungen, die ich kenne …

CHEVALIER: Doch sage mir, liebe Schwester, fürchtest du ihre Eltern? Wenn das kleine Mädchen anfinge zu plaudern, wenn es nach Hause kommt …

MADAME DE SAINT-ANGE: Hab keine Angst, ich habe den Vater verführt … Er ist mir ergeben. Muß ich es endlich gestehen? Ich habe mich ihm hingegeben, damit er die Augen schlösse; er kennt meine Pläne nicht, doch er wird nie wagen, sie zu ergründen ... Ich habe ihn in der Hand.

CHEVALIER: Deine Mittel sind entsetzlich!

MADAME DE SAINT-ANGE: Genau so müssen sie sein, damit sie sicher sind.

CHEVALIER: Aber sag mir, ich bitte dich, wer ist die junge Person?

MADAME DE SAINT-ANGE: Man nennt sie *Eugenie;* sie ist die Tochter eines gewissen Mistival, eines der reichsten Steuerbeamten der Hauptstadt. Er ist ungefähr sechsunddreißig Jahre alt, die Mutter höchstens zweiunddreißig, und das kleine Mädchen fünfzehn. Mistival ist ebenso freigeistig wie seine Frau bigott. Was Eugenie angeht, so würde ich vergeblich versuchen, sie dir zu schildern – sie übertrifft jede Beschreibung. Sei überzeugt, daß sicherlich weder du noch ich jemals auf der Welt etwas so Wunderbares gesehen haben.

CHEVALIER: Aber deute wenigstens an, wenn du nicht schildern kannst, damit ich, wenn ich ungefähr weiß, mit wem ich zu tun habe, besser meine Phantasie mit dem Idol erfüllen kann, dem ich opfern soll. MADAME DE SAINT-ANGE: Nun denn, mein Freund, ihr kastanienfarbenes Haar, das eine Hand kaum fassen kann, reicht ihr bis über die Hüften hinunter; ihr Teint ist von blendender Weiße, ihre Nase leicht gebogen, ihre Augen sind ebenholzschwarz und von einer Glut ... O Freund, es ist unmöglich, diesen Augen zu widerstehen ... Du kannst dir nicht vorstellen, zu wie vielen Torheiten sie mich gebracht haben ... Wenn du die hübschen Brauen sähest, die sie krönen ... die interessanten Lider, die sie umgeben! ... Ihr Mund ist sehr klein, ihre Zähne sind prachtvoll, und das alles von einer Frische! ... Ein Zug ihrer Schönheit ist die elegante Art, wie ihr schöner Kopf auf den Schultern sitzt, der Anflug von Adel, wenn sie ihn wendet ... Eugenie ist groß für ihr Alter, man würde sie für siebzehn halten. Ihre Taille ist ein Muster an Eleganz und Feinheit, ihre Brust entzückend ... Ganz sicher die hübschesten Titten! ... Kaum genug, um eine Hand zu füllen, aber so weich ... so frisch ... so weiß! ... Zwanzigmal habe ich den Kopf verloren, als ich sie küßte; und wenn du gesehen hättest, wie sie sich unter meinen Liebkosungen belebte ... wie ihre großen Augen mir den Zustand ihrer Seele spiegelten! ... Mein Freund, ich weiß nicht, wie das übrige ist. Oh, wenn ich nach dem urteilen soll, was ich kenne, so hat der Olymp nie eine Gottheit besessen, die ihr gleichkäme ... Doch ich höre sie ... Laß uns allein. Geh durch den Garten hinaus, um ihr nicht zu begegnen, und sei pünktlich beim Rendezvous.

CHEVALIER: Die Schilderung, die du mir gegeben hast, garantiert für meine Pünktlichkeit ... O Himmel! ... Dich verlassen in dem Zustand, in dem ich mich befinde! ... Adieu! ... Einen Kuß ... Einen einzigen Kuß, Schwester, um mich bis dahin zufriedenzustellen. *(Sie küßt ihn, berührt durch seine Hose hindurch sein Glied, und der junge Mann stürzt hinaus.)*

Zweiter Dialog

MADAME DE SAINT-ANGE,
EUGENIE

MADAME DE SAINT-ANGE: Guten Tag, meine Schöne! Ich habe dich mit einer Ungeduld erwartet, die du leicht errätst, wenn du in meinem Herzen liest.

EUGENIE: O du Gute, ich glaubte, ich würde nie ankommen, so drängte es mich, in deinen Armen zu liegen. Eine Stunde vor meinem Aufbruch zitterte ich, daß alles sich ändern könnte. Meine Mutter war absolut gegen diesen herrlichen Ausflug. Sie behauptete, es schicke sich nicht, daß ein junges Mädchen in meinem Alter allein gehe, aber mein Vater hatte sie vorgestern so übel behandelt, daß ein einziger Blick von ihm Madame ins Nichts versinken ließ. Sie stimmte schließlich dem zu, was er mir erlaubte, und ich bin hergeeilt. Man gibt mir zwei Tage. Übermorgen muß mich unbedingt eine deiner Frauen in deinem Wagen nach Hause bringen.

MADAME DE SAINT-ANGE: Wie kurz diese Spanne ist, geliebter Engel! Kaum kann ich dir in so kurzer Zeit all das mitteilen, was ich für dich empfinde… Und außerdem haben wir zu reden; weißt du nicht, daß ich dich bei diesem Zusammensein in die geheimsten Mysterien der Venus einführen muß? Haben wir in zwei Tagen die Zeit?

EUGENIE: Oh, wenn ich nicht alles weiß, bleibe ich ... Ich bin hergekommen, um zu lernen, und ich gehe nicht, ehe ich belehrt bin.

MADAME DE SAINT-ANGE *(küßt sie)*: O Liebste, was wir einander sagen und tun werden! Doch da fällt mir ein – willst du frühstücken, meine Königin? Es ist möglich, daß der Unterricht lange dauert.

EUGENIE: Liebe Freundin, ich habe kein anderes Bedürfnis als zu hören. Wir haben eine Meile von hier gegessen. ich würde jetzt bis acht Uhr abends warten, ohne das geringste Bedürfnis zu fühlen.

MADAME DE SAINT-ANGE: Gehen wir also in mein Boudoir, dort werden wir es bequemer haben. Ich habe meine Leute bereits unterrichtet. Sei sicher, daß man sich nicht einfallen lassen wird, uns zu stören. *(Sie gehen Arm in Arm hinüber.)*

Dritter Dialog

Die Szene spielt in einem entzückenden Boudoir

MADAME DE SAINT-ANGE, EUGENIE, DOLMANCE

EUGENIE *(sehr überrascht, in dem Zimmerchen einen Mann zu finden, den sie nicht erwartet hat)*: O Gott! Liebe Freundin, das ist Verrat!

MADAME DE SAINT-ANGE *(gleichfalls überrascht)*: Welcher Zufall führt Sie her, mein Herr? Sie sollten, wie mir scheint, erst um vier Uhr kommen!

DOLMANCE: Dem Glück, Sie zu sehen, Madame, eilt man stets so weit wie möglich voraus. Ich habe Ihren Herrn Bruder getroffen: Er sah die Notwendigkeit meiner Gegenwart bei dem Unterricht, den Sie diesem Fräulein erteilen wollen. Er wußte, daß hier das Lyzeum ist, wo die Erziehung stattfinden soll, und hat mich heimlich hergebracht, da er nicht glaubte, daß Sie ihn mißbilligen würden. Er selbst wird, da seine Vorführungen erst nach den theoretischen Darlegungen nötig sind, später erscheinen.

MADAME DE SAINT-ANGE: In der Tat, Dolmancé, dies ist ein Streich …

EUGENIE: Auf den ich nicht hereinfalle, liebe Freundin; all dies ist dein Werk … Wenigstens hätte man mich fragen müssen … Nun schäme ich mich so, daß bestimmt all unsere Pläne gestört werden.

MADAME DE SAINT-ANGE: Ich beteure dir, Eugenie, daß mein Bruder diese Überraschung ganz allein ausgeheckt hat, doch darf sie dich nicht erschrecken: Dolmancé, den ich als einen sehr liebenswürdigen Mann kenne und der genau das Maß an Philosophie besitzt, das wir zu deiner Belehrung brauchen, kann unseren Plänen nur nützlich sein. Was seine Diskretion betrifft, so bürge ich dir für ihn wie für mich. Meine Liebe, mache dich also mit dem Mann vertraut, der auf der ganzen Welt am besten in der Lage ist, dich zu bilden und auf den Weg des Glückes und der Lust zu führen, den wir zusammen durcheilen wollen.

EUGENIE *(errötet)*: Oh, ich bin trotzdem so verwirrt …

DOLMANCE: Kommen Sie, schöne Eugenie, beruhigen Sie sich … Die Schamhaftigkeit ist eine veraltete Tugend, auf die Sie mit all Ihren Reizen sehr gut verzichten können.

EUGENIE: Aber der Anstand …

DOLMANCE: Noch so ein mittelalterlicher Brauch, um den man sich heute wenig kümmert. Er widerspricht so sehr der Natur! *(Dolmancé faßt Eugenie, preßt sie in seine Arme und küßt sie.)*

EUGENIE *(wehrt sich)*: Hören Sie auf, Monsieur! ... Wirklich, Sie nehmen sehr wenig Rücksicht auf mich!

MADAME DE SAINT-ANGE: Eugenie, höre auf mich, wir sollten beide diesem charmanten Mann gegenüber nicht mehr prüde sein Ich kenne ihn besser als du. Aber sieh nur, wie ich mich ihm hingebe! *(Sie küßt ihn lüstern auf den Mund.)*

EUGENIE: Oh, meinetwegen. Wer könnte mir bessere Beispiele

geben! *(Sie überläßt sich Dolmancé, der sie leidenschaftlich küßt, die Zunge in ihrem Mund.)*

DOLMANCE: Oh, was für ein liebenswertes und entzückendes Geschöpf!

MADAME DE SAINT-ANGE *(küßt sie ebenfalls)*: Glaubst du denn, kleine Schelmin, daß ich nicht auch meinen Teil haben will? *(Jetzt hält Dolmancé sie beide in den Armen und züngelt sie eine Viertelstunde lang, und beide vergelten es ihm und einander.)*

DOLMANCE: Oh, das sind Vorbereitungen, die mich mit

Wollust berauschen! Meine Damen, glauben Sie mir, es ist überaus warm. Machen wir es uns bequem, wir können dann viel besser plaudern.

MADAME DE SAINT-ANGE: Ich bin einverstanden. Ziehen wir diese langen Gazegewänder an, sie verhüllen von unseren Reizen nur, was der Begierde verborgen werden muß.

EUGENIE: Wirklich, meine Liebe, Sie lassen mich Dinge tun …

MADAME DE SAINT-ANGE *(hilft ihr, sich auszuziehen)*: Ganz und gar lächerliche, nicht wahr?

EUGENIE: Jedenfalls sehr unschickliche, wirklich ... Oh, wie du mich küßt!

MADAME DE SAINT-ANGE: Welch schöner Busen! ... Eine kaum erblühte Rose.

DOLMANCE *(betrachtet Eugenies Brüste, ohne sie zu berühren)*: Und er verspricht andere Reize ... unendlich höher zu schätzende.

MADAME DE SAINT-ANGE: Höher zu schätzende?

DOLMANCE: O ja, auf Ehre! *(Während er das sagt, macht Dolmancé Miene, Eugenie umzudrehen, um sie von hinten zu betrachten.)*

EUGENIE: O nein, nein, ich beschwöre Sie!

MADAME DE SAINT-ANGE: Nein, Dolmancé ... Ich will nicht, daß Sie schon jetzt ... einen Gegenstand sehen, dessen Macht über Sie zu groß ist, als daß Sie, wenn Sie ihn einmal im Kopfe haben, noch kaltblütig überlegen könnten. Wir brauchen Ihre Lehren, geben Sie sie uns, und die Myrten, die Sie pflücken wollen, sollen Sie danach bekränzen.

DOLMANCE: Gut, doch um zu demonstrieren, um diesem schönen Kind die ersten Lektionen in Libertinage zu erteilen, müssen wenigstens Sie, Madame, die Freundlichkeit haben, sich zur Verfügung zu stellen.

MADAME DE SAINT-ANGE: Bitte sehr ... Nun denn, hier haben Sie mich ganz nackt. Sprechen Sie über mich, soviel Sie wollen.

DOLMANCE: Oh, welch schöner Körper! ... Das ist Venus selbst, von den Grazien verschönt!

EUGENIE: O liebe Freundin, welche Reize! Laß sie mich betrachten, soviel ich will, laß mich sie mit Küssen bedecken. *(Sie tut es.)*

DOLMANCE: Hervorragende Anlagen! Etwas weniger Feuer, schönc Eugcnic, nur Aufmerksamkeit ist es, was ich in diesem Augenblick von Ihnen verlange.

EUGENIE: Gut, ich höre, ich höre ... Aber sie ist so schön ... so rundlich, so frisch! ... Oh, meine Freundin ist zauberhaft, nicht wahr, Dolmancé?

DOLMANCE: Sie ist schön, gewiß ... vollendet schön; doch ich bin überzeugt, daß Sie ihr in nichts nachstehen ... Kommen Sie, hören Sie zu, hübsche kleine Schülerin, oder fürchten Sie, daß ich, wenn Sie nicht folgsam sind,

Rechte gegen Sie übe, die mir mein Titel als Ihr Lehrer in reichem Maße verleiht?

MADAME DE SAINT-ANGE: O ja, ja, Dolmancé, ich überlasse sie Ihnen. Sie müssen sie ordentlich schelten, wenn sie nicht brav ist.

DOLMANCE: Es könnte gut sein, daß ich mich nicht auf den Tadel beschränkte.

EUGENIE: Oh! Gerechter Himmel! Sie erschrecken mich ... Und was würden Sie denn tun, Monsieur?

DOLMANCE *(stammelt und küßt Eugenie auf den Mund)*: Strafen ... Züchtigungen ... Und dieser hübsche kleine Arsch könnte mir wohl für die Fehler des Kopfes herhalten. *(Er schlägt ihr durch das Gazegewand, das Eugenie nun trägt, auf den Hintern.)*

MADAME DE SAINT-ANGE: Ja, ich billige den Plan, doch nicht die Geste. Beginnen wir mit unserem Unterricht, oder die kurze Zeit, die uns bleibt, Eugenie zu genießen, verstreicht in Vorbereitungen, und die Belehrung findet nicht statt.

DOLMANCE *(berührt der Reihe nach an Madame de Saint-Ange alle Körperteile, die er vor-*

führt): Ich beginne. Ich spreche nicht von diesen Fleischkugeln: Sie wissen so gut wie ich, Eugenie, daß man sie nach Belieben *Busen*, *Brüste*, *Titten* nennt. Sie sind für das Vergnügen von großer Bedeutung. Ein Liebender hat sie beim Genuß vor Augen, er liebkost sie, tätschelt sie, manche machen sie sogar zum Ort des Genusses. Ihr Glied nistet sich zwischen den beiden Venushügeln ein, die die Frau um dieses Glied drückt und zusammenpreßt, und nach wenigen Bewegungen gelingt es manchen Männern, dort den köstlichen Balsam des Lebens zu vergießen, dessen Ausfluß alles Glück der Libertins ausmacht ... Doch wäre es nicht angebracht, Madame, dieses Glied, über das unaufhörlich zu sprechen sein wird, unserer Schülerin vorzuführen?

MADAME DE SAINT-ANGE: Das glaube ich auch.

DOLMANCE: Nun denn, Madame, ich will mich auf dieses Sofa legen, Sie legen sich neben mich, ergreifen das Objekt und erklären unserer jungen Schülerin seine Eigenschaften.

(Dolmancé legt sich hin und Madame de Saint-Ange demonstriert.)

MADAME DE SAINT-ANGE: Dieses Zepter der Venus, das du vor Augen hast, Eugenie, ist der Haupterreger der Liebeslust, man nennt es vorzugsweise *Glied.* Es gibt keinen Teil des menschlichen Körpers, in den es nicht eindringen könnte. Immer den Leidenschaften dessen gehorchend, der es bewegt, nistet es sich bald hier *(sie berührt Eugenies Fotze)* ein. Das ist sein gewöhnlicher Weg, der gebräuchlichste, doch nicht der angenehmste. Auf der Suche nach einem geheimnisvolleren Tempel will der Libertin oft hier *(sie spreizt ihre Hinterbacken und zeigt ihr Arschloch)* genießen. Wir kommen auf diesen Genuß zurück, er ist der köstlichste von allen. Der Mund, die Brust, die Achselhöhlen bieten ihm ebenfalls häufig Altäre, auf denen sein Weihrauch brennt. Und welchen Ort von all diesen er auch schließlich bevorzugt, sehen wir das Glied, nachdem es sich ein paar Augenblicke bewegt hat, eine weiße und zähe Flüssigkeit ausspritzen, deren Erguß den Mann in einen Rausch versetzt, stark genug, um ihm die süßeste Lust zu gewähren, die er je im Leben erhoffen kann.

EUGENIE: Oh, wie gern möchte ich diese Flüssigkeit fließen sehen!

MADAME DE SAINT-ANGE: Das wäre möglich durch die bloße vibrierende Bewegung meiner Hand. Sieh, wie es sich erregt, indem ich es hin und her bewege! Diese Bewegungen heißen *Masturbation,* und in der Sprache der Ausschweifung heißt diese Handlung *Wichsen.*

EUGENIE: O liebe Freundin, laß mich dieses schöne Glied wichsen!

DOLMANCE: Ich halte das nicht aus! Lassen wir sie, Madame, diese Naivität erregt mich schrecklich.

MADAME DE SAINT-ANGE: Ich bin gegen diese Aufregung, Dolmancé, seien Sie vernünftig. Der Ausfluß dieses Samens würde, indem er die Aktivität Ihrer Lebensgeister verminderte, das Feuer Ihrer Darlegungen lähmen.

EUGENIE *(betastet Dolmancés Hoden)*: O liebe Freundin, wie kränkst du mich durch den Widerstand, den du meinen Wünschen entgegensetzt ... Und diese Kugeln, wozu dienen sie, und wie nennt man sie?

MADAME DE SAINT-ANGE: Der Fachausdruck ist *Eier* ... Hoden der medizinische. Diese Kugeln umschließen das Reservoir des fruchtbaren Samens, von dem ich dir gesprochen habe und dessen Ejakulation in die Gebärmutter der Frau die menschliche Rasse hervorbringt. Doch gehen wir auf diese Details nicht weiter ein, Eugenie, sie betreffen mehr die Medizin als die Lust. Ein hübsches Mädchen soll sich nur mit *Ficken* befassen und nie mit *Zeugen*. Wir gehen über alles hinweg, was zum platten Mechanismus der Fortpflanzung gehört, um uns hauptsächlich und einzig an die libertinen Lüste zu halten, deren Geist absolut nicht der der Fort pflanzung ist.

EUGENIE: Aber liebe Freundin, wenn dieses riesige Glied, das ich kaum in der Hand halten kann, in ein so kleines Loch wie das deines Hintern eindringt – und du versicherst mir, daß das möglich sei –, muß das der Frau ziemliche Schmerzen verursachen.

MADAME DE SAINT-ANGE: Ob es von vorn, ob es von hinten eindringt, wenn eine Frau noch nicht daran gewöhnt ist, empfindet sie immer Schmerz. Es hat der Natur gefallen, uns nur durch Qualen zum Glück gelangen zu lassen. Doch einmal besiegt, kann nichts die Lust beschreiben, die man genießt, und das Vergnügen, das man fühlt, wenn das Glied in unseren Arsch eindringt, ist zweifellos all denen vorzuziehen, die sein Eindringen von vorn bewirken kann. Welche Gefahren vermeidet eine Frau übrigens auf diese Weise! Weniger Risiken für ihre Gesundheit und keins der Schwangerschaft. Ich verbreite mich jetzt nicht weiter über diese Wollust. Unser beider

Lehrer, Eugenie, wird sie bald ausführlich analysieren und dich, indem er die Praxis zur Theorie fügt, hoffentlich überzeugen, meine Liebe, daß du unter allen Vergnügen des Geschlechtsgenusses einzig diesem den Vorzug geben mußt.

DOLMANCE: Beeilen Sie sich mit Ihren Darlegungen, Madame, ich beschwöre Sie, ich kann es nicht mehr aushalten. Ich werde mich entladen, ohne es zu wollen, und dieses fürchterliche Glied, zu einem Nichts geworden, könnte Ihren Belehrungen nicht mehr dienen.

EUGENIE: Wie? Es verschwände, meine Liebe, wenn es den Samen verlöre, von dem du mir erzählst? ... Oh, laß mich es ihn verlieren machen, damit ich sehe, was aus ihm wird ... Und außerdem würde es mir solchen Spaß machen, das fließen zu sehen!

MADAME DE SAINT-ANGE: Nein, nein, Dolmancé, stehen Sie auf. Denken Sie daran, daß dies der Preis für Ihre Mühen ist und daß ich ihn Ihnen erst überlassen kann, wenn Sie ihn verdient haben.

DOLMANCE: Gut, doch wäre etwas dagegen einzuwenden, daß

Sie, um Eugenie besser von all dem zu überzeugen, was wir über das Vergnügen vortragen werden, sie zum Beispiel vor meinen Augen wichsten?

MADAME DE SAINT-ANGE: Zweifellos nichts, und ich werde es mit um so größerer Freude tun, als diese lustvolle Episode unseren Belehrungen nur förderlich sein kann. Lege dich auf das Sofa, meine Liebe.

EUGENIE: O Gott, was für eine entzückende Nische! Aber wozu all diese Spiegel?

MADAME DE SAINT-ANGE: Weil sie, indem sie tausendfach

die Stellungen wiederholen, die gleichen Genüsse in den Augen derer unendlich vermehren, die sie auf dieser Ottomane kosten. Kein Teil des einen oder des anderen Körpers kann auf diese Weise verborgen bleiben, alles muß sichtbar sein. Es sind ebenso viele Gruppen, die sich um die scharen, die die Liebe verkettet, ebenso viele Nachahmer ihrer Wonnen, ebenso viele köstliche Bilder, an denen ihre Lüsternheit sich berauscht und die dazu dienen, sie selbst zu vervollkommnen.

EUGENIE: Diese Erfindung ist wunderbar!

MADAME DE SAINT-ANGE: Dolmancé, entkleiden Sie selbst das Opfer.

DOLMANCE: Das ist nicht schwer, da man nur diesen Schleier wegnehmen muß, um die rührendsten Reize nackt zu erblikken. *(Er zieht sie nackt aus, und seine ersten Blicke zielen sogleich auf den Hintern.)* Ich soll ihn also sehen, diesen göttlichen und kostbaren Arsch, nach dem ich so leidenschaftlich verlange! ... Beim Himmel! Welche Rundlichkeit und welche Frische, welcher Glanz und welche Eleganz! ... Ich habe noch nie einen schöneren gesehen!

MADAME DE SAINT-ANGE: O Spitzbube! Wie deine ersten Huldigungen dein Vergnügen und deine Neigungen beweisen!

DOLMANCE: Aber kann es denn auf der Welt etwas geben, das dem gleichkäme? ... Oh, hätte die Liebe göttlichere Altäre? ... Eugenie ... herrliche Eugenie, lassen Sie mich diesen Arsch mit den süßesten Liebkosungen bedecken! *(Er betastet und küßt ihn begeistert.)*

MADAME DE SAINT-ANGE: Hören Sie auf, Libertin! ... Sie vergessen, daß Eugenie mir allein gehört, der einzige Preis der Lehren, die sie von Ihnen erwartet. Erst nachdem sie sie empfangen hat, wird sie Ihr Lohn. Halten Sie diese Glut zurück, oder ich werde böse.

DOLMANCE: O Schelmin! Das ist Eifersucht … Nun, überlassen Sie mir Ihren, ich werde ihn mit den gleichen Huldigungen überhäufen. *(Er nimmt Madame de Saint-Ange die Simara weg und liebkost ihren Hintern.)* Oh, wie schön er ist, mein Engel … wie köstlich ist auch er! Lassen Sie mich sie vergleichen … einen neben dem anderen bewundern. Das ist Ganymed neben Venus!

(Er bedeckt beide mit Küssen.) Madame, könnten Sie nicht, um meinen Augen ständig das bezaubernde Schauspiel von soviel Schönheit zu bieten, einander umschlingen und mir so immerfort die köstlichen Ärsche zeigen, die ich vergöttere?

MADAME DE SAINT-ANGE: Sicherlich! ... So, sind Sie zufrieden? ... *(Sie umschlingen einander so, daß sich ihre Ärsche Dolmancé gegenüber befinden.)*

DOLMANCE: Es könnte nicht besser sein, das ist genau das, was ich wollte. Bewegen Sie nun diese schönen Ärsche mit allem Feuer der Lüsternheit, heben und senken Sie sie rhythmisch, lassen Sie sie den Impulsen folgen, die Ihnen die Lust eingibt … Gut, gut, das ist herrlich! …

EUGENIE: O meine Liebe, welches Vergnügen du mir machst! … Wie nennt man das, was wir da tun?

MADAME DE SAINT-ANGE: Wichsen, mein Liebchen … sich Lust verschaffen; aber warte, laß uns die Plätze tauschen; betrachte meine *Fotze* … So nennt man den Tempel der Venus. Sieh ihn dir genau an, diesen Spalt, den deine Hand bedeckt, ich will ihn ein wenig öffnen. Diese Erhebung, die ihn krönt, wie du siehst, heißt *Hügel.* Er bedeckt sich gewöhnlich mit vierzehn oder fünfzehn Jahren mit Haaren, wenn ein Mädchen die Regel bekommt. Dieses Zünglein, das man darunter entdeckt, heißt *Klitoris.* In ihr liegt die ganze Empfindungsfähigkeit der Frau, sie ist auch der ganze Sitz der meinen. Man kann mich an dieser Stelle nicht kitzeln, ohne daß ich vor Lust außer mir gerate … Versuche es … O kleine Schelmin! Wie du loslegst! … Man möchte sagen, du hättest dein Leben lang nichts anderes getan! …

Hör auf! ... Hör auf! ... Nein, ich sage dir, ich will mich nicht hingeben! ... Oh, haltcn Sic mich zurück, Dolmancé! ... Ich bin nahe daran, unter den Zauberfingern dieses hübschen Mädchens den Kopf zu verlieren!

DOLMANCE: Nun, wenn es möglich ist, Ihre Gedanken abzukühlen, indem Sie sie variieren, wichsen Sie sie selbst. Halten Sie sich zurück, und sie allein soll sich hingeben ... So, ja! ... in dieser Haltung; ihr hübscher Arsch befindet sich auf diese Weise unter meinen Händen; ich werde ihn leicht mit dem Finger reizen ...

Geben Sie sich hin, Eugenie; überlassen Sie all Ihre Sinne dem Vergnügen, es soll der einzige Gott Ihres Lebens sein, ihm allein soll ein junges Mädchen alles opfern, und nichts darf in seinen Augen so heilig sein wie das Vergnügen.

EUGENIE: Oh, jedenfalls ist nichts so wonnevoll, ich fühle es … Ich bin außer mir … Ich weiß nicht mehr, was ich sage, noch, was ich tue … Welcher Rausch ergreift meine Sinne!

DOLMANCE: Wie die kleine Schelmin sich entlädt! … Ihr Anus zieht sich zusammen, daß er mir fast den Finger abschneidet ... Wie köstlich es wäre, ihr in diesem Moment in den Arsch zu fahren! *(Er steht auf und führt seinen Schwanz vor das Arschloch des jungen Mädchens.)*

MADAME DE SAINT-ANGE: Noch einen Augenblick Geduld. Allein die Erziehung dieses lieben Mädchens soll uns beschäftigen! ... Es ist so süß, es zu bilden!

DOLMANCE: Nun denn, du siehst, Eugenie, nach einer mehr oder weniger langen Reizung schwellen die Samendrüsen an und stoßen schließlich eine Flüssigkeit aus, deren Erguß die Frau in den wonnevollsten Rausch versetzt. Das heißt *sich entladen.* Wenn deine liebe Freundin es erlaubt, werde ich dir zeigen, wieviel kraftvoller und mächtiger der gleiche Vorgang beim Mann stattfindet.

MADAME DE SAINT-ANGE: Warte, Eugenie, ich will dir jetzt eine weitere Art zeigen, eine Frau in die allerhöchste Wollust zu versetzen. Spreize die Schenkel weit … Dolmancé, Sie sehen, ich placiere sie so, daß Ihnen der Arsch bleibt! Lecken Sie ihn, während meine Zunge ihre Fotze reizt, und lassen wir sie so drei- bis viermal nacheinander zwischen uns außer sich geraten, wenn es möglich ist. Dein Hügel ist reizend, Eugenie; wie ich es liebe, dieses süße Flaumhaar zu küssen! ... Deine Klitoris, die ich jetzt besser sehe, ist nicht sehr ausgebildet, aber sehr reizbar ... Wie du zitterst! ... Laß mich öffnen ... Oh, du bist ganz sicher Jungfrau! ... Sag mir, was du spürst, wenn unsere Zungen gleichzeitig in deinen beiden Öffnungen eindringen. *(Sie tun es.)*

EUGENIE: O meine Liebe, das ist herrlich, das ist ein Gefühl, das man unmöglich beschreiben kann! Es würde mir schwerfallen zu sagen, welche eurer Zungen mich stärker berauscht.

DOLMANCE: Wenn ich diese Haltung einnehme, ist mein Schwanz ganz nah an Ihren Händen, Madame. Seien Sie so gut, ihn zu wichsen, ich bitte Sie, während ich diesen göttlichen Arsch sauge. Führen Sie Ihre Zunge tiefer ein, Madame; beschränken Sie sich nicht darauf, ihr die Klitoris zu saugen; lassen Sie diese wollüstige Zunge bis in die Gebärmutter dringen. Das ist die beste Methode, ihren Samenerguß zu beschleunigen.

niger Beweiskraft geschlossen, daß in diesem Falle das Kind, nur aus dem Blute des Vaters gebildet, nur diesem Zärtlichkeit schulde. Diese Behauptung hat Wahrscheinlichkeit, und obgleich ich Frau bin, ließe ich mir nicht einfallen, ihr zu widersprechen.

EUGENIE: Ich finde in meinem Herzen den Beweis für das, was du sagst, meine Liebe, denn ich liebe meinen Vater wahnsinnig, und ich fühle, daß ich meine Mutter hasse.

DOLMANCE: Diese Vorliebe ist keineswegs erstaunlich. Ich habe ebenso gedacht. Um den

EUGENIE *(erstarrt)*: Oh, ich kann nicht mehr, ich sterbe! Verlaßt mich nicht, meine Freunde, ich bin der Ohnmacht nahe! ... *(Sie entlädt sich zwischen ihren beiden Lehrern.)*

MADAME DE SAINT-ANGE: Nun, mein Liebchen, wie fühlst du dich nach der Lust, die wir dir verschafft haben?

EUGENIE: Ich bin tot, ich bin zerschlagen ... ich bin erschöpft! ... Doch erklären Sie mir bitte zwei Wörter, die Sie gesagt haben und die ich nicht verstehe; was heißt erstens *Gebärmutter?*

MADAME DE SAINT-ANGE: Das ist eine Art Gefäß, ähnlich einer Flasche, deren Hals das Glied des Mannes umfaßt und die den Samen aufnimmt, der bei der Frau durch die Absonderung der Drüsen produziert wird wie beim Mann durch die Ejakulation, die wir dir zeigen werden. Und aus der Vermischung dieser Flüssigkeiten entsteht der Keim, der einmal Jungen, einmal Mädchen hervorbringt.

EUGENIE: Oh, ich verstehe; diese Definition erklärt mir zugleich das Wort *Samen*, das ich zunächst nicht ganz verstanden hatte. Und ist die Verbindung die-

ser Samen zur Bildung des
notwendig?

MADAME DE SAINT-A
Sicherlich, wenn auch bev
ist, daß dieser Fötus seine Ex
nur dem Samen des Manne
dankt. Allein ausgespritzt,
Vermischung mit dem der
käme er jedoch nicht zum
Doch der, den wir liefern, e
kelt nur, er schafft nicht, e
bei der Schöpfung, ohne der
sache zu sein. Mehrere mo
Naturwissenschaftler beha
sogar, er sei unnötig; dara
ben die Moralisten, stets vo
Naturforschern angeführt,

Tod meines Vaters trauere ich immer noch, und als ich meine Mutter verlor, zündete ich ein Freudenfeuer an … Ich verabscheute sie von ganzem Herzen. Eignen Sie sich ohne Furcht die gleichen Gefühle an, Eugenie, sie sind natürlich. Da wir allein aus dem Blut unserer Väter gebildet sind, schulden wir unseren Müttern absolut nichts. Übrigens haben sie sich im Akt nur gefügt, während der Vater ihn verlangt hat. Der Vater hat also unsere Entstehung gewollt, und die Mutter hat bloß zugestimmt. Welch ein Unterschied für das Gefühl!

MADAME DE SAINT-ANGE: Noch tausend weitere Gründe zu deinen Gunsten, Eugenie. Wenn es auf der Welt eine Mutter gibt, die man hassen muß, so ist es sicherlich die deine! ... Zänkisch, abergläubisch, frömmlerisch, streitsüchtig ... und von einer empörenden Prüderie; ich möchte wetten, die alte Jungfer hat in ihrem Leben keinen Fehltritt begangen! ... O meine Liebe, wie ich die tugendhaften Frauen hasse! ... Aber wir kommen darauf zurück.

DOLMANCE: Wäre es nun nicht notwendig, daß Eugenie, von mir angeleitet, lernt, das zu vergelten, was Sie ihr geboten haben, und daß sie Sie vor meinen Augen wichst?

MADAME DE SAINT-ANGE: Ich bin einverstanden, ich halte das sogar für nützlich, und zweifellos wollen Sie während des Vorgangs meinen Arsch sehen, Dolmancé?

DOLMANCE: Können Sie an dem Vergnügen zweifeln, Madame, mit dem ich ihm meine süßesten Huldigungen widmen werde?

MADAME DE SAINT-ANGE *(bietet ihm ihre Hinterbacken dar)*: Nun denn, finden Sie mich so richtig?

DOLMANCE: Wunderbar! So kann ich ihm am besten die gleichen Dienste leisten, die Eugenie so wohlgetan haben. Kleiner Tollkopf, bringen Sie jetzt den Kopf schön zwischen die Beine Ihrer Freundin und vergelten Sie ihr mit Ihrer hübschen Zunge, was sie Ihnen soeben getan hat. Wie! Aber bei dieser Position kann ich Ihre beiden Ärsche besitzen, betätschele ich wonnevoll den Arsch Eugenies, während ich den ihrer schönen Freundin sauge.

MADAME DE SAINT-ANGE *(außer sich)*: Ich sterbe, heiliger Gott! Dolmancé, wie gerne ich deinen schönen Schwanz berühre, während ich mich entlade! ... Ich möchte, man bedeckte mich ganz und gar mit Samen! ... Wichsen Sie! ... Saugen Sie mich, Himmel, Arsch ...! ... Oh, wie ich es liebe, die *Hure* zu spielen, wenn mein Samen so herausspritzt! ... Es ist vorbei, ich kann nicht mehr ... Sie haben mich beide überwältigt ... Ich glaube, ich habe in meinem ganzen Leben noch nicht solche Lust empfunden.

EUGENIE: Wie froh ich bin, das verursacht zu haben. Doch ein Wort, liebe Freundin, ein Wort ist dir eben wieder entschlüpft, und ich verstehe es nicht. Was meinst du mit dem Ausdruck *Hure?* Verzeihung, aber weißt du, ich bin doch hier, um zu lernen.

MADAME DE SAINT-ANGE: So nennt man, meine Schönste, die öffentlichen Opfer der Ausschweifung der Männer, die stets bereit sind, sich ihrem Temperament oder ihrem Interesse hinzugeben. Glückliche Kreaturen, die zwar in der gängigen Meinung gebrandmarkt, aber von der Wollust gekrönt sind. Sie sind der Gesellschaft viel nützlicher als die Prüden, denn sie besitzen den Mut, ihr zu dienen, die Achtung zu opfern, die diese Gesellschaft ihnen ungerechterweise zu versagen wagt. Denen juble ich zu, in deren Augen dies ein Ehrentitel ist! Dies sind wahrhaft liebenswerte Frauen, die einzigen, die wirklich philosophisch sind! Ich, meine Liebe, die ich mich seit zwölf Jahren bemühe, den Titel zu verdienen, ich versichere dir, daß ich weit davon entfernt bin, mich darüber zu erregen, sondern mich darüber amüsiere. Besser noch – ich habe es gern, daß man mich so nennt, wenn man mich fickt. Diese Beleidigung bringt mich in Rage.

EUGENIE: Oh, ich begreife das, meine Liebe. Auch ich wäre nicht böse, wenn man ihn mir gäbe, und noch weniger, ihn zu verdienen. Aber ist die Tugend nicht gegen eine solche Liederlichkeit, und beleidigen wir sie nicht, wenn wir uns benehmen, wie wir es hier tun?

DOLMANCE: Oh, gib die Tugenden auf, Eugenie! Ist unter den Opfern, die man diesen falschen Gottheiten bringen kann, ein einziges, das eine Minute der Lust aufwöge, die man empfindet, indem man sie beleidigt? Komm, die Tugend ist nichts als eine Schimäre, deren Kult nur in ständigen Opfern besteht, in zahllosen Revolten gegen die Eingebungen des Temperaments. Können solche Regungen natürlich sein? Rät die Natur zu dem, was sie beleidigt? Eugenie, laß dich von den Frauen, die tugendhaft genannt werden, nicht hereinlegen. Sie dienen, wenn du so willst, nicht den gleichen Leidenschaften wie wir, doch sie haben andere und oft weitaus niedrigere ... Da sind der Ehrgeiz, der Stolz, persönliche Interessen und oft auch die pure Kälte eines Temperaments, das sie zu gar nichts treibt. Schulden wir solchen Wesen irgendetwas, frage ich? Sind sie nicht allein den Impulsen der Eigenliebe gefolgt? Ist es denn besser, weiser, nützlicher, dem Egoismus zu opfern als den Leidenschaften? Ich für mein Teil glaube, daß das eine soviel wert ist wie das andere; und wer nur auf die letztere Stimme hört, hat zweifellos sehr viel mehr recht, denn sie ist das einzige Organ der Natur, während die andere nur Ausdruck der Dummheit und des Vorurteils ist. Ein einziger Samentropfen, aus diesem Glied gespritzt, Eugenie, ist mir wertvoller als die erhabensten Taten einer Tugend, die ich verachte.

EUGENIE *(Während dieser Darlegungen ist ein wenig Ruhe eingekehrt; die Frauen, wieder mit ihren Gazegewändern bekleidet, ruhen halb liegend auf dem Sofa, Dolmancé neben ihnen in einem großen Sessel.)*: Doch es gibt Tugenden von mehr als einer Art; was halten Sie zum Beispiel von der Frömmigkeit?

DOLMANCE: Was kann diese Tugend demjenigen bedeuten, der nicht an die Religion glaubt, und wer kann an die Religion glauben? Hören Sie, lassen Sie uns systematisch überlegen, Eugenie. Nennen Sie nicht Religion den Pakt, der den Menschen an seinen Schöpfer bindet und ihn verpflichtet, diesem durch einen Kult seine Dankbarkeit für ein Leben zu bezeugen, das es von diesem erhabenen Urheber empfangen hat?

EUGENIE: Besser kann man es nicht definieren.

DOLMANCE: Nun also, wenn bewiesen ist, daß der Mensch seine Existenz nur den unausweichlichen Plänen der Natur verdankt; wenn erwiesen ist, daß er, ebenso alt auf dem Erdball wie der Erdball selbst, gleich der Eiche, gleich dem Löwen, die in den Eingeweiden dieses Erdballs ruhen, nur eine Hervorbringung ist, die die Existenz des Erdballs notwendig macht und die seine eigene niemandem verdankt; wenn bewiesen ist, daß dieser Gott, den die Narren als den alleinigen Urheber und Hersteller all dessen betrachten, was wir sehen, nur das *nec plus ultra* des menschlichen Verstandes, nur das Phantom ist, das in dem Augenblick geschaffen wird, in dem dieser Verstand nichts mehr erkennt, um ihm bei seinen Operationen zu helfen; wenn bewiesen ist, daß die Existenz dieses Gottes nicht möglich ist und daß die Natur, ständig in Bewegung, ständig in Aktion, aus sich selbst hat, was den Narren gefällt, ihr willkürlich zu verleihen; wenn sicher ist, daß, angenommen, dieses regungslose Wesen existiert, es bestimmt das lächerlichste aller Wesen wäre, da es nur einen einzigen Tag nützlich war und seit Millionen von Jahrhunderten in verächtlicher Untätigkeit verharrt; daß, vorausgesetzt, es existiere, wie die Religionen es uns beschreiben, es zweifellos das abscheulichste aller Wesen wäre, weil es das Böse auf

Erden erlaubte, während seine Allmacht es verhindern könnte; wenn, so sage ich, all dies bewiesen wäre, wie es unleugbar der Fall ist, glauben Sie dann, Eugenie, daß die Frömmigkeit, die den Menschen an diesen unzulänglichen, grausamen und verächtlichen Schöpfer bände, eine besonders nützliche Tugend wäre?

EUGENIE *(zu Madame de Saint-Ange)*: Wie, wirklich, meine liebenswürdige Freundin, die Existenz Gottes wäre eine Schimäre?

MADAME DE SAINT-ANGE: Und ohne Zweifel eine der verächtlichsten.

DOLMANCE: Man muß schon den Verstand verloren haben, um daran zu glauben. Dieses ungeheuerliche Phantom, Frucht des Schreckens der einen und der Schwäche der anderen, Eugenie, ist für das System der Erde nutzlos; es würde ihm unfehlbar schaden, denn seine Gebote, die gerecht sein müßten, könnten sich niemals mit den Ungerechtigkeiten vertragen, die für die Naturgesetze wesentlich sind. Es müßte immer nur das Gute wollen, das die Natur nur als Kompensierung des Bösen verlangen darf, das ihren Gesetzen dient. Es müßte ständig wirken, und die Natur, für die diese fortwährende Tätigkeit eines ihrer Gesetze ist, könnte nicht anders, als sich in dauernder Konkurrenz und Opposition zu ihm befinden. Doch, so wird man hierauf entgegnen, Gott und die Natur sind ein und dasselbe. Wäre das nicht eine Absurdität? Das Geschaffene kann dem schaffenden Wesen nicht gleich sein. Wäre es möglich, daß die Uhr der Uhrmacher ist? Nun denn, so wird man fortfahren, die Natur ist nichts, Gott ist alles. Eine weitere Dummheit! Es gibt notwendigerweise zwei Dinge im Universum:

die Schöpferkraft und das Geschaffene. Was aber ist diese Schöpferkraft? Hier liegt die einzige Schwierigkeit, die zu lösen ist, dies ist die einzige Frage, die man beantworten muß.

Wenn die Materie in Aktion ist, sich bewegt durch Zusammenhänge, die wir nicht erkennen, wenn die Bewegung der Materie inhärent ist, wenn sie endlich selbst aufgrund ihrer Energie in den unendlichen Ebenen des Raumes all die Globen, deren Anblick uns erstaunt und deren einförmiger, unveränderlicher Gang uns mit Ehrfurcht und Bewunderung erfüllt, erschaffen, hervorbringen, konservieren, erhalten und im Gleichgewicht halten kann, weshalb muß man dann eine all diesem fremde Ursache suchen, da doch diese Handlungsfähigkeit sich wesentlich in der Natur selber findet, die nichts anderes ist als die Materie in Aktion? Erklärt eure götterbildende Schimäre etwas? Ich glaube nicht, daß man mir das beweisen kann. Angenommen, ich täusche mich über die der Materie innewohnenden Fähigkeiten, so habe ich doch nur eine Schwierigkeit vor mir. Was tut ihr, indem ihr mir euren Gott anbietet? Ihr verhelft mir zu einer weiteren. Und wie stellt ihr euch vor, daß ich als Ursache dessen, was ich nicht verstehe, etwas annehme, was ich noch weniger verstehe? Soll ich mithilfe der Dogmen der christlichen Religion euren schrecklichen Gott prüfen ... mir vorstellen? Sehen wir doch einmal, wie sie ihn uns darstellt ...

Was erblicke ich in dem Gott dieses schändlichen Kultes, wenn nicht ein inkonsequentes, barbarisches Wesen, das heute eine Welt erschafft, deren Bau es morgen bereut? Was erblicke ich als ein schwaches Wesen, dem es nie gelingt, den Menschen so hinzubiegen, wie er es möchte? Dieses Geschöpf, wenn auch aus ihm hervorgegangen, beherrscht ihn, es kann ihn beleidigen und damit ewige Qualen verdienen! Was für ein schwaches Wesen ist dieser Gott! Wie! Er konnte alles erschaffen, was wir sehen, und es ist ihm nicht möglich, den Menschen nach seinem Willen zu bilden! Aber, so werdet ihr mir entgegnen, hätte er ihn so geschaffen, hätte der Mensch kein Verdienst. Was für eine Plattheit! Und welche Notwendigkeit besteht denn, daß der Mensch sich um seinen Gott verdient macht? Dadurch, daß er ihn ganz und gar gut machte, hätte er niemals Böses tun können, und nur dann wäre das Werk eines Gottes würdig. Es heißt den Menschen in Versuchung führen, wenn man ihm die Wahl läßt. Sein unbegrenztes Vorauswissen sagte Gott aber genau, was dabei herauskommen würde. Damit verdirbt er also zum Vergnügen die Kreatur, die er selbst erschaffen hat. Welch schrecklicher Gott ist dieser Gott! Was für ein Ungeheuer! Gibt es einen Verbrecher, der unseres Hasses und unserer unstillbaren Rachsucht würdiger wäre? Indessen, nicht sehr zufrieden mit einem so erhabenen Geschäft, ertränkt er den Menschen, um ihn zu bekehren, er verbrennt ihn, er verflucht ihn.

Nichts von alldem ändert ihn. Einem mächtigeren Wesen als diesem elenden Gott, dem *Teufel,* der stets seine Herrschaft behält, der stets seinem Schöpfer trotzen kann, gelingt es unaufhörlich durch seine Verführungskünste, die Herde zu verderben, die sich der Ewige vorbehalten hatte. Nichts kann die Macht dieses Dämons über uns brechen. Was erfindet nun eurer Meinung nach der schreckliche Gott, den ihr predigt!? Er hat nur einen Sohn, hervorgegangen aus ich weiß nicht welchem Handel. Denn da der Mensch *fickt*, wollte er, daß sein Gott ebenfalls *ficke*. Vom Himmel sendet er diesen beachtlichen Teil seiner selbst. Man glaubt vielleicht, dieses erhabene Wesen werde auf Himmelsstrahlen, inmitten der Engelsscharen, vor den Augen der ganzen Welt erscheinen ... Nichts davon. Im Schoß einer jüdischen Hure, in einem Schweinestall erscheint der Gott, der kommt, um die Welt zu erlösen!

Da habt ihr die würdige Herkunft, die man ihm zuschreibt! Doch entschädigt uns seine ehrenvolle Mission? Folgen wir ihm einen Augenblick. Was sagt er? Was tut er? Welche erhabene Botschaft empfangen wir von ihm? Welches Geheimnis enthüllt er? Welches Dogma diktiert er uns? In welchen Taten erweist sich seine Größe?

Ich sehe zunächst eine Kindheit im verborgenen, ein paar Dienste – zweifellos sehr libertiner Art –, die der Schelm den Priestern des Tempels von Jerusalem leistet, dann ein Untertauchen von fünfzehn Jahren, während welcher

Zeit der Schurke sich mit allen Hirngespinsten der Ägyptischen Schule vergiftet, die er schließlich nach Judäa mitbringt. Kaum erscheint er wieder, als sein Wahnsinn sich manifestiert, indem er ihn zu der Aussage verleitet, er sei Gottes Sohn und seinem Vater gleich. Er verbindet mit dieser Allianz ein weiteres Phantom, das er den Heiligen Geist nennt, und diese drei Personen, behauptet er, sind nur eine einzige. Je mehr dieses lächerliche Mysterium die Vernunft befremdet, umso verdienstvoller ist es, sagt der Schuft, es sich zu eigen zu machen, um so gefährlicher, es abzuleugnen. Um uns alle zu erlösen, so behauptet der Dummkopf, hat er, obgleich *Gott,* im Schoß eines Menschenkindes Fleisch angenommen. Und die glänzenden Wunder, die man ihn tun sehen wird, sollen das Universum bald davon überzeugen! Tatsächlich verwandelt der Betrüger bei einem Mahl von Trunkenbolden, wie man sagt, Wasser in Wein; in einer Wüste ernährt er ein paar Verbrecher mit verborgenen Vorräten, die seine Anhänger vorbereitet hatten; einer seiner Gefährten stellt sich tot, und der Lügner erweckt ihn zum Leben; er wandert auf einen Berg, und dort vollführt er vor nur zwei oder drei Freunden einen Taschenspielertrick, über den der schlechteste Gaukler unserer Tage erröten würde.

Während er übrigens begeistert all diejenigen verflucht, die nicht an ihn glauben, verspricht der Schurke allen Einfaltspinseln, die auf ihn hören, das Himmelreich. Er schreibt nichts, Grund dafür ist seine Unwissenheit; er spricht sehr wenig, Grund seine Dummheit; er tut noch weniger, Grund seine Schwäche. Schließlich ermüdet der Scharlatan die Richter, die seine aufrührerischen, wenn auch sehr seltenen Reden ungeduldig machen, und läßt sich ans Kreuz schlagen, nachdem er den Strolchen, die ihm folgen, zuvor versichert hat, jedesmal, wenn sie ihn anriefen, werde er zu ihnen herabsteigen, um ihnen als Speise zu dienen. Man foltert ihn, er läßt es sich gefallen. Sein Herr Papa, der erhabene Gott, von dem abzustammen er zu behaupten wagt, läßt ihm nicht die geringste Hilfe zuteil werden, und so wird der Schurke wie der letzte der Verbrecher behandelt, deren Anführer er zu sein verdiente.

Seine Jünger versammeln sich. »Wir sind verloren«, sagen sie, »und all unsere Hoffnungen sind dahin, wenn wir uns nicht durch einen aufsehenerregenden Streich retten. Machen wir die Wache, die Jesus umgibt, betrunken; rauben wir seinen Leichnam, verbreiten wir, er sei auferstanden – das Mittel ist sicher. Gelingt es uns, diese Gaunerei glaubhaft darzustellen, ist unsere neue Religion gestützt, breitet sie sich aus. Sie verführt die ganze Welt ... An die Arbeit!« Der Streich wird unternommen, er gelingt. Wie vielen Schurken hat die Kühnheit nicht schon das Verdienst ersetzt! Der Leichnam wird gestohlen, die Frauen, die Kinder wundern sich aus Leibeskräften, und doch will in dieser Stadt, wo so große Wunder geschehen sind, in dieser Stadt, die gefärbt ist vom Blut eines Gottes, niemand an diesen Gott glauben. Keine Bekehrung findet statt. Besser noch: das Faktum ist so wenig der Überlieferung würdig, daß kein Geschichtsschreiber davon spricht. Nur die Jünger jenes Betrügers glauben, Vorteil aus dem Verrat ziehen zu können, doch nicht diesem Zeitpunkt.

Diese Überlegung ist auch sehr wesentlich. Sie lassen mehrere Jahre vergehen, ehe sie ihre unglaubliche Betrügerei ausnutzen. Sie errichten schließlich auf ihr das schwankende Gebäude ihrer abscheulichen Doktrin. Jeglicher Wechsel gefällt den Menschen! Da sie des Despotismus der Kaiser müde waren, wurde eine Revolution notwendig. Man hört auf die Betrüger, ihr Fortschritt wird immer rascher. Das ist die Geschichte aller Irrtümer. Bald werden die Altäre der Venus und des Mars in solche für Jesus und Maria verwandelt; man veröffentlicht den Lebenslauf des Betrügers. Der platte Roman findet Leute, die auf ihn hereinfallen. Man läßt Jesus hundert Dinge sagen, an die er nie gedacht hat. Einige seiner abgeschmackten Reden werden sogleich zur Grundlage seiner Moral, und da man diese neue Lehre Armen predigte, wird die Nächstenliebe zur obersten Tugend. Bizarre Riten unter der Bezeichnung *Sakramente* werden eingeführt. Das unwürdigste und abscheulichste davon ist jenes, durch das ein verbrecherischer Priester dennoch durch einige Zauberworte die Macht hat, Gott in ein Stück Brot zu verwandeln. Wir zweifeln nicht daran, daß dieser unwürdige Kult gleich zu Beginn rettungslos vernichtet worden wäre, wenn man gegen ihn nur die Waffen der Verachtung eingesetzt hätte, die er verdiente. Doch man kam auf die Idee, ihm zu folgen – er nahm zu: Das Mittel war unfehlbar.

Man versuche heute noch, ihn lächerlich zu machen, er wird stürzen. Der geschickte Voltaire brauchte nie andere Waffen, und unter allen Schriftstellern ist er derjenige, der sich schmeicheln kann, die meisten Proselyten gemacht zu haben. Mit einem Wort,

Eugenie, dies ist die Geschichte Gottes und seiner Religion. Sehen Sie, welche Behandlung diese Märchen verdienen, und treffen Sie Ihre Entscheidung.

EUGENIE: Meine Wahl ist nicht schwer. Ich verachte all diese ekelhaften Hirngespinste, und selbst dieser Gott, an dem ich noch aus Schwäche oder Unwissenheit festhielt, ist für mich nur noch ein Gegenstand des Abscheus.

MADAME DE SAINT-ANGE: Schwöre mir im Ernst, nicht mehr an ihn zu denken, ihn in keinem Augenblick deines Lebens anzurufen und niemals wieder zu ihm zurückzukehren.

EUGENIE *(stürzt an ihre Brust)*: Oh, in deinen Armen leiste ich diesen Eid! Ist es nicht leicht für mich zu sehen, daß das, was du verlangst, zu meinem Besten ist und daß du nicht willst, daß solche Erinnerungen je meine Ruhe stören?

MADAME DE SAINT-ANGE: Könnte ich ein anderes Motiv haben?

EUGENIE: Aber Dolmancé, ich glaube, es war die Untersuchung der Tugenden, die uns zur Prüfung der Religionen geführt hat.

Lassen Sie uns darauf zurückkommen. Gäbe es in dieser Religion, so lächerlich sie ist, irgendwelche Tugenden, die sie vorschreibt und deren Übung zu unserem Glück beitragen könnte?

DOLMANCE: Nun, sehen wir nach. Wäre es die Keuschheit, Eugenie, jene Tugend, die Ihre Augen zerstören, wenngleich Sie ihr Inbegriff sind? Wollen Sie die Verpflichtung verehren, alle Regungen der Natur zu bekämpfen, wollen Sie sie alle der eitlen und lächerlichen Ehre opfern, niemals schwach zu sein? Seien Sie gerecht und antworten Sie, schöne

Freundin. Glauben Sie, in dieser absurden und gefährlichen Reinheit der Seele alle Lust des Lasters zu finden, das ihr entgegengesetzt ist?

EUGENIE: Nein, bei meiner Ehre, ich will nichts davon wissen. Ich fühle nicht die geringste Neigung zur Keuschheit, doch die stärkste Veranlagung zum entgegengesetzten Laster. Aber Dolmancé, die *Nächstenliebe*, die *Wohltätigkeit*, könnten sie nicht das Glück einiger empfindsamer Seelen ausmachen?

DOLMANCE: Eugenie, die Tugenden, die nur Undankbare hervorbringen, sollen uns vom Leib bleiben! Doch täusche dich übrigens nicht, liebreizende Freundin – die Wohltätigkeit ist sehr viel mehr ein Laster des Stolzes als eine echte Seelentugend. Aus Prahlerei hilft man seinesgleichen, nie aus dem einzigen Grund, eine gute Tat vollbringen zu wollen. Man wäre ziemlich ärgerlich, wenn das Almosen, das man gegeben hat, nicht gleich überall bekannt würde. Und glaube auch nicht, Eugenie, diese Tat hätte so gute Wirkungen, wie man sich einbildet. Ich meinerseits sehe sie nur als die gröbste aller Täuschungen an – sie gewöhnt den Armen an Hilfeleistungen, die seiner Energie schaden. Er arbeitet nicht mehr, wenn er Ihre Mildtätigkeiten erwartet, und wird, sobald sie ihm fehlen, ein Dieb oder ein Mörder. Ich höre von allen Seiten Fragen nach Mitteln, um die Bettelei auszumerzen, und währenddessen tut man alles, was man kann, um sie zu vermehren. Wollt ihr keine Fliegen in eurem Zimmer haben? Streut keinen Zucker aus, um sie anzulocken. Wollt ihr keine Armen in Frankreich haben? Verteilt kein Almosen, und löst vor allem die Armenhäuser auf. Das in Armut geborene Individuum wird, wenn es sich nun jener gefährlichen Hilfsmittel beraubt sieht, allen Mut, alle Mittel aufwenden, die es von der Natur empfangen hat, um sich aus dem Zustand herauszuziehen, in dem es geboren ist. Es wird euch nicht mehr belästigen. Vernichtet, zerstört mitleidlos jene abscheulichen Häuser, in denen ihr frech die Früchte der Ausschweifung des Armen verbergt, ekelhafte Kloaken, die täglich einen Schwarm dieser neuen Geschöpfe in die Gesellschaft ausspeien, deren einzige

Hoffnung in eurem Geldbeutel liegt. Wozu ist es gut, frage ich, daß man solche Individuen mit soviel Sorgfalt bewahrt? Fürchtet man, Frankreich werde sich entvölkern? Oh, diese Sorge sollten wir niemals hegen!

Einer der Hauptfehler dieses Staates besteht in seiner viel zu zahlreichen Bevölkerung, und solche Überflüsse sind weit entfernt davon, Reichtümer für den Staat zu sein. Diese überzähligen Wesen sind wie parasitäre Zweige, die nur auf Kosten des Stammes leben und diesen schließlich immer erschöpfen. Erinnert euch, daß jedesmal, wenn in irgendeinem Staat die Bevölkerung über die Existenzmittel hinauswächst, dieser Staat dahinsiecht. Betrachtet Frankreich genau, und ihr seht, das dies das Schauspiel ist, das es euch bietet. Was ergibt sich daraus? Das ist offenbar. Der Chinese, weiser als wir, hütet sich wohl, sich derart von einer zu üppigen Bevölkerung beherrschen zu lassen. Kein Asyl für die schändlichen Früchte seiner Ausschweifungen. Man läßt diese abscheulichen Ergebnisse liegen wie Verdauungsausscheidungen. Keine Häuser für die Armut – sie ist in China unbekannt. Alle Welt arbeitet hier, hier sind alle glücklich, nichts schwächt die Energie des Armen, und jeder kann wie Nero sagen: *Quid est pauper?*

EUGENIE *(zu Madame de Saint-Ange)*: Liebe Freundin, mein Vater denkt absolut wie Dolmancé. In seinem ganzen Leben hat er kein gutes Werk getan. Er schimpft meine Mutter unaufhörlich wegen der Summen, die sie für solche Dinge ausgibt. Sie war Mitglied im Mütterverein, in der Philanthropischen Gesellschaft– ich weiß nicht, welchem Verein sie nicht angehört hat. Er hat sie gezwungen, all dies aufzugeben, indem er ihr versicherte, er werde sie auf das allerbescheidenste Taschengeld setzen, wenn sie auf die Idee käme, noch einmal in solche Dummheiten zu verfallen.

MADAME DE SAINT-ANGE: Es gibt nichts Lächerlicheres und zugleich Gefährlicheres als all diese Vereine, Eugenie. Ihnen, den unentgeltlichen Schulen und den Armenhäusern verdanken wir die schreckliche Verwirrung, in der wir uns jetzt befinden. Gib niemals Almosen, meine Liebe, ich flehe dich an.

EUGENIE: Hab keine Angst, vor langer Zeit schon hat mein Vater das gleiche von mir verlangt, und die Wohltätigkeit lockt mich zu wenig, als daß ich hierin gegen seine Befehle handelte ... gegen die Regungen meines Herzens und deine Wünsche.

DOLMANCE: Zerteilen wir nicht die Portion an Empfindsamkeit, die wir von der Natur erhalten haben. Man vernichtet sie, wenn man sie ausdehnt. Was kümmern mich die Leiden der anderen! Habe ich nicht an meinen eigenen genug, ohne mich deretwegen zu betrüben, die mir fremd sind? Das Feuer dieser Empfindsamkeit soll nie etwas anderes entzünden als unsere Lust! Seien wir empfindsam für alles, was sie fördert, absolut unbeugsam gegen alles übrige. Aus diesem Seelenzustand ergibt sich eine Art Grausamkeit, die manchmal nicht unangenehm ist. Man kann nicht immer Böses tun. Des Vergnügens beraubt, das es macht, gleichen wir dieses Gefühl wenigstens durch die kleine prickelnde Bosheit aus, nie Gutes zu tun.

EUGENIE: O Gott! Wie Ihre Lehren mich entflammen! Ich glaube, man könnte mich nun eher umbringen als mich veranlassen, eine gute Tat zu tun!

MADAME DE SAINT-ANGE: Und böte sich eine Gelegenheit, wärest du gar bereit, diese zu vollbringen?

EUGENIE: Sei still, Verführerin, ich antworte dir darauf erst, wenn du meinen Unterricht beendet hast. Nach allem, was Sie mir sagen, Dolmancé, scheint mir, daß es auf Erden nichts so Gleichgültiges gibt wie Gutes oder Böses tun. Unsere Neigungen, unser Temperament allein sollen maßgebend sein?

DOLMANCE: O zweifeln Sie

nicht, Eugenie, die Wörter Laster und Tugend vermitteln uns nur rein begrenzte Ideen. Es gibt keine Tat, wie merkwürdig Sie sie sich auch immer vorstellen mögen, die wahrhaft verbrecherisch wäre, keine, die sich wirklich tugendhaft nennen könnte. Alles bezieht sich auf unsere Sitten und auf das Klima, in dem wir leben. Was hier Verbrechen ist, ist häufig hundert Meilen weiter Tugend, und die Tugenden eines anderen Erdteils könnten umgekehrt gut für uns Verbrechen sein. Es gibt keine Abscheulichkeit, die nicht vergöttlicht worden wäre, keine Tugend, die man nicht geschändet hätte. Aus diesen rein geographischen Verschiedenheiten ergibt sich, wie wenig Aufhebens wir von der Hochschätzung oder der Verachtung der Menschen zu machen haben, lächerlichen und eitlen Gefühlen, über die wir uns so erheben sollen, daß wir furchtlos ihre Verachtung bevorzugen, wenn nur die Taten, die sie uns einbringen, uns etwas Wollust schenken.

EUGENIE: Aber es scheint mir, daß es doch Taten geben muß, die in sich so gefährlich und schlecht sind, daß man sie allgemein als verbrecherisch ansieht und vom einen Ende des Universums bis zum anderen als solche bestraft.

MADAME DE SAINT-ANGE: Keine, mein Engel, keine, nicht einmal Diebstahl oder Inzest, nicht einmal Mord oder Elternmord.

EUGENIE: Wie! Diese Greuel wären irgendwo entschuldbar?

DOLMANCE: Sie wurden dort geehrt, gekrönt, als hervorragende Taten betrachtet, während an anderen Orten Menschlichkeit, Reinheit, Wohltätigkeit, Keuschheit, all unsere Tugenden schließlich, als Ungeheuerlichkeiten angesehen wurden.

EUGENIE: Ich bitte Sie, mir das alles zu erklären. Ich verlange eine kurze Analyse jedes dieser Verbrechen und bitte Sie, mir zunächst Ihre Meinung über die Libertinage der Mädchen, dann über den Ehebruch der Frauen darzulegen.

MADAME DE SAINT-ANGE: Höre also, Eugenie. Es ist unsinnig zu sagen, ein Mädchen müsse, kaum hat es den Schoß seiner Mutter verlassen, das Opfer des Willens seiner Eltern werden und dies bis zu seinem letzten Seufzer bleiben. In einem Jahrhundert, in dem die Bedeutung und die

Rechte des Menschen so sorgfältig ergründet worden sind, können die jungen Mädchen sich nicht weiterhin für Sklavinnen ihrer Familien halten, während doch feststeht, daß die Macht dieser Familien über sie absolut trügerisch ist. Hören wir die Natur zu einem so interessanten Gegenstand, und die Gesetze der Tiere, die ihr viel näher stehen, sollen uns einen Augenblick lang als Beispiel dienen. Reichen bei ihnen die elterlichen Pflichten über die ersten körperlichen Bedürfnisse hinaus? Sind die Früchte der Lust von Männchen und Weibchen nicht im Besitz ihrer ganzen Freiheit, all ihrer Rechte? Sobald sie gehen und sich selbst ernähren können, kennen ihre Erzeuger sie dann noch? Und sie selbst, glauben sie, denen irgend etwas zu schulden, die ihnen das Leben gegeben haben? Zweifellos nicht. Warum denn sind die Kinder der Menschen anderen Pflichten unterworfen? Und was bildet die Grundlage dieser Pflichten, wenn nicht der Geiz oder der Ehrgeiz der Väter? Nun frage ich, ob es gerecht ist, daß ein junges Mädchen, das nachzudenken und zu fühlen beginnt, solchen Zügeln gehorcht. Ist es nicht einzig und allein das Vorurteil, das diese Fesseln bewahrt? Und gibt es einen lächerlicheren Anblick als ein junges Mädchen von fünfzehn oder sechzehn Jahren, verzehrt von Begierden, die es zu besiegen gezwungen ist, das in schlimmeren als Höllenqualen darauf wartet, daß es seinen Eltern gefällt, nachdem sie seine Jugend unglücklich gemacht haben, auch seine Reifezeit zu opfern, indem sie es ihrer perfiden Raffgier darbringen, indem sie es gegen seinen Willen mit einem Gatten verbinden, der entweder nichts besitzt, um Liebe zu erringen, oder alles, um Haß zu erlangen?

O nein, nein, Eugenie, solcherlei Bande werden bald zunichte werden. Ein junges Mädchen muß, sobald es denken kann, vom Elternhaus abgelöst werden, eine staatliche Erziehung erhalten und soll mit fünfzehn Jahren selbst bestimmen können zu werden, was es will. Gerät es ins Laster? Nun, was tut das? Sind die Dienste, die ein junges Mädchen leistet, indem es sich bereit findet, das Glück all derer zu machen, die sich an es wenden, nicht unendlich viel wertvoller als die, die es einem

Gatten bietet, indem es sich isoliert? Das Los der Frau ist, wie die Hündin zu sein, wie die Wölfin: sie soll allen gehören, die sie wollen. Man handelt offensichtlich der Bestimmung zuwider, die die Natur den Frauen auferlegt, indem man sie mit dem unsinnigen Band einer einsamen Ehe kettet.

Hoffen wir, daß man die Augen aufmacht und, indem man die Freiheit aller Individuen garantiert, nicht das Schicksal der unglücklichen Mädchen übersieht. Doch wenn sie beklagenswerterweise vergessen werden, sollen sie sich selbst über den Brauch und über das Vorurteil stellen und kühn die schändlichen Fesseln zertreten, mit denen man sie versklaven will. Sie werden bald über Gewohnheit und Meinung triumphieren. Der Mensch, weiser, weil freier geworden, wird die Ungerechtigkeit empfinden, die darin bestünde, jene zu verachten, die so handeln, und er würde begreifen, daß es bei einem unterdrückten Volk als Verbrechen angesehen werden mag, den Impulsen der Natur nachzugehen, jedoch nicht mehr bei einem freien Volk.

Geh also davon aus, daß diese

Prinzipien legitim sind, und zerbrich deine Ketten um jeden Preis. Verachte die eitlen Verweise einer blöden Mutter, der du gerechterweise nur Haß und Verachtung schuldest. Wenn dein Vater, der ein Libertin ist, dich begehrt, nun denn. Mag er dich genießen, doch ohne dich an sich zu ketten. Zerbrich das Joch, das dich knechten will. Mehr als eine Tochter hat sich so ihrem Vater gegenüber verhalten. Ficke, mit einem Wort, ficke, dazu bist du auf die Welt gekommen. Dein Vergnügen hat keine Grenzen außer deinen Kräften und deiner Lüsternheit.

Kein Ort sei davon ausgenommen, keine Zeit und keine Person, alle Stunden, alle Menschen sollen deiner Lüsternheit dienen. Die Enthaltsamkeit ist eine undurchführbare Tugend, für die uns die Natur, in ihren Rechten verletzt, durch tausend Mißgeschicke bestraft. Solange die Gesetze so sind, wie wir sie heute noch haben, benutzen wir Schleier – die öffentliche Meinung zwingt uns dazu –, doch entschädigen wir uns im geheimen für diese grausame Keuschheit, die wir in der Öffentlichkeit befolgen müssen.

Ein junges Mädchen soll sich

bemühen, eine gute Freundin zu finden, die frei ist und in der Gesellschaft lebt und es daher heimlich deren Vergnügen kosten lassen kann. Wenn das nicht geht, soll sie die Wächter bestechen, von denen sie umgeben ist. Sie soll sie anflehen, sie zu prostituieren, indem sie ihnen alles Geld verspricht, das ihnen ihr Verkauf einbringen mag, und diese Wächter selbst oder Frauen, die sie finden werden und die man *Kupplerinnen* nennt, werden bald die Wünsche des jungen Mädchens erfüllen. Dann soll sie ihrer ganzen Umgebung Sand in die Augen streuen, Brüdern, Vettern, Freunden, Eltern. Allen soll sie sich hingeben, wenn das nötig ist, um ihren Lebenswandel zu verbergen, sogar, wenn das erforderlich ist, ihre Neigungen und ihre Vorlieben opfern. Ein Verhältnis, das ihr zunächst mißfällt und in das sie nur aus Berechnung geraten ist, wird sie bald in eine angenehmere Situation bringen, und schon ist sie *lanciert.* Doch sie soll nicht zu den Vorurteilen ihrer Kindheit zurückkehren, sondern Drohungen, Ermahnungen, Pflichten, Tugenden, Religion und Ratschläge, mit Füßen treten und alles hartnäckig ablehnen und verachten, was nur darauf zielt, sie wieder in Ketten zu schlagen, alles, was, kurz gesagt, nicht darauf gerichtet ist, sie der Unzucht auszuliefern.

Es ist eine Narrheit unserer Eltern, uns auf dem Weg der Libertinage Unglück zu prophezeien. Es gibt überall Dornen, doch auf der Laufbahn des Lasters sind sie mit Rosen überdeckt; nur auf den morastigen Pfaden der Tugend läßt die Natur solche niemals erblühen. Die einzige Klippe, die auf dem erstgenannten Wege zu fürchten ist, ist die Meinung der Leute. Doch welches geistvolle

Mädchen stellt sich nicht mit ein wenig Nachdenken über diese Meinung? Die Lust, die die Hochschätzung schenkt, Eugenie, ist nur eine geistige Lust und nur gewissen Köpfen zuträglich. Die Lust des Fickens gefällt allen, und diese verführerischen Reize entschädigen bald für die illusorische Verachtung, der man schwerlich entkommt, wenn man der öffentlichen Meinung die Stirn bietet, um die sich aber etliche vernünftige Frauen so wenig gekümmert haben, daß sie sich daraus noch ein weiteres Vergnügen machten. Ficke, Eugenie, ficke, mein teurer

Engel, dein Körper gehört dir, dir allein, einzig du auf der ganzen Welt hast das Recht, ihn zu genießen und genießen zu lassen, wen du willst.

Nutze die glücklichste Zeit deines Lebens. Sie sind nur allzu kurz, jene glücklichen Jahre unserer Lust! Sind wir glücklich genug, sie genossen zu haben, trösten und erfreuen uns wonnevolle Erinnerungen noch im Alter. Haben wir sie versäumt ... bitteres Bedauern, schreckliche Gewissensbisse zerreißen uns dann, gesellen sich zu den Qualen des Alters und umgeben mit Tränen und

Plagen das unheilvolle Nahen des Grabes ... Wärest du so töricht, an die Unsterblichkeit zu glauben?

Nun denn, wenn du fickst, meine Liebe, bleibst du den Menschen im Gedächtnis. Die Lukrezien hat man bald vergessen, während die Theodoren und Messalinen den liebsten und häufigsten Gesprächsstoff bilden. Wie sollte man nicht ein Schicksal bevorzugen, das uns mit Blumen bekränzt und uns noch die Hoffnung auf Verehrung jenseits des Grabes läßt? Wie, frage ich, sollte man nicht dieses Schicksal jenem vorziehen, das uns töricht auf der Erde dahinvegetieren läßt und uns nach unserem Leben nur Verachtung und Vergessen verspricht?

EUGENIE *(zu Madame de Saint-Ange)*: O Liebste, wie diese verführerischen Reden meinen Geist entzünden und meine Seele verführen! Ich bin in einem Zustand, den man schwerlich beschreiben kann ... Und sag mir, kannst du mich mit einigen dieser Frauen bekannt machen ... *(verwirrt)* die mich prostituieren, wenn ich es ihnen sage?

MADAME DE SAINT-ANGE: Bis du mehr Erfahrung hast, ist das

einzig meine Sache. Überlaß diese Sorge mir und mehr noch alle Vorsichtsmaßnahmen, die ich treffen werde, um deine Fehltritte zu verschleiern. Mein Bruder und dieser zuverlässige Freund, der dich belehrt, sind die ersten, denen du dich nach meinem Willen hingeben sollst, danach werden wir andere finden. Beunruhige dich nicht, liebe Freundin, ich werde dich von Vergnügen zu Vergnügen eilen lassen, ich lasse dich in ein Meer von Wonnen tauchen, ich überhäufe, überschütte dich damit!

EUGENIE *(stürzt in ihre Arme)*: O Liebe, ich bete dich an!

Nein, du wirst niemals eine gehorsamere Schülerin haben als mich, doch mir scheint, du hast mir in früheren Gesprächen zu verstehen gegeben, daß es für eine junge Frau schwierig sei, sich in die Libertinage zu stürzen, ohne daß der Gatte, den sie später nimmt, es bemerkt?

MADAME DE SAINT-ANGE: Das stimmt, meine Liebe, doch es gibt Geheimnisse, die all diese Schäden beheben. Ich verspreche dir, dich damit bekannt zu machen, und nehme es auf mich, dich dann, hättest du auch gefickt wie Antoinette, so jungfräulich zu machen, wie du es am Tag deiner Geburt warst.

EUGENIE: Oh, du bist wunderbar! Komm, belehre mich weiter. Sag mir doch rasch für diesen Fall, wie eine Frau sich in der Ehe verhalten soll.

MADAME DE SAINT-ANGE: In welchem Stand sich eine Frau auch befinde, meine Liebe, sei sie Mädchen, sei sie Frau, sei sie Witwe, soll sie nie ein anderes Ziel, eine andere Beschäftigung haben, als sich von morgens bis abends ficken zu lassen, einzig zu diesem Zweck hat die Natur sie geschaffen. Aber wenn ich zur Erfüllung dieses Plans von ihr verlange, alle Vorurteile der Kindheit mit Füßen zu treten, wenn ich ihr den entschiedensten Ungehorsam gegenüber den Befehlen ihrer Familie, die bewußteste Verachtung aller Ratschläge ihrer Eltern vorschreibe, so wirst du mir zustimmen, Eugenie, daß die Schranke, deren Vernichtung ich ihr zuallererst raten würde, sicherlich die der Ehe ist.

Betrachte doch ein junges Mädchen, das kaum aus dem Elternhaus oder seiner Pension heraus ist, das nichts weiß, keine Erfahrung hat und gezwungen wird, aus dieser Situation plötzlich in die Arme eines Mannes zu gelangen, den es nie gesehen hat, gezwungen wird, diesem Mann zu Füßen des Altares einen Gehorsam, eine Treue zu schwören, die umso ungerechter sind, als sie oft im Grunde ihres Herzens nur den größten Wunsch spürt, ihn zu betrügen. Eugenie, gibt es auf der Welt ein gräßlicheres Schicksal als dieses? Doch nun ist sie gebunden, ob ihr Gatte ihr gefällt oder nicht, ob er zärtlich zu ihr ist oder sie schlecht behandelt. Ihre Ehre hängt an ihren Eiden, sie ist entehrt, wenn sie sie bricht. Sie kann sich nur ins Verderben stürzen oder das Joch schleppen, wenn sie auch vor Schmerz daran stirbt. Aber nein, Eugenie, nein, nicht zu diesem Zweck sind wir geboren. Diese absurden Gesetze sind das Werk der Männer, und wir dürfen uns ihnen nicht unterwerfen. Kann uns die Scheidung selbst etwa zufriedenstellen? Zweifellos nicht. Wer bürgt uns dafür, daß wir in einer zweiten Verbindung mit größerer Gewißheit das Glück finden, das uns in der ersten gemieden hat?

Entschädigen wir uns also im geheimen für allen Zwang so absurder Bande und seien wir sicher, daß unsere Ausschweifungen auf diesem Gebiet, so weit sie uns auch treiben mögen, keineswegs die Natur beleidigen, sondern nur eine aufrichtige Huldigung an sie darstellen. Man gehorcht ihren Gesetzen, wenn man Begierden nachgibt, die sie allein uns verliehen hat; nur wenn wir ihr widerstehen, können wir sie beleidigen. Der Ehebruch, den die Menschen als Verbrechen betrachten, den sie als solches zu bestrafen gewagt haben, indem sie uns das Leben nahmen, der Ehebruch, Eugenie, ist also nur die Erfüllung eines

Rechtes gegenüber der Natur, das die Launen jener Tyrannen uns niemals nehmen können. Aber ist es nicht furchtbar, sagen unsere Gatten, uns der Gefahr auszusetzen, die Früchte eurer Ausschweifungen wie unsere Kinder zu lieben, wie solche zu umarmen? Dies ist der Einwand Rousseaus, dies ist, wie ich zugebe, der einzige scheinbar halbwegs zutreffende, mit dem man den Ehebruch bekämpfen kann. Nun, ist es denn nicht ganz leicht, sich der Libertinage hinzugeben, ohne die Schwangerschaft zu befürchten? Ist es nicht noch leichter, sie zu vernichten, wenn sie durch Unachtsamkeit eingetreten ist? Doch da wir auf dieses Thema zurückkommen werden, wollen wir jetzt nur den Kern der Frage behandeln. Wir werden sehen, daß das Argument, so berechtigt es zunächst auch erscheint, dennoch nur trügerisch ist.

Erstens. Wenn ich mit meinem Gatten schlafe, wenn sein Samen in meine Gebärmutter fließt, und wenn ich dann mit zehn anderen Männern schliefe, kann nichts ihm jemals beweisen, daß das Kind, das zur Welt kommt, nicht von ihm ist. Es kann seines sein, wie es nicht seins sein kann, und im Falle der Ungewißheit kann und darf er niemals (denn er hat zur Existenz dieses Geschöpfes beigetragen) irgendeinen Skrupel haben, diese Existenz zuzugeben. Sobald es ihm gehören kann, gehört es ihm, und jeder Mann, der sich durch Verdächtigungen auf diesem Gebiet unglücklich macht, wäre es gleichfalls, wenn seine Frau eine Vestalin wäre, denn es ist nicht möglich, für eine Frau zu bürgen, und eine, die zehn Jahre lang sittsam gewesen ist, kann eines Tages damit aufhören. Wenn dieser Gatte also argwöhnisch ist, wird er es in jedem Falle sein. Denn er ist niemals sicher, daß das Kind, das er küßt, wirklich das seine ist. Wenn er aber in jedem Falle argwöhnisch ist, kann nichts dagegen einzuwenden sein, wenn man den Argwohn gelegentlich rechtfertigt, es gäbe hinsichtlich seines geistigen Glücks oder Unglücks keinen Unterschied, also ist es genauso gut, daß es so ist. Er befindet sich denn, nehme ich einmal an, in völligem Irrtum. Ist es ein Verbrechen, wenn er die Frucht der Ausschweifung seiner Frau liebkost? Besitzen wir unsere Güter nicht gemeinsam? Welches

Unrecht tue ich in diesem Falle, wenn ich ein Kind in den Haushalt bringe, das einen Teil meiner Güter haben soll? Meinen wird es haben und es stiehlt meinem zärtlichen Gatten nichts. Den Anteil, den es genießt, betrachte ich als von meiner Mitgift genommen, weder dieses Kind, noch ich nehmen also meinem Mann etwas. Wäre das Kind von ihm, mit welchem Recht sollte es an meinem Besitz teilhaben? Wäre es nicht aufgrund dessen, was aus mir hervorgegangen ist? Nun, es soll diesen Anteil genießen wegen des gleichen Rechtes inniger Verbindung. Weil dieses Kind mir gehört, schulde ich ihm einen Teil meiner Reichtümer.

Was habt ihr mir vorzuwerfen? Es genießt ihn. – Aber Sie täuschen Ihren Gatten, diese Falschheit ist abscheulich. – Nein, das ist ein Gegenstreich, sonst nichts. Ich bin zuerst auf die Fesseln hereingefallen, die er mir aufgezwungen hat. Ich räche mich dafür, was wäre einfacher? – Aber es liegt eine wirkliche Verletzung der Ehre Ihres Gatten vor. – Bloßes Vorurteil! Meine Libertinage geht meinen Gatten gar nichts an, meine Fehler sind persönlicher Art.

Diese angebliche Unehre galt vor hundert Jahren etwas. Man hat diese Schimäre heute aufgegeben, und mein Gatte wird durch meine Ausschweifungen ebensowenig geschändet, wie ich es durch die seinen würde. Ich könnte mit der ganzen Welt ficken, ohne ihm eine Schramme zuzufügen! Diese angebliche Verletzung ist also nur ein Märchen, das nicht wirklich existieren kann. Eins von beiden: entweder ist mein Gatte brutal, eifersüchtig, oder er ist ein feinfühliger Mensch. Im ersten Fall ist es das beste, was ich tun kann, mich für sein Verhalten zu rächen; im zweiten wäre es mir nicht möglich, ihn zu betrüben. Wenn er anständig ist, wird er glücklich sein, wenn ich Vergnügen empfinde. Es gibt keinen feinfühligen Mann, der nicht das Schauspiel des Glücks der von ihm angebeteten Person genösse. – Aber wenn Sie ihn liebten, würden Sie wollen, daß er es genauso machte? – Oh, wehe der Frau, die es sich einfallen ließe, auf ihren Mann eifersüchtig zu sein! Sie soll mit dem zufrieden sein, was er ihr gibt, wenn sie ihn liebt, doch nicht versuchen, ihm Zwang aufzuerlegen. Sie würde nicht nur keinen Erfolg haben, sondern sich ihm auch bald verhaßt machen. Wenn ich vernünftig bin, werde ich mich also niemals über die Ausschweifungen meines Gatten betrüben. Er möge sich mir gegenüber ebenso verhalten, und es wird Friede im Haus herrschen.

Fassen wir zusammen: Welches auch die Auswirkungen des Ehebruchs seien, mag er auch Kinder ins Haus bringen, die dem Ehemann nicht gehören, – wenn sie von der Frau sind, haben sie gesicherte Rechte auf einen Teil der Mitgift dieser Frau. Der Ehemann, wenn er informiert ist, soll sie wie Kinder betrachten, die seine Frau aus einer ersten Ehe hat. Wenn er nichts davon weiß, kann er keinesfalls unglücklich sein, denn man kann nicht wegen eines Übels unglücklich sein, das man nicht kennt. Wenn der Ehebruch keine Folgen hat, und wenn er dem Gatten unbekannt wäre, könnte kein Jurist beweisen, daß er ein Verbrechen ist. In diesem Moment ist der Ehebruch für den Gatten, der ihn nicht weiß, eine vollkommen gleichgültige Handlung und vollkommen gut für die Frau, die er erfreut. Wenn der Gatte den Ehebruch entdeckt, ist es nicht mehr der Ehebruch, der nun ein Übel wäre, denn er war es soeben nicht, und er kann unmöglich seine Natur geändert haben. Es gibt also kein anderes Übel mehr als diese Entdeckung, die der Gatte gemacht hat. Dieses Unrecht aber ist nur sein eigenes – es kann die Frau nicht betreffen.

Die, welche einst den Ehebruch bestraft haben, waren also Henker, Tyrannen, Eifersüchtige, die alles auf sich selbst bezogen und sich unangemessenerweise einbildeten, es genüge, sie zu beleidigen, um ein Verbrecher zu sein –

als könnte eine persönliche Beleidigung jemals als Verbrechen betrachtet werden und als könnte man gerechterweise eine Tat Verbrechen nennen, die, weit entfernt davon, die Natur und die Gesellschaft zu beleidigen, offensichtlich der einen wie der anderen dient. Es gibt indessen Fälle, in denen der Ehebruch leicht zu beweisen ist und der Frau größere Schwierigkeiten macht, ohne dadurch verbrecherischer zu werden. Das gilt zum Beispiel, wenn der Mann impotent ist oder Neigungen hat, die der Fortpflanzung zuwiderlaufen. Da sie Geschlechtsverkehr hat und ihr Gatte niemals, wird ihr lockerer Lebenswandel zweifellos offenkundiger. Doch soll sie sich deshalb genieren? Sicherlich nicht. Die einzige Vorsichtsmaßnahme, die sie ergreifen muß, ist, keine Kinder zu bekommen oder sie abtreiben zu lassen, wenn ihre Maßnahmen fehlschlagen sollten. Wenn sie wegen widernatürlicher Neigungen gezwungen ist, sich für die Vernachlässigungen durch ihren Gatten zu entschädigen, ist es zunächst notwendig, daß sie ohne Widerwillen seine Neigungen befriedigt, wie diese auch beschaffen sein mögen, danach gebe sie ihm zu verstehen, daß derartiges Entgegenkommen schon einige Rücksichten verdient und daß sie vollkommene Freiheit verlangt im Maße derer, die sie zugesteht. Nun lehnt der Gatte ab oder stimmt zu- Wenn er zustimmt, wie es der meine getan hat, amüsiert man sich in aller Ruhe und verdoppelt seine Sorgfalt und sein Entgegenkommen für seine Launen; wenn er ablehnt, verdichtet man die Schleier, und man fickt friedlich in seinem Schatten. Ist er impotent, trennt man sich, aber in jedem Fall amüsiert man sich. Man fickt in jedem Fall, meine Liebe, weil wir zum Ficken geboren sind, weil wir die Gesetze der Natur erfüllen, indem wir ficken, und weil jedes menschliche Gesetz, das denen der Natur zuwiderliefe, nur der Mißachtung würdig wäre.

Diejenige Frau ist schön dumm, die so absurde Bande wie die der Ehe hindern, ihren Neigungen nachzugeben, die die Schwangerschaft fürchtet oder die Beleidigungen, die sie ihrem Gatten zufügt, oder die noch eitleren Befleckungen ihres Rufes! Du hast gesehen, Eugenie, ja, du hast gemerkt, wie dumm sie ist, wie sie gemein den lächerlichsten Vorurteilen ihr Glück und alle Wonnen des Lebens aufopfert. Oh, sie soll ungestraft ficken! Können sie ein bißchen falscher Ruhm, ein paar leichtsinnige religiöse Hoffnungen für solche Opfer entschädigen? Nein, nein, und die Tugenden, das Laster, alles verschmilzt im Sarg. Preist das Volk nach ein paar Jahren die einen mehr, als es die anderen verurteilt? O nein, noch einmal nein, und die Unselige stirbt, nachdem sie ohne Vergnügen gelebt hat, ach, ohne Entschädigung.

EUGENIE: Wie du mich überzeugst, mein Engel, wie du meine Vorurteile besiegst, wie du all die falschen Prinzipien zerstörst, die meine Mutter mir eingeprägt hatte! Oh, ich wünschte, ich wäre morgen verheiratet, um gleich deine Grundsätze anzuwenden! Wie verführerisch sie sind, wie wahr, und wie ich sie liebe! Eines nur beunruhigt mich, liebe Freundin, in dem, was du mir gesagt hast, und da ich es nicht verstehe, flehe ich dich an, es mir zu erklären. Dein Gatte, behauptest du, verhält sich beim Genuß nicht so, daß

Kinder kommen. Was macht er dir denn, ich bitte dich?

MADAME DE SAINT-ANGE: Mein Mann war schon alt, als ich ihn heiratete. Gleich in der Hochzeitsnacht informierte er mich über seine Vorlieben und versicherte mir, daß er seinerseits niemals die meinen hindern werde! Ich schwor ihm, ihm zu gehorchen, und wir haben beide seit dieser Zeit stets in der köstlichsten Freiheit gelebt. Die Vorliebe meines Gatten ist, sich saugen zu lassen, und dies ist das überaus merkwürdige Detail, das er damit verbindet: Während ich meinen

Hintern fest auf sein Gesicht presse und eifrig den Samen seiner Hoden auspumpe, muß ich ihm in den Mund scheißen! ... Er schluckt! ...

EUGENIE: Eine wirklich außergewöhnliche Liebhaberei!

DOLMANCE: Keine kann so bezeichnet werden, meine Liebe, alle sind natürlich. Als sie die Menschen schuf, hat es der Natur gefallen, ihre Vorlieben wie ihre Gesichter verschieden zu machen, und wir dürfen uns über die Verschiedenartigkeit der Gesichtszüge so wenig wundern wie über die, mit denen sie unsere Vorlieben versehen hat. Die Laune, von der Ihre Freundin uns soeben erzählt hat, ist so modern wie nur möglich. Eine Unzahl von Männern und vor allem Männer in gewissem Alter sind ihr erstaunlich zugetan. Würden Sie sich weigern, wenn jemand es von Ihnen verlangte, Eugenie?

EUGENIE *(errötet)*: Kann ich nach den Maximen, die mir hier beigebracht werden, etwas verweigern? Ich bitte nur für meine Überraschung um Verzeihung. Es ist das erste Mal, daß ich von all diesen Geilheiten höre, ich muß sie zunächst einmal begreifen.

Doch ich glaube, meine Lehrer dürfen sicher sein, daß der Weg von der Lösung des Problems bis zur Ausführung immer nur so lang ist, wie sie selbst es verlangen. Wie dem auch sei, meine Liebe, du hast also deine Freiheit gewonnen, indem du dich zu diesem Entgegenkommen bereitfandest?

MADAME DE SAINT-ANGE: Die vollkommenste Freiheit, Eugenie. Ich tat meinerseits alles, was ich wollte, ohne daß er mir Hindernisse in den Weg stellte, aber ich nahm keinen Liebhaber, dazu liebte ich das Vergnügen zu sehr. Wehe der Frau, die sich bindet! Es braucht nur einen Liebhaber, um sie zu verderben, während zehn Ausschweifungsszenen tagtäglich wiederholt, in einer Nacht der Stille dahinschwinden, sobald sie vollzogen sind. Ich war reich, ich bezahlte junge Leute, die mich fickten, ohne mich zu kennen, ich umgab mich mit charmanten Dienern, die sicher waren, die süßesten Vergnügen mit mir zu kosten, wenn sie diskret waren, und genau wußten, daß sie entlassen würden, wenn sie ein Wort sagten! Lieber Engel, du kannst dir die Flut der Wonnen nicht ausmalen, in die ich mich auf diese Weise stürzte! Dies ist das Verhalten, zu dem ich immer allen Frauen raten werde, die es mir gleichtun wollen. In den zwölf Jahren meiner Ehe bin ich vielleicht von mehr als zehn- oder zwölftausend Individuen gefickt worden ... und man hält mich für sittsam in meinen Kreisen! Eine andere hätte Liebhaber gehabt, und sie hätte sich beim zweiten ins Verderben gestürzt.

EUGENIE: Diese Maxime ist die sicherste, es wird bestimmt die meine sein. Ich muß wie du einen reichen Mann heiraten, und vor allem einen Mann mit Liebhabereien ... Aber meine Liebe, ist dein Mann streng an seine Neigungen gebunden, und hat er nie etwas anderes von dir verlangt?

MADAME DE SAINT-ANGE: Niemals, seit zwölf Jahren ist er sich nicht einen Tag untreu geworden, außer, wenn ich meine Regel habe. Ein sehr hübsches Mädchen, das ich nach seinem Wunsch zu mir genommen habe, ersetzt mich dann, und alles steht zum besten.

EUGENIE: Aber er beschränkt sich bestimmt nicht darauf. Andere Objekte tragen von außen her dazu bei, Abwechslung in sein Vergnügen zu bringen?

DOLMANCE: Zweifeln Sie nicht, Eugenie. Madames Gatte ist einer der größten Libertins seiner Zeit. Er gibt jährlich mehr als tausend Taler für die obszönen Neigungen aus, die Ihre Freundin soeben geschildert hat.

MADAME DE SAINT-ANGE: Wenn ich Ihnen die Wahrheit sagen soll: ich ahne es. Aber was scheren mich seine Ausschweifungen, da ihre Vielfalt die meinen berechtigt und verschleiert.

EUGENIE: Ich beschwöre dich, laß uns weiter im einzelnen

die Möglichkeiten betrachten, wie eine junge Frau, verheiratet oder nicht, sich vor der Schwangerschaft schützen kann, denn ich gestehe dir, daß diese Angst mich sehr schreckt, sei es mit einem Gatten, den ich etwa nehme, oder in der Laufbahn der Libertinage. Du hast mir eine angedeutet, als du mir von den Neigungen deines Mannes erzähltest, doch diese Gewohnheit, die für den Mann sehr angenehm sein mag, scheint mir nicht ebenso angenehm für die Frau zu sein, und unsere Genüsse sind es, frei von den Risiken, die ich fürchte, über die ich von dir hören möchte.

MADAME DE SAINT-ANGE: Ein junges Mädchen läuft nur dann Gefahr, Kinder zu bekommen, wenn sie es sich in die Fotze spritzen läßt. Sie vermeide sorgfältig diese Art des Genusses. Statt dessen biete sie unterschiedslos ihre Hand, ihren Mund, ihre Brüste oder ihr Arschloch. Auf dem letztgenannten Weg wird sie viel Lust erfahren und sogar viel mehr als an anderen Stellen, auf jede andere Weise schenkt sie Lust.

Die erste dieser Methoden, also die mit der Hand, nimmt

man vor, wie du es eben gesehen hast, Eugenie. Man bewegt das Glied seines Freundes, als ob man pumpte. Nach wenigen Bewegungen spritzt das Sperma heraus, der Mann küßt und liebkost dich währenddessen und bedeckt mit dieser Flüssigkeit den Teil deines Körpers, der ihm am besten gefällt. Will man es zwischen die Brüste tun, legt man sich auf das Bett, plaziert das männliche Glied mitten zwischen die beiden Brüste, drückt es, und nach wenigen Stößen entlädt der Mann sich so, daß er dir die Brüste und manchmal das Gesicht benetzt.

Diese Art ist die am wenigsten lustvolle von allen und taugt nur für Frauen, deren Busen durch langen Dienst schon flexibel genug geworden ist, um das Glied des Mannes festzuhalten, wenn der Busen sich darum zusammendrückt. Der Genuß durch den Mund ist bedeutend angenehmer. Die beste Weise, sich ihm hinzugeben, ist, daß die Frau sich umgekehrt auf dem Leib des Mannes ausstreckt. Er steckt ihr den Schwanz in den Mund, und da sein Kopf sich zwischen ihren Schenkeln befindet, kann er ihr vergelten, was sie ihm tut, indem er seine Zunge in ihre Fotze oder auf die Klitoris führt. Wenn man diese Position anwendet, muß man sich gegenseitig die Hinterbacken halten, packen und einander das Arschloch kitzeln, ein Detail, das stets zur Vollendung der Wollust notwendig ist. Feurige und phantasievolle Liebende verschlingen dann den Samen, der in ihren Mund spritzt, und genießen damit feinsinnig das wollüstige Vergnügen, einander diese kostbare Flüssigkeit weiterzugeben, die sie boshaft ihrer gewöhnlichen Bestimmung entzogen haben.

DOLMANCE: Diese Stellung ist köstlich, Eugenie, ich rate Ihnen, sie auszuführen. Auf diese Weise die Fortpflanzung um ihre Rechte zu bringen und dem zuwiderzuhandeln, was die Einfaltspinsel die Naturgesetze nennen, ist wirklich überaus reizvoll. Die Schenkel, die Achselhöhlen dienen ebenfalls manchmal dem Glied des Mannes als Zuflucht und bieten ihm die Höhle, in der es seinen Samen ohne Risiko der Schwangerschaft verlieren kann.

MADAME DE SAINT-ANGE: Manche Frauen stecken sich Schwämme in die Vagina, diese nehmen das Sperma auf und hindern es daran, in das Gefäß zu spritzen, das es fruchtbar machen würde. Andere zwingen die, die sie ficken, einen kleinen Sack aus venezischer Haut, gemeinhin Kondom genannt, anzulegen, in den der Samen fließt, ohne Risiko, sein Ziel zu erreichen. Doch von all diesen Manieren ist die des Arsches zweifellos die köstlichste. Dolmancé, ich überlasse Ihnen, sie zu besprechen. Wer könnte besser als Sie eine Vorliebe schildern, für die Sie Ihr Leben gäben, wenn man es zu ihrer Verteidigung forderte?

DOLMANCE: Ich gestehe meine Schwäche. Es ist, wie ich zugebe, auf der ganzen Welt kein Genuß, der diesem vorzuziehen wäre; *ich* liebe ihn bei dem einen wie bei dem anderen Geschlecht. Doch der Arsch eines Knaben, das muß ich gestehen, schenkt mir noch mehr Wollust als der eines Mädchens. *Arschficker* nennt man die, die sich dieser Leidenschaft hingeben; doch wenn man es fertigbringt, Arschficker zu sein, Eugenie, muß man es ganz sein. Wenn man Frauen arschfickt, ist man es nur halb: beim Mann soll der Mann nach dem

Willen der Natur dieser Laune dienen, und speziell für den Mann hat die Natur uns diese Neigung gegeben. Es ist absurd, wenn man sagt, daß diese Manie sie beleidige. Kann das sein, wenn sie sie uns eingibt? Kann sie befehlen, was ihre Würde verletzt? Nein, Eugenie, nein, man dient ihr hier genausogut wie auf andere Weise und vielleicht noch frommer. Sie toleriert die Fortpflanzung lediglich. Wie könnte sie einen Akt als Gesetz vorschreiben, der sie der Rechte ihrer Allmacht beraubt, da doch die Fortpflanzung nur eine Folge ihrer ursprünglichen Absichten ist und neue Schöpfungen, die wieder aus ihrer Hand hervorgehen, wenn unsere Art völlig vernichtet wäre, wieder zu ursprünglichen Absichten würden, deren Ausführung für ihren Stolz und ihre Macht sehr viel schmeichelhafter wäre?

MADAME DE SAINT-ANGE: Wissen Sie, Dolmancé, daß Sie mit diesen Ausführungen fast schon beweisen, daß die völlige Auslöschung der menschlichen Rasse nur ein Dienst an der Natur wäre?

DOLMANCE: Wer bezweifelt das, Madame?

MADAME DE SAINT-ANGE: O gerechter Himmel! Die Kriege, die Pestepidemien, die Hungersnöte, die Morde wären nicht mehr nur notwendige Zufälle der Naturgesetze, und der Mensch, der handelnd oder duldend an diesen Wirkungen beteiligt ist, wäre in dem einen Fall sowenig Verbrecher wie in dem anderen Opfer?

DOLMANCE: Opfer ist er zweifellos, wenn er unter den Schlägen des Unglücks wankt, doch Verbrecher nie. Wir werden auf all das zurückkommen, untersuchen wir inzwischen für die schöne Eugenie den sodomitischen Genuß, der jetzt unser Gesprächsgegenstand ist. Die gebräuchlichste Position für die Frau ist hierbei, sich flach auf den Bauch auf den Rand des Bettes zu legen, die Schenkel weit gespreizt, den Kopf so weit wie möglich nach unten. Nachdem der Lüstling sich einen Augenblick am Anblick des schönen Arsches erfreut hat, den man ihm bietet, nachdem er ihn geschlagen, betastet, manchmal sogar gepeitscht, gekniffen, gebissen hat, befeuchtet er mit seinem Mund das liebliche Loch, das er durchbohren wird, und bereitet mit seiner Zungenspitze das Eindringen vor. Er befeuchtet ebenfalls sein Werkzeug mit Spucke oder Salbe und bringt es sanft vor das Loch, das er durchbohren will. Er führt es mit der einen Hand, mit der anderen spreizt er die Schenkel seines Lustobjektes. Sobald er sein Glied eindringen fühlt, muß er heftig stoßen und sich dabei hüten, Boden zu verlieren. Manchmal leidet die Frau dann, wenn sie ungeübt und jung ist, doch ohne Rücksicht auf ihre Schmerzen, die sich bald in Lust verwandeln werden, soll der Ficker seinen Schwanz allmählich heftig vorstoßen, bis das

Haar seines Werkzeugs genau die Ränder des Anus des Objektes reibt, das er arschfickt. Dann soll er seinen Weg rasch verfolgen, alle Dornen sind nun gepflückt, nur Rosen bleiben. Um den restlichen Schmerz, den sein Objekt noch empfindet, in Lust zu verwandeln und zu beenden, soll er, wenn es sich um einen Knaben handelt, dessen Schwanz ergreifen und ihn wichsen; er kitzle die Klitoris, wenn es ein Mädchen ist. Das Prickeln der Lust, das er hervorruft und das den Anus des Passiven enorm zusammenzieht, verstärkt die Lust des Handelnden, der, überhäuft von Freude und Lust, bis auf den Grund des Arsches seines Objektes einen ebenso reichlichen wie dickflüssigen Samen schleudert, erregt durch diese Menge wollüstiger Details. Andere gibt es, die wollen, daß der Passive genieße; das werden wir bald erklären.

MADAME DE SAINT-ANGE: Gestatten Sie einen Augenblick lang, daß ich meinerseits Schülerin sei und Sie frage, Dolmancé, in welchem Zustand der After des Passiven sich befinden muß, um die Lust des Aktiven zu vollenden.

DOLMANCE: Voll, ganz bestimmt. Es ist wesentlich, daß das Objekt, das in diesem Augenblick dient, das dringendste Bedürfnis hat zu scheißen, damit das Schwanzende des Fickenden den Kot erreicht, in diesen eindringt und dort wärmer und weicher den Samen deponiert, der ihn erregt und in Brand setzt.

MADAME DE SAINT-ANGE: Ich würde fürchten, daß der Passive dabei weniger Vergnügen empfände.

DOLMANCE: Irrturm! Dieser Genuß ist so, daß nichts ihn beeinträchtigen kann, und das Objekt, das ihm dient, in den dritten

Himmel versetzt wird, während es ihn kostet. Kein Genuß gleicht diesem, keiner kann so vollkommen die beiden Wesen befriedigen, die sich ihm hingeben, und schwerlich kommen die, die ihn probiert haben, auf etwas anderes zurück. Dies, Eugenie, sind die besten Methoden, sich mit einem Mann zu vergnügen, ohne eine Schwangerschaft zu riskieren, denn Sie dürfen sicher sein, daß man nicht nur genießt, einem Mann den Arsch auszuliefern, wie ich es soeben erklärt habe, sondern auch, ihn zu saugen, ihn zu wichsen usw., und ich habe libertine Frauen kennengelernt, die oft in diese Details noch mehr Vergnügen legten als in den eigentlichen Genuß. Die Phantasie ist der Ansporn der Lust. In den Vergnügungen dieser Art regelt sie alles, ist sie das einzige Motiv. Geschieht es denn nicht durch sie, daß man genießt, daß die prikkelndste Wollust entsteht?

MADAME DE SAINT-ANGE: Gut. Aber Eugenie möge sich hüten, denn die Phantasie ist uns nur dienlich, wenn unser Geist frei von Vorurteilen ist: ein einziges genügt, um sie abzukühlen. Dieser launenhafte Teil unseres

Geistes ist von einer Freizügigkeit, die nichts im Zaume halten kann. Ihr größter Triumph, ihre höchsten Wonnen bestehen darin, alle Schranken zu zerbrechen, die man ihr entgegenstellt. Sie ist Feind der Vorschrift, vergöttert die Ausschweifung und alles, was die Zeichen des Verbrechens trägt. Daher die Antwort einer phantasievollen Frau, die kühlen Blutes mit ihrem Gatten fickte: »Warum so kalt?« fragte er. »Nun, in der Tat«, antwortete das außergewöhnliche Geschöpf, *»weil das, was Sie mir machen, ganz einfach ist.«*

EUGENIE: Ich bin ganz begeistert von dieser Antwort ... O meine Liebe, wie gern ich die Ausschweifungen einer grenzenlosen Phantasie kennenlernen möchte! Du kannst dir nicht vorstellen ... Nein, nein, meine Liebe, du kannst dir nicht vorstellen, welch wollüstige Gedanken mein Geist seit diesem Augenblick erst hegt ... Oh, wie ich jetzt das Böse begreife! ... Wie mein Herz es ersehnt!

MADAME DE SAINT-ANGE: Die Ungeheuerlichkeiten, die Greuel, die abscheulichsten Verbrechen mögen dich nicht mehr in Erstaunen setzen, Eugenie. Das Schmutzigste, das Infamste, das Verbotenste ist es, was am stärksten das Hirn erregt ... Immer ist dies es, was am wonnevollsten uns entladen läßt.

EUGENIE: Welchen unglaublichen Ausschweifungen Sie sich beide hingegeben haben müssen! Wie gern möchte ich sie im einzelnen kennenlernen!

DOLMANCE *(tätschelt und küßt das junge Mädchen)*: Schöne Eugenie, tausendmal lieber sähe ich Sie all das ausprobieren, was ich tun möchte, als daß ich Ihnen erzählte, was ich getan habe.

EUGENIE: Ich weiß nicht, ob es nicht zu schön für mich wäre, mich zu all dem hinzugeben.

MADAME DE SAINT-ANGE: Ich würde es dir nicht raten, Eugenie.

EUGENIE: Nun, ich erlasse Dolmancé die Einzelheiten, aber du, meine liebe Freundin, sag mir, ich beschwöre dich, das Ungewöhnlichste, was du in deinem Leben getan hast.

MADAME DE SAINT-ANGE: Ich habe fünfzehn Männern zugleich gedient. Ich bin in vierundzwanzig Stunden achtzigmal gefickt worden, sowohl von vorn wie von hinten.

EUGENIE: Das sind bloß Ausschweifungen, so was, Kraftakte. Ich wette, du hast noch außerordentlichere Dinge getan.

MADAME DE SAINT-ANGE: Ich bin im Bordell gewesen.

EUGENIE: Was heißt dieses Wort?

DOLMANCE: So nennt man öffentliche Häuser, in denen jeder Mann für einen vereinbarten Preis junge und hübsche Mädchen findet, stets bereit, seine Leidenschaften zu befriedigen.

EUGENIE: Und du hast dich dort hingegeben, meine Liebe?

MADAME DE SAINT-ANGE: Ja, ich war dort wie eine Hure, ich habe dort eine ganze Woche lang die Launen mehrerer Lüstlinge befriedigt und ich habe dort sehr merkwürdige Neigungen kennengelernt. Nach dem gleichen Prinzip der Libertinage wie die Kaiserin Theodora, die Gattin Justinians[1]), habe ich an den Straßenecken Männer aufgegabelt … auf den öffentlichen Promenaden, und ich habe das Geld verlost, das ich bei der Prostitution verdiente.

EUGENIE: Meine Liebe, ich kenne deine Hartnäckigkeit, du bist noch viel weiter gegangen.

MADAME DE SAINT-ANGE: Ist das möglich?

EUGENIE: O ja, ja, höre, wie ich es meine. Hast du mir nicht gesagt, daß unsere wonnevollsten geistigen Erlebnisse aus unserer Phantasie hervorgingen?

MADAME DE SAINT-ANGE: Das habe ich gesagt.

EUGENIE: Nun denn, stimmt es nicht, daß, wenn wir diese Phantasie schweifen lassen, wenn wir ihr die Freiheit geben, die äußersten Grenzen zu überschreiten, die ihr die Religion, der Anstand, die Menschlichkeit, die Tugend, all unsere vorgeblichen Pflichten schließlich, uns diktieren möchten, ihre Ausschweifungen ungeheuerlich wären?

MADAME DE SAINT-ANGE: Zweifellos.

EUGENIE: Geschieht es denn nicht entsprechend ihren Ausschweifungen, daß sie sich stärker erregt?

MADAME DE SAINT-ANGE: Sehr richtig.

EUGENIE: Wenn das so ist, müssen wir, je mehr wir bewegt sein wollen, je heftiger unsere Bewegung sein soll, um so freier unserer Phantasie hin zu den unfaßbarsten Dingen ihren Lauf lassen, und der Genuß wird dann stärker entsprechend dem Weg, den der Verstand zurückgelegt hat, und ...

DOLMANCE *(küßt Eugenie)*: Wonnige!

MADAME DE SAINT-ANGE: Welche Fortschritte die Spitzbübin in so kurzer Zeit gemacht hat! Doch weißt du, meine Süße, daß man weit kommen kann auf dem Weg, den du uns vorzeichnest?

EUGENIE: Genauso meine ich es, und da ich mir keinerlei Schranke setze, siehst du, bis wohin man meiner Ansicht nach gehen kann.

MADAME DE SAINT-ANGE: Zum Verbrechen, Schurkin, zum schwärzesten und entsetzlichsten Verbrechen.

EUGENIE *(mit leiser und abgehackter Stimme)*: Aber du sagst, daß es nicht existiert ... Und da es sich nur darum handelt, in Fahrt zu kommen, führt man es nicht aus.

DOLMANCE: Und doch ist es so süß auszuführen, was man erdacht hat.

EUGENIE *(errötet)*: Nun, man führt es aus ... Möchten Sie mich nicht überzeugen, meine teuren Lehrer, daß Sie nie getan haben, was Sie ausgedacht hatten?

MADAME DE SAINT-ANGE: Es ist mir ein paarmal passiert, es zu tun.

EUGENIE: Nun also!

DOLMANCE: Was für ein Eigensinn!

EUGENIE *(fährt fort)*: Was ich dich frage, ist, was du ausgedacht hast und was du getan hast, nachdem du es ausgedacht hattest.

MADAME DE SAINT-ANGE *(stammelnd)*: Eugenie, ich werde dir eines Tages mein Leben erzählen. Laßt uns mit unserer Belehrung fortfahren ... denn du würdest mich Dinge sagen lassen ...

EUGENIE: Komm, ich sehe,

daß du mich nicht genügend liebst, um mir deine Seele so weit zu öffnen. Ich werde die Zeit warten, die du mir vorschreibst. Nehmen wir die Einzelheiten wieder auf. Sag mir, wer ist der glückliche Sterbliche, den du zum Herrn deiner ersten Ernte gemacht hast!

MADAME DE SAINT-ANGE: Mein Bruder. Er liebte mich heiß von Kindheit an. Seit unseren frühesten Lebensjahren hatten wir uns häufig vergnügt, ohne das Ziel zu erreichen. Ich hatte ihm versprochen, mich ihm hinzugeben, sobald ich verheiratet wäre, und ich habe mein Wort gehalten.

Glücklicherweise hatte mein Gatte nichts zerstört – er erntete alles. Wir geben uns diesem Liebesverhältnis weiter hin, ohne uns jedoch zu stören. Wir stürzen uns nichtsdestoweniger in die süßesten Exzesse der Libertinage, wir sind uns sogar gegenseitig zu Diensten: Ich besorge ihm Frauen, und er macht mich mit Männern bekannt.

EUGENIE: Welch köstliches Übereinkommen! Aber ist der Inzest nicht ein Verbrechen?

DOLMANCE: Könnte man eine der süßesten Vereinigungen der Natur, die sie uns am deutlichsten vorschreibt und rät, als solches betrachten? Überlegen Sie einen Augenblick, Eugenie: Wie konnte sich die menschliche Rasse nach den großen Unglükken, die unsere Erde erfuhr, anders erneuern als durch Inzest? Finden wir nicht das Beispiel und selbst den Beweis dafür in den Büchern, die das Christentum respektiert? Konnten sich die Familien Adams[1] und Noahs anders fortpflanzen als mit diesem Mittel? Erforscht, untersucht die Sitten der Welt: Überall werdet ihr den Inzest erlaubt finden, angesehen als ein weises Gesetz und dazu geschaffen, die Familienbande zu festigen. Kurz, wenn die Liebe aus der Ähnlichkeit entsteht, wo kann sie vollkommener sein als zwischen Bruder und Schwester, als zwischen Vater und Tochter? Eine ungeschickte Politik, hervorgegangen aus der Furcht, gewissen Familien zuviel Macht zu verleihen, untersagt in unseren Sitten den Inzest, aber wir täuschen uns nicht so sehr, daß wir für ein Naturgesetz halten, was nur durch Eigennutz und Ehrgeiz diktiert ist. Erforschen wir unsere Herzen – hierauf verweise ich stets unsere pedantischen Moralisten – befragen wir dieses heilige Organ, und wir werden erkennen, daß es nichts Zarteres gibt als die körperliche Vereinigung der Familien. Seien wir nicht länger blind gegenüber den Gefühlen des Bruders für seine Schwester, des Vaters für seine Tochter. Vergeblich verbergen sie sie hinter dem Schleier einer legitimen Zärtlichkeit. Die heftigste Liebe ist das einzige Gefühl, das sie entflammt, es ist das einzige, das die Natur in ihre Herzen gelegt hat. Verdoppeln, verdreifachen wir ohne jegliche Furcht diesen wonnevollen Inzest und glauben wir, daß wir, je näher uns der Gegenstand unserer Wünsche angehört, um so mehr Reiz empfinden werden, wenn wir ihn genießen.

Einer von meinen Freunden lebt ganz normal mit seiner Tochter zusammen, die er von seiner eigenen Mutter hat. Es ist noch nicht eine Woche her, daß er einen dreizehnjährigen Jungen deflorierte, die Frucht seines Verkehrs mit dieser Tochter: In ein paar Jahren wird eben dieser Jüngling seine Mutter heiraten. Dies sind die Wünsche meines Freundes, er richtet sie nach seinen Plänen ein, und seine Absicht ist, wie ich weiß, noch die Früchte dieser Ehe zu genießen. Er ist jung und darf hoffen. Sehen Sie, süße Eugenie, mit wieviel Inzest und Verbrechen sich dieser Ehrenmann bedeckt hätte, wäre etwas Wahres an dem Vorurteil, das uns in diesen Verbindungen Böses sehen läßt. Mit einem Wort, in all diesen Dingen gehe ich meinerseits stets von einem einzigen Prinzip aus: Wenn die Natur den sodomitischen Genuß, den Inzest, die Masturbation usw. verböte, würde sie erlauben, daß wir dabei soviel Lust empfänden? Unmöglich kann sie dulden, was sie wirklich beleidigt.

EUGENIE: O meine himmlischen Lehrer, mithilfe eurer Prinzipien erkenne ich gut, daß es sehr wenig Verbrechen auf Erden gibt und daß wir uns in aller Ruhe unseren sämtlichen Begierden hingeben können, wie merkwürdig diese auch den Toren erscheinen mögen, die an allem Anstoß nehmen, sich über alles aufregen und dumm die gesellschaftlichen Institutionen für göttliche Gesetze nehmen. Doch gebt ihr nicht wenigstens zu, meine Freunde, daß es gewisse absolut empörende und entschieden verbrecherische Handlungen gibt, die dennoch von der Natur diktiert sind?

DOLMANCE: Weit gefehlt, Eugenie, daß wir Ihnen derartiges zugeben könnten. Da die Vernichtung eines der ersten Gesetze der Natur ist, kann nichts, was vernichtet, ein Verbrechen sein. Wie könnte eine Tat, die der Natur so sehr nützt, sie je beleidigen? Diese Vernichtung, deren der Mensch sich schmeichelt, ist übrigens eine bloße Schimäre. Der Mord ist keine Vernichtung, derjenige, der ihn begeht, wandelt nur die Formen. Er gibt der Natur Elemente zurück, deren sich die Hand dieser kundigen Natur sogleich bedient, um andere Wesen zu bilden. Da aber das Schaffen nur Genuß für den sein kann, der sich damit befaßt, bereitet der Mörder der Natur einen solchen: er liefert ihr Material, das sie sogleich verwendet und die Tat, die Narren so töricht gewesen sind zu tadeln, wird damit nur ein Verdienst in den Augen dieser universalen Wirkungskraft. Unser Stolz ist es, der sich bejubeln läßt, den Mord zum Verbrechen zu erheben. Da wir uns für die Hauptgeschöpfe des Universums halten, haben wir uns törichterweise eingebildet, jede Verletzung, die diese erhabene Kreatur erdulde, müsse notwendig ein ungeheures Verbrechen sein. Wir haben geglaubt, die Natur müsse vergehen, wenn unsere herrliche Rasse etwa vom Erdboden verschwände, während doch die vollkommene Vernichtung dieser Rasse der Natur die Schöpfungsmöglichkeit zurückgäbe, die sie uns überläßt, und ihr eine Kraft wiederschenkte, die wir ihr rauben, wenn wir uns fortpflanzen. Was für eine Inkonsequenz! Wie, Eugenie! Ein ehrgeiziger Herrscher soll nach Belieben und ohne den geringsten Skrupel die Feinde vernichten, die seinen Wünschen nach Größe schaden ... Grausame, willkürliche, unerschütterliche Gesetze sollen desgleichen jedes Jahrhundert Millionen von Individuen umbringen können, und wir, schwache und unglückliche Einzelne, wir sollten nicht ein einziges Wesen unserer Rachsucht oder unseren Launen opfern können? Gibt es noch einmal etwas so Barbarisches, so lächerlich Absonderliches, und müssen wir nicht unter dem Schleier des tiefsten Geheimnisses uns für diesen Irrsinn gründlich rächen?

EUGENIE: Sicherlich! ... Oh, wie verführerisch Ihre Moral ist, und wie sie mir gefällt! ... Aber sagen Sie mir, Dolmancé, ganz ehrlich, haben Sie sich nicht zuweilen in dieser Art befriedigt?

DOLMANCE: Zwingen Sie mich nicht, Ihnen meine Fehltritte zu enthüllen, ihre Zahl und ihre Art würden mich erröten lassen. Ich werde sie Ihnen vielleicht eines Tages gestehen.

MADAME DE SAINT-ANGE: Da er das Schwert des Gesetzes führte, hat sich der Verbrecher seiner oft bedient, um seine Leidenschaften zu befriedigen.

DOLMANCE: Hätte ich mir doch keine anderen Vorwürfe zu machen!

MADAME DE SAINT-ANGE *(springt ihm um den Hals)*: Himmlischer Mensch! ... Ich bete Sie an! ... Wieviel Geist und Mut man besitzen muß, um wie Sie alle Vergnügen genossen zu haben! Einzig einem Mann von Genie ist die Ehre vorbehalten, alle Schranken der Unwissenheit und der Dummheit zu zerbrechen. Küssen Sie mich, Sie sind zauberhaft!

DOLMANCE: Seien Sie ehrlich, Eugenie, haben Sie nie jemandem den Tod gewünscht?

EUGENIE: O ja, ja, ich habe täglich eine abscheuliche Kreatur vor Augen, die ich seit langem im Grab sehen möchte.

MADAME DE SAINT-ANGE: Ich wette, ich errate sie.

EUGENIE: Wen vermutest du?

MADAME DE SAINT-ANGE: Deine Mutter.

EUGENIE: Oh, laß mich meine Röte an deinem Busen verbergen!

DOLMANCE: Wollüstiges Geschöpf! Ich will dich meinerseits mit den Liebkosungen überschütten, die der Preis für die Kraft deines Herzens und deinen entzükkenden Kopf sein sollen. *(Dolmancé küßt sie am ganzen Körper und gibt ihr ein paar leichte Schläge auf den Hintern. Sein Glied wird steif. Madame de Saint-Ange packt seinen Schwanz und bewegt ihn. Seine Hände verirren sich von Zeit zu Zeit auch auf den Hintern von Madame de Saint-Ange, die ihn ihm lüstern hinstreckt. Nachdem er ein wenig zu sich gekommen ist, fährt Dolmancé fort.)* Doch warum sollten wir diese feinsinnige Idee nicht ausführen?

MADAME DE SAINT-ANGE: Eugenie, ich habe meine Mutter ganz genauso verabscheut, wie du die deine haßt, doch ich habe nicht geschwankt.

EUGENIE: Mir fehlten die Mittel.

MADAME DE SAINT-ANGE: Sage doch besser: der Mut.

EUGENIE: Ach, ich war noch so jung!

DOLMANCE: Doch nun, Eugenie, was würden Sie nun tun?

EUGENIE: Alles! ... Man gebe mir die Mittel, und man wird sehen!

DOLMANCE: Sie sollen sie haben, Eugenie, ich verspreche es

Ihnen; aber ich knüpfe eine Bedingung daran.

EUGENIE: Welche? Oder vielmehr: Welche könnte ich nicht akzeptieren?

DOLMANCE: Komm, Verbrecherin, komm in meine Arme. Ich kann es nicht mehr aushalten. Dein reizender Hintern muß der Preis für das Geschenk sein, das ich dir verspreche, ein Verbrechen muß das andere bezahlen! Kommt! ... Oder vielmehr: Eilt beide herbei, um mit Strömen von Samen das himmlische Feuer zu löschen, das uns entflammt!

MADAME DE SAINT-ANGE: Lassen Sie uns bitte ein wenig Ordnung in diese Orgien bringen. Man braucht sie selbst in Rausch und Schändlichkeit!

DOLMANCE: Nichts ist einfacher, das wichtigste ist, so scheint mir, daß ich mich entlade, während ich diesem kleinen Mädchen soviel Lust wie möglich schenke. Ich werde ihm meinen Schwanz in den Arsch stecken, während Sie, in seine Arme gebeugt, es wichsen, so gut Sie können. In der Haltung, in die ich sie bringe, kann sie es Ihnen vergelten: Sie küssen sich gegenseitig! Nach ein paar Gängen in den Arsch dieses Kindes variieren wir das Bild. Ich werde Ihnen in den Arsch fahren, Madame. Eugenie, über Ihnen, Ihren Kopf zwischen den Beinen, bietet mir ihre Klitoris zum Saugen. Ich werde sie so ein zweites Mal Samen verlieren lassen. Darauf gehe ich wieder in ihren Anus über, Sie zeigen mir Ihren Arsch anstelle der Fotze, die sie mir geboten hat, das heißt, Sie nehmen, wie sie es zuvor getan hat, ihren Kopf zwischen die Beine, ich sauge Ihr Arschloch, wie ich ihr zuvor die Fotze gesaugt habe, Sie entladen sich, ich tue das gleiche, während meine Hand, die den kleinen Körper dieser reizenden Novize umfaßt, ihr die Klitoris kitzelt, um sie gleichfalls außer sich geraten zu lassen.

MADAME DE SAINT-ANGE: Gut, mein lieber Dolmancé, aber es wird Ihnen etwas fehlen.

DOLMANCE: Ein Schwanz im Arsch? Sie haben recht, Madame.

MADAME DE SAINT-ANGE: Verzichten wir heute morgen darauf, wir werden ihn heute abend bekommen. Mein Bruder kommt, uns zu helfen, und unsere Lust wird auf dem Höhepunkt sein. Machen wir uns ans Werk.

DOLMANCE: Ich möchte, daß Eugenie mich einen Augenblick wichst. *(Sie tut es.)* Ja, so ... etwas schneller, mein Herz ... lassen Sie diesen purpurnen Kopf stets ganz nackt, bedecken Sie ihn nie ... Je mehr Sie das Netz spannen, desto besser führen Sie die Erektion herbei ... Man darf nie den Schwanz bedecken, den man wichst ... Gut! Bereiten Sie so selber den Zustand des Gliedes vor, daß Sie durchbohren soll ... Sehen Sie, wie es wird ... Geben Sie mir Ihre Zunge, kleine Schelmin! ... Ihr Hintern soll auf meiner rechten Hand ruhen, während meine linke Hand Ihnen die Klitoris kitzelt.

MADAME DE SAINT-ANGE: Eugenie, willst du ihn die höchste Lust kosten lassen?

EUGENIE: Sicherlich ... Ich will alles tun, um sie ihm zu schenken.

MADAME DE SAINT-ANGE: Nun denn, nimm seinen Schwanz in den Mund und sauge ihn ein paar Augenblicke lang.

EUGENIE *(tut es)*: Ist es so richtig?

DOLMANCE: O köstlicher Mund! Welche Wärme! ... Er ist für mich so gut wie der hübscheste Arsch! … Wollüstige und geschickte Frauen, verweigert euren Liebhabern dieses Vergnügen nie, es wird sie für immer an euch ketten … O heiliger Gott! Himmel, Arsch und Zwirn! …

MADAME DE SAINT-ANGE: Wie du fluchst, Freund!

DOLMANCE: Geben Sie mir Ihren Arsch, Madame … Ja, geben Sie ihn mir, damit ich ihn küssen kann, während man mich saugt, und wundern Sie sich nicht über meine Flüche, eines meiner größten Vergnügen ist, bei Gott zu fluchen, während ich lade. Es scheint mir, daß mein Geist, der in diesem Augenblick tausendmal stärker erregt ist, die hassenswerte Schimäre noch viel mehr verabscheut und verachtet. Ich möchte eine Möglichkeit finden, sie mehr zu beschimpfen, sie stärker zu beleidigen. Und wenn meine verfluchten Überlegungen mich zur Überzeugung von der Nichtigkeit des abscheulichen Gegenstandes meines Hasses führen, möchte ich das Phantom sogleich rekonstruieren, damit meine Wut sich wenigstens auf irgend etwas bezieht. Tun Sie es mir gleich, reizende Frau, und Sie werden sehen, wie sehr solche Reden Ihre Empfindungen unfehlbar verstärken. Aber zwiefacher Gott! ... Ich sehe, wie groß auch mein Vergnügen ist, daß ich mich unbedingt aus diesem himmlischen Mund zurückziehen muß ... Ich würde meinen Samen dort lassen! ... Kommen Sie, Eugenie, plazieren Sie sich. Führen wir das Bild aus, das ich skizziert habe, und stürzen wir uns alle drei in den wollüstigsten Rausch. *(Die Gruppe arrangiert sich.)*

EUGENIE: Ich fürchte mein Lieber, Ihre Bemühungen sind umsonst! Das Mißverhältnis ist zu groß.

DOLMANCE: Ich sodomisiere alle Tage noch jüngere, gestern noch wurde ein siebenjähriger Junge in weniger als drei Minuten durch diesen Schwanz defloriert ... Mut, Eugenie, Mut! ...

EUGENIE: Oh, Sie zerreißen mich!

MADAME DE SAINT-ANGE: Schonen Sie sie, Dolmancé; denken Sie daran, daß ich für sie verantwortlich bin.

DOLMANCE: Wichsen Sie sie ordentlich, Madame, sie wird dann weniger Schmerz empfinden. Außerdem ist jetzt alles getan, ich bin drin bis zum Haar.

EUGENIE: O Himmel! Aber nicht ohne Mühe ... Sehen Sie den Schweiß, der meine Stirn bedeckt, lieber Freund ... O Himmel, ich habe noch nie so heftige Schmerzen empfunden! ...

MADAME DE SAINT-ANGE: Du bist nun halb entjungfert, meine Liebe, du gehörst nun zu den Frauen. Diese Ehre kann man gut durch ein wenig Qual erkaufen. Beruhigen dich übrigens meine Finger nicht ein bißchen?

EUGENIE: Könnte ich es ohne sie aushalten? ... Kitzle mich schön, mein Engel ... Ich spüre, wie der Schmerz sich unmerklich in Lust verwandelt ... Stoßen Sie! ... Stoßen Sie! ... Dolmancé ... Ich sterbe! ...

DOLMANCE: O Himmel, Arsch! Heiliger Gott! Dreifacher Gott! Lassen Sie uns tauschen, ich hielte es nicht aus ... Ihren Hintern, Madame, ich beschwöre Sie, und plazieren Sie sich sogleich, wie ich gesagt habe. *(Man plaziert sich, und Dolmancé macht weiter.)* Hier habe ich weniger Mühe ... Wie mein Schwanz eindringt! ... Aber dieser schöne Arsch ist deshalb nicht weniger köstlich, Madame! ...

EUGENIE: Bin ich so richtig, Dolmancé?

DOLMANCE: Wunderbar! Diese hübsche jungfräuliche Fotze bietet sich mir köstlich dar. Ich bin ein Schuldiger, ein Rechtsbrecher, ich weiß es. Solche Reize sind wohl kaum für meine Augen gemacht, doch der Wunsch, diesem Kind den ersten Unterricht in Wollust zu geben, ist stärker als jede andere Erwägung. Ich will ihren Samen fließen machen ... Ich will sie erschöpfen, wenn es möglich ist... *(Er leckt sie.)*

EUGENIE: Oh, lassen Sie mich

vor Lust vergehen, ich kann es nicht aushalten! …

MADAME DE SAINT-ANGE: Ich jedenfalls, ich bin soweit! … O ficke! … Dolmancé, ficke! … Ich spritze! …

EUGENIE: Ich tue es auch, meine Liebe … O mein Gott, wie er mich saugt! …

MADAME DE SAINT-ANGE: Fluche doch, kleine Hure! … Fluche doch! …

EUGENIE: Gut denn! Heiliger Gott! Ich entlade mich! … Ich bin in der süßesten Trunkenheit! …

DOLMANCE: Auf die Plätze! … Auf die Plätze! … Eugenie … Ich

werde noch der Dumme sein bei all diesen Besitzwechseln. *(Eugenie nimmt ihre frühere Stellung wieder ein.)* Ah! Gut! Da bin ich wieder in meinem ersten Quartier ... Zeigen Sie mir Ihr Arschloch, Madame, damit ich es nach Belieben lecken kann ... Wie ich es liebe, einen Arsch zu küssen, den ich soeben gefickt habe! ... Oh, lassen Sie mich ihn ordentlich lecken, während ich mein Sperma tief in den Ihrer Freundin spritze ... Glauben Sie wohl, Madame, er ist diesmal mühelos eingedrungen ... O Donnerwetter! Donnerwetter! Sie können sich nicht vorstellen, wie sie ihn preßt, wie sie ihn zusammendrückt! ... Heiliggeficktergott, welche Lust! ... Oh, es ist vorbei, ich kann nicht mehr ... Mein Samen fließt, und ich bin tot!

EUGENIE: Er bringt mich ebenfalls um, meine Liebe, ich schwöre es dir ...

MADAME DE SAINT-ANGE: Die Schelmin! Wie schnell sie sich daran gewöhnt!

DOLMANCE: Ich kenne eine Unzahl junger Mädchen, die nichts auf der Welt dazu bringen könnte, einen anderen Genuß zu wählen. Nur das erste Mal macht Schwierigkeiten, aber kaum hat eine Frau diese Manier gekostet, will sie nichts anderes mehr machen ... O Himmel! Ich bin erschöpft! Lassen Sie mich zu Atem kommen, wenigstens ein paar Minuten lang.

MADAME DE SAINT-ANGE: Da hast du die Männer, meine Liebe; kaum sehen sie uns an, sind ihre Wünsche schon erfüllt. Diese Erschöpfung führt sie zum Ekel, bald zur Verachtung.

DOLMANCE *(kalt)*: Oh, welche Beleidigung, himmlische Schönheit! *(Er küßt sie beide.)* Ihr seid eine wie die andere für nichts als Huldigungen geschaffen, in welchem Zustand man sich auch befindet.

MADAME DE SAINT-ANGE: Tröste dich übrigens, meine Eugenie. Wenn sie sich das Recht nehmen, uns zu vernachlässigen, weil sie befriedigt sind, haben wir nicht gleichfalls das Recht, sie zu verachten, wenn ihr Verhalten uns dazu zwingt? Wenn Tiberius in Capraia die Objekte opferte, die seinen Leidenschaften gedient hatten[1]), so schlachtete Zingua, die afrikanische Königin, ebenfalls ihre Liebhaber hin[2]).

DOLMANCE: Diese Ausschreitungen, die ganz einfach sind und

mir natürlich vollständig bekannt, dürfen indessen niemals unter uns stattfinden. »Eine Krähe hackt der anderen kein Auge aus«, sagt das Sprichwort, und so trivial es sein mag, ist es doch richtig. Fürchten Sie nie etwas von mir, meine Freundinnen, ich werde vielleicht viel Böses tun, aber Ihnen werde ich nie etwas tun.

EUGENIE. O nein, nein, meine Liebe, ich wage es, dafür zu bürgen. Dolmancé wird nie die Rechte mißbrauchen, die wir ihm über uns lassen. Ich traue ihm die Redlichkeit der *roués* zu, es ist die beste. Doch führen wir unseren

Lehrer auf seine Prinzipien zurück und nehmen wir, ich flehe euch an, den großen Plan wieder auf, der uns entflammte, bevor wir uns beruhigten.

MADAME DE SAINT-ANGE: Wie, Schelmin, du denkst noch daran! Ich glaubte, das sei nur eine Sache deines überschäumenden Kopfes gewesen.

EUGENIE: Es ist die entschiedenste Regung meines Herzens, und ich werde erst zufrieden sein, wenn das Verbrechen vollbracht ist.

MADAME DE SAINT-ANGE: Oh, schon gut, schon gut, verschone sie. Bedenke, daß sie deine Mutter ist.

EUGENIE: Welch prächtiger Titel!

DOLMANCE: Sie hat recht. Hat diese Mutter an Eugenie gedacht, als sie sie in die Welt setzte? Die Schurkin ließ sich ficken, weil sie das vergnüglich fand, aber sie war weit entfernt davon, diese Tochter zu beabsichtigen. Sie möge sich in dieser Angelegenheit verhalten, wie sie will. Lassen wir ihr völlige Freiheit, und beschränken wir uns darauf, ihr zu bestätigen, daß sie, wie weit sie sich auch auf diesem Gebiete wagt, sich nie eines einzigen Verbrechens schuldig macht.

EUGENIE: Ich verabscheue sie, ich hasse sie, tausend Gründe legitimieren meinen Haß. Ich muß ihr Leben haben, um welchen Preis es auch sei!

DOLMANCE: Nun denn, da dein Entschluß unerschütterlich ist, sollst du zufriedengestellt werden, Eugenie, ich schwöre es dir. Doch gestatte mir ein paar Ratschläge, die überaus wichtig für dich werden, ehe du handelst. Nie darf dein Geheimnis dir entschlüpfen, meine Liebe, und vor allem, handle allein. Nichts ist gefährlicher als Komplizen. Wir sollen stets gerade denen mißtrauen, die wir uns am verbundensten glauben. *Man darf,* so sagt Machiavelli, *entweder nie Komplizen haben oder muß sich ihrer entledigen, sobald sie uns gedient haben.* Das ist nicht alles. Heuchelei ist unumgänglich bei den Plänen, die du machst, Eugenie. Nähere dich mehr denn je deinem Opfer, ehe du es schlachtest, umschmeichle es, teile seine Schmerzen, schwöre ihm, daß du es innig liebst, gehe noch weiter, überzeuge es davon. Die Falschheit kann in solchen

Fällen nicht weit genug getrieben werden. Nero liebkoste Agrippina in eben der Barke, die sie ertränken sollte. Ahme dies Beispiel nach, wende alle Verrätereien, alle Betrügereien an, die dir dein Geist nur eingeben mag. Wenn die Lüge den Frauen jederzeit notwendig ist, so wird sie gerade dann unumgänglich für sie, wenn sie betrügen wollen.

EUGENIE: Ich werde diese Lehren sicherlich behalten und in die Tat umsetzen, doch ich bitte Sie, erklären Sie jene Falschheit, deren Anwendung Sie den Frauen raten, genauer. Glauben Sie denn, daß diese Verhaltensweise in der Gesellschaft absolut wesentlich ist?

DOLMANCE: Ich kenne bestimmt keine, die im Leben notwendiger wäre. Eine verbriefte Wahrheit wird Ihnen ihre Unumgänglichkeit beweisen: Alle Welt bedient sich ihrer. Ich frage Sie nun, ob ein ehrliches Individuum inmitten einer Gesellschaft von falschen Leuten nicht immer scheitern muß. Wenn aber stimmt, was man behauptet, nämlich daß die Tugenden im bürgerlichen Leben in gewisser Weise nützlich sind, wie stellen Sie sich dann vor, daß ein Wesen, das so wie viele Leute weder den Willen noch die Kraft noch die Begabung zu irgendeiner Tugend hat, wie stellen Sie sich vor, frage ich, daß dieses Wesen nicht gezwungen sein soll zu heucheln, um seinerseits ein wenig von dem Anteil des Glückes zu erhalten, den seine Rivalen ihm rauben? Und ist es denn nun wirklich die Tugend oder deren Schein, was für den Gesellschaftsmenschen notwendig ist? Zweifeln wir nicht, daß der bloße Schein ihm genügt. Er hat alles, was er braucht, wenn er ihn besitzt. Da man die Menschen in der Gesellschaft nur oberflächlich berührt, genügt es ihnen dann nicht, uns die äußere Hülle zu zeigen? Überzeugen wir uns außerdem wohl, daß die Übung der Tugenden kaum jemand anderem nützlich ist als dem, der sie beherrscht. Die anderen ziehen so wenig Nutzen daraus, daß es vollkommen gleichgültig ist, ob ein Mitmensch, der uns tugendhaft erscheint, es tatsächlich ist oder nicht. Die Falschheit ist übrigens fast immer ein sicheres Mittel, um zum Erfolg zu gelangen. Wer sie beherrscht, erwirbt notwendigerweise eine

Art von Priorität über den, der mit ihm verkehrt oder in Beziehungen zu ihm steht: Indem er ihn durch falschen Schein blendet, überzeugt er ihn – von diesem Augenblick an ist er erfolgreich. Merke ich, daß man mich getäuscht hat, nehme ich es nur mir selber übel, und mein Betrüger hat um so leichteres Spiel, als ich mich aus Stolz nicht beklagen werde. Er wird immer starken Einfluß auf mich haben. Er hat recht, wenn ich unrecht habe, er wird reich, wenn ich mich ruiniere. Immer über mir stehend, wird er schließlich die öffentliche Meinung gewinnen und ist er einmal da angelangt, mag ich ihn ruhig anklagen, man wird mich nicht einmal anhören. Geben wir uns also kühn und unaufhörlich der ungeheuerlichsten Falschheit hin, betrachten wir sie als den Schlüssel zu allen Gnaden, zu allen Begünstigungen, zu allem Ruhm, zu allen Reichtümern, und besänftigen wir friedlich den kleinen Kummer, Leute an der Nase herumgeführt zu haben, des prickelnden Vergnügens wegen, Schurke zu sein.

MADAME DE SAINT-ANGE: Damit, glaube ich, ist über dieses

Thema unendlich viel mehr gesagt worden, als nötig war. Eugenie wird überzeugt, wird besänftigt sein, ermutigt. Sie wird handeln, wann sie will! Ich meine, es ist nötig, jetzt unsere Darlegungen über die verschiedenen Vorlieben der Männer in der Libertinage fortzusetzen. Dieses Feld muß weit sein, durcheilen wir es. Wir haben unsere Schülerin in einige Mysterien der Praxis eingeführt, vernachlässigen wir nicht die Theorie.

DOLMANCE: Die libertinen Einzelheiten der männlichen Leidenschaften, Madame, sind kaum als Lehrobjekte für ein junges Mädchen geeignet, das, wie Eugenie, nicht bestimmt ist, den Beruf der käuflichen Frau auszuüben. Sie wird heiraten, und unter diesen Umständen darf man zehn gegen eins wetten, daß ihr Gatte jene Neigungen nicht hat. Sollte dies jedoch der Fall sein, so ist das Verhalten einfach: viel Sanftmut und Entgegenkommen für ihn; auf der anderen Seite viel Falschheit und Entschädigung im geheimen. Diese wenigen Worte umfassen alles. Wenn Ihre Eugenie einige Analysen der Liebhabereien der Männer im Vollzug der

Libertinage verlangt, wollen wir diese, um sie rascher zu untersuchen, in drei zusammenfassen: die *Sodomie*, die *gotteslästerlichen* und die *grausamen Liebhabereien*. Die erstgenannte Leidenschaft ist heute weltweit verbreitet. Fügen wir dem, was wir bereits über sie gesagt haben, noch ein paar Überlegungen hinzu. Man teilt sie in zwei Klassen, die aktive und die passive; der Mann, der arschfickt, sei es einen Knaben, sei es eine Frau, begeht die aktive Sodomie; er ist passiver Sodomit, wenn er sich ficken läßt. Man hat häufig die Frage gestellt, welche

Weise, Sodomie zu begehen, die wollüstigere sei. Zweifellos ist dies die passive, da man gleichzeitig vorn und hinten Genuß empfindet. Es ist so süß, das Geschlecht zu tauschen, so köstlich, die Hure zu spielen, sich einem Mann hinzugeben, der uns wie eine Frau behandelt, diesen Mann seinen Liebhaber zu nennen, sich als seine Geliebte zu bekennen! O meine Freunde, welche Wollust! Doch beschränken wir uns hier auf einige einzelne Ratschläge, Eugenie, die ausschließlich den Frauen gelten, die sich in Männer verwandeln und nach unserem

Beispiel diese wonnevolle Lust genießen wollen. Ich habe Sie mit diesen Dingen vertraut gemacht, Eugenie, und ich habe genug gesehen, um überzeugt zu sein, daß Sie eines Tages auf diesem Wege große Fortschritte machen werden. Ich ermahne Sie, ihn als einen der köstlichsten Kytheras zu beschreiten, und bin vollkommen sicher, daß Sie diesen Rat befolgen werden. Ich will mich auf zwei oder drei Ratschläge beschränken, die wesentlich sind für eine junge Person, die entschlossen ist, nur noch diese Art von Vergnügen oder solche zu kennen, die ihr entsprechen. Beachten Sie zunächst, daß Sie sich immer die Klitoris wichsen lassen, wenn man Sie sodomisiert, nichts ergänzt sich so gut wie diese beiden Vergnügen. Meiden Sie das Bidet oder das Reiben mit Tüchern, wenn Sie so gefickt worden sind. Es ist gut, wenn die Spalte immer offen ist, denn daraus ergeben sich Begierden, Kitzel, die die Bemühungen der Sauberkeit sogleich vernichten. Man glaubt nicht, wie lange diese Gefühle anhalten. Wenn Sie dabei sind, sich in dieser Weise zu vergnügen, Eugenie, meiden Sie auch die Säuren, sie entzünden die Hämorrhoiden und machen dadurch das Eindringen des Gliedes schmerzhaft. Verbieten Sie, daß mehrere Männer Ihnen nacheinander in den Arsch spritzen, denn diese Vermischung von Sperma ist, wenn auch lustvoll für die Einbildungskraft, oft gefährlich für die Gesundheit. Stoßen Sie diese verschiedenen Ströme immer aus, wie sie kommen.

EUGENIE: Aber wenn Sie von vorn kämen, wäre das dann nicht ein Verbrechen?

MADAME DE SAINT-ANGE: Glaube doch nicht, arme Närrin,

daß das geringste Übel darin liegt, sich so zu verhalten, daß der Hauptweg für den Samen des Mannes in eine andere Richtung gelenkt wird, denn die Fortpflanzung ist keinesfalls das Ziel der Natur: sie ist nur eine Toleranz ihrerseits; und wenn wir sie nicht ausnutzen, erfüllen wir ihre Absichten weitaus besser. Eugenie, sei die entschiedenste Feindin dieser lästigen Fortpflanzung und lenke immer, selbst in der Ehe, diese perfide Flüssigkeit ab, deren Wachstum zu nichts gut ist, als unsere Figur zu verderben, die wollüstigen Empfindungen in uns zu schwächen, uns alt zu machen und unsere Gesundheit zu beeinträchtigen. Bringe deinen Gatten dazu, sich an diese Verschwendungen zu gewöhnen, biete ihm alle Wege, die die Huldigung vom Tempel fernhalten können, sage ihm, daß du Kinder verabscheust, daß du ihn anflehst, dir keine zu machen. Nimm dich in diesem Punkt in acht, meine Liebe, denn ich sage dir, mir ist die Fortpflanzung so verhaßt, daß ich im gleichen Augenblick aufhören würde, deine Freundin zu sein, in dem du schwanger würdest. Wenn dir jedoch dieses Unglück passiert, ohne daß du schuld daran bist, sag mir in den ersten sieben oder acht Wochen Bescheid, und ich werde dich ganz sanft davon befreien. Fürchte nicht den Kindsmord. Dieses Verbrechen ist imaginär, da wir stets Herrin dessen sind, was wir im Schoß tragen, und wenn wir diese Art von Stoff vernichten, tun wir nichts schlimmeres, als wenn wir die andere durch Medikamente abführen, weil wir das Bedürfnis verspüren.

EUGENIE: Und wenn das Kind ausgewachsen wäre?

MADAME DE SAINT-ANGE: Und wäre es auch geboren, hätten

wir immer noch das Recht, es zu vernichten. Es gibt auf der Welt kein gesicherteres Recht als das der Mütter über ihre Kinder. Es gibt kein Volk, das diese Wahrheit nicht anerkannt hätte. Sie ist durch Gründe und Prinzipien festgelegt.

DOLMANCE: Dieses Recht ist naturgegeben ... Es ist unwiderlegbar. Die Extravaganz des gottschaffenden Systems war die Quelle all dieser groben Irrtümer. Die Dummköpfe, die an Gott glaubten, sind davon überzeugt, daß wir nur ihm das Leben verdankten und daß, sobald ein Embryo zur Reife gelangt sei, eine kleine, aus Gott hervorgegangene Seele es sogleich belebe. Diese Toren, sage ich, mußten die Vernichtung dieses kleinen Geschöpfes natürlich als ein Kapitalverbrechen ansehen, weil es ihrer Meinung nach nicht mehr den Menschen angehörte. Es ist das Werk Gottes, es war Gottes. Konnte man ohne Verbrechen darüber verfügen? Doch seit die Fackel der Philosophie all diese Betrügereien zerstreut hat, seit die göttliche Schimäre zertreten ist, seit wir besser über die Gesetze und Geheimnisse des Physischen unterrichtet sind und das Zeugungsprinzip entwickelt haben und der rein materielle Mechanismus für uns nicht erstaunlicher ist als das Wachstum des Weizenkorns, seitdem haben wir uns gegen den Irrtum des Menschen auf die Natur berufen. Indem wir die Reichweite unserer Rechte ausdehnten, haben wir schließlich erkannt, daß wir völlig frei waren zurückzunehmen, was wir wider Willen oder zufällig gegeben hatten, und daß man von einem beliebigen Individuum unmöglich verlangen kann, Vater oder Mutter zu werden, wenn es keine Lust dazu hat; daß es übrigens nicht besonders folgenreich ist, ob es dieses Geschöpf mehr oder weniger auf der Welt gibt, und daß wir zweifellos ebenso Herr wurden über dieses – wenn auch beseelte – Stück Fleisch, wie wir es über die Nägel sind, die wir uns von den Fingern abschneiden, über die Fleischauswüchse, die wir aus unseren Körpern entfernen, weil das eine wie das andere von uns ist, weil das eine wie das andere unser ist und weil wir absolut Besitzer dessen sind, was aus uns hervorgeht. Als Sie sich die überaus mittelmäßige Bedeutung klarmachten, die die Handlung des Mordens auf Erden hat, mußten Sie auch sehen, Eugenie, wie wenig folgenschwer alles ist, was mit dem Kindsmord zu tun hat, selbst wenn er an einem Geschöpf begangen wird, das bereits denken kann. Es ist also unnötig, darauf zurückzukommen – die Vortrefflichkeit Ihres Verstandes vermehrt meine Beweise. Die Lektüre der Geschichte aller Völker der Erde wird Sie, indem sie Ihnen zeigt, daß dieser Brauch allgemein verbreitet ist, vollends davon überzeugen, daß es nur Dummheit wäre, an dieser überaus gleichgültigen Handlung etwas Böses zu finden.

EUGENIE *(zunächst zu Dolmancé)*: Ich kann Ihnen nicht sagen, wie sehr Sie mich überzeugen. *(Dann wendet sie sich an Madame de Saint-Ange.)* Aber sag mir, Liebste, hast du dich zuweilen des Hilfsmittels bedient, das du mir anrätst, um den Fötus innerlich zu zerstören?

MADAME DE SAINT-ANGE: Zweimal, und immer mit dem größten Erfolg. Doch ich muß dir gestehen, daß ich es nur in der ersten Zeit erprobt habe. Immerhin aber haben zwei Frauen aus meiner Bekanntschaft das gleiche Mittel zur Halbzeit angewandt und mir versichert, daß es ihnen ebenfalls geholfen habe. Zähle also auf mich, meine Liebe, doch ich ermahne dich, dich nie in den Fall zu bringen, es zu brauchen, denn das ist das Sicherste. Nehmen wir nun die wollüstigen Details wieder auf, die wir diesem jungen Mädchen versprochen haben. Fahren Sie fort, Dolmancé, wir sind bei den gotteslästerlichen Liebhabereien.

DOLMANCE: Ich vermute, Eugenie hat die religiösen Irrtümer soweit aufgegeben, um zutiefst überzeugt zu sein, daß alles, was damit zusammenhängt, sich über Gegenstände der Frömmigkeit der Toren lustig zu machen, keinerlei Folgen haben kann. Diese Launen haben effektiv so wenige, daß sie nur sehr junge Köpfe erhitzen können, für die jedes Zerbrechen von Schranken zu einem Genuß wird. Es ist eine Art kleiner Rache, die die Phantasie entflammt und zweifellos kurze Zeit amüsant sein kann, doch mir scheint, diese Lust wird abgeschmackt und kalt, wenn man Zeit gehabt hat, sich von der Nichtigkeit der Gegenstände zu überzeugen, für die die Idole, die wir verhöhnen, nur armselige Abbildungen sind. Die Reliquien, die Heiligenbilder, die Hostie, das Kruzifix entweihen, all dies darf in den Augen des Philosophen nichts anderes sein, als die Beschädigung einer heidnischen Statue wäre. Hat man einmal dieses abscheuliche Kinderspielzeug der Verachtung überlassen, muß man es dort lassen, ohne sich weiter darum zu kümmern. Von all dem ist nur die Blasphemie beizubehalten, nicht weil sie mehr Realität besäße, denn sobald es keinen Gott mehr gibt, wozu ist es dann gut, seinen

Namen zu beleidigen? Doch es ist wesentlich, in der Trunkenheit der Lust kräftige und schmutzige Worte auszusprechen, und die Worte der Gotteslästerung sind der Einbildungskraft sehr förderlich. Nichts darf man dabei auslassen. Man muß diese Worte mit der größten Ausschweifung im Ausdruck schmücken, sie müssen soviel Anstoß wie möglich erregen. Denn es ist sehr angenehm, Anstoß zu erregen, hierin liegt ein kleiner Triumph für den Stolz, der keineswegs zu verachten ist. Ich gestehe Ihnen, meine Damen, dies ist eine meiner geheimen Lüste, es gibt kaum geistige Vergnügen, die stärker auf meine Einbildungskraft wirken. Versuchen Sie es, Eugenie, und Sie werden sehen, was sich daraus ergibt. Stellen Sie vor allem eine ungeheure Gottlosigkeit zur Schau, wenn Sie mit Leuten Ihres Alters zusammen sind, die noch in den Finsternissen des Aberglaubens dahinvegetieren, prahlen Sie mit der Ausschweifung und Libertinage, ziehen Sie sich vorzugsweise *als Hure* an, lassen Sie sie Ihre Brust sehen. Wenn Sie mit ihnen an geheime Orte gehen, schürzen Sie unanständig die Röcke auf, lassen

Sie absichtlich die geheimsten Stellen Ihres Körpers sehen. Verlangen Sie das gleiche von ihnen, verführen Sie sie, predigen Sie ihnen, zeigen Sie ihnen die Lächerlichkeit ihrer Vorurteile. Tun Sie mit ihnen, was man *verderben* nennt, fluchen Sie bei ihnen wie ein Mann. Wenn sie jünger sind als Sie, nehmen Sie sie mit Gewalt, vergnügen Sie sich mit ihnen und korrumpieren Sie sie, sei es durch Beispiele, sei es durch Ratschläge, kurz, durch alles, was Sie für geeignet halten, sie zu pervertieren. Seien Sie gleichfalls äußerst frei Männern gegenüber.

Prahlen Sie vor ihnen mit Unglauben und Schamlosigkeit, weit entfernt davon, vor den Freiheiten zurückzuschrecken, die sie sich nehmen werden, gestatten Sie ihnen geheimnisvoll alles, was ihnen Vergnügen machen kann, ohne Sie zu kompromittieren. Lassen Sie sich von ihnen betasten, wichsen Sie sie, lassen Sie sich wichsen, gehen Sie sogar so weit, ihnen den Arsch zu überlassen. Doch da die trügerische Ehre der Frauen an ihren vorderen Primizien hängt, seien Sie in dieser Hinsicht zurückhaltender. Sind Sie erst verheiratet, nehmen Sie

Lakaien, keinen Liebhaber, oder bezahlen Sie ein paar zuverlässige junge Leute. Von diesem Augenblick an ist alles in Ordnung, nichts schädigt mehr Ihren Ruf, und ohne daß man Sie je verdächtigen könnte, haben Sie die Kunst erfunden, alles zu tun, was Ihnen gefällt. Fahren wir fort.

Die Vergnügen der Grausamkeit sind die dritten, deren Untersuchung wir uns vorgenommen haben. Diese Art von Vergnügen sind unter den Männern heute sehr verbreitet, und folgendes Argument verwenden sie, um sie zu legitimieren: Wir wollen erregt werden, sagen sie, das ist das Ziel jedes Menschen, der sich der Wollust hingibt, und wir wollen durch die wirksamsten Mittel erregt werden. Wenn wir hiervon ausgehen, handelt es sich nicht darum, ob unser Verfahren dem Objekt, das uns dient, gefällt oder mißfällt, es handelt sich einzig darum, die Masse unserer Nerven durch den allerheftigsten Schock zu erschüttern. Da der Schmerz uns viel lebhafter berührt als das Vergnügen, müssen die auf uns rückwirkenden Schocks dieses bei den anderen hervorgerufenen Gefühls zweifellos von viel kraftvollerer

Erschütterung sein, energischer in uns nachhallen, die Lebensgeister in eine heftigere Zirkulation versetzen, die sie durch die rückläufige Bewegung, die ihnen dann eigentümlich ist, auf die unteren Regionen richten, sogleich die Organe der Wollust entzünden und sie für das Vergnügen vorbereiten. Die Wirkungen der Lust sind bei den Frauen immer trügerisch. Übrigens wird ein häßlicher oder alter Mann sie schwerlich hervorrufen. Gelingt es ihnen, sind sie schwach und die Schocks kraftloser. Man muß also den Schmerz vorziehen, dessen Wirkungen nicht täuschen können und dessen Erschütterungen aktiver sind. Doch, so hält man den von dieser Manie besessenen Männern entgegen, dieser Schmerz betrübt den Nächsten. Ist es barmherzig, den anderen Böses zu tun, um sich selbst zu erfreuen? Die Schurken entgegnen darauf, daß sie, die daran gewöhnt sind, im Lustakt sich selbst für alles, die anderen für nichts zu achten, davon überzeugt sind, daß es nach den Impulsen der Natur ganz einfach sei, das, was sie fühlten, dem vorzuziehen, was sie nicht fühlen. Was tun uns, so wagen sie zu sagen, die dem Nächsten verursachten Schmerzen? Empfinden wir sie? Nein, im Gegenteil, wir haben bewiesen, daß aus ihrer Erregung für uns ein köstliches Gefühl resultiert. Aus welchem Grund sollten wir ein Individuum schonen, das uns in keiner Weise berührt? Aus welchem Grund sollten wir ihm einen Schmerz ersparen, der uns nie auch nur eine Träne kostet, wenn es sicher ist, daß aus diesem Schmerz für uns ein sehr großes Vergnügen entsteht? Haben wir je einen einzigen Impuls der Natur verspürt, der uns riete, die anderen uns vorzuziehen, und ist nicht jeder für sich selbst auf der Welt? Ihr erzählt uns von einer trügerischen Stimme dieser Natur, die uns sagte, wir sollten den anderen nicht tun, was wir nicht wollten, daß man uns tue. Doch dieser absurde Rat ist uns stets von Menschen gegeben worden und von schwachen Menschen. Der starke Mensch wird sich nie einfallen lassen, eine solche Sprache zu sprechen. Die ersten Christen, die tagtäglich ihres blödsinnigen Systems wegen verfolgt wurden, waren es, die jedem zuriefen, der es hören wollte: »Verbrennt uns nicht, schindet uns nicht! *Die Natur sagt, daß wir den anderen nicht tun sollen, was wir nicht wollen, daß man uns tue.«* Dummköpfe! Wie kann die Natur, die uns tagtäglich rät, uns zu vergnügen, die uns nie andere Regungen, andere Eingebungen einprägt, in beispielloser Inkonsequenz einen Augenblick später sagen, wir sollten uns aber nicht einfallen lassen, uns zu vergnügen, wenn das dem anderen weh tun könnte! O glauben wir, Eugenie, glauben wir, die Natur, unser aller Mutter, spricht uns immer nur von uns. Nichts ist so egoistisch wie ihre Stimme, und was wir am klarsten in ihr erkennen, ist ihr beständiger und heiliger Rat, uns zu vergnügen, gleichgültig, auf wessen Kosten. Doch die anderen, so wird man Ihnen darauf sagen, können sich rächen ... Bitte sehr! Der Stärkste allein wird rechtbehalten. Nun, dies ist der Urzustand ewigen Krieges und ewiger Vernichtung, für den ihre Hand uns geschaffen hat, und nur wenn wir in ihm verharren, ist es für sie von Nutzen.

So reden diese Leute, meine liebe Eugenie, und ich füge nach meiner Erfahrung und meinen

Studien hinzu, daß die Grausamkeit bei weitem kein Verbrechen, sondern das erste Gefühl ist, das die Natur uns ein- prägt. Das Kind zerbricht seine Rassel, beißt in die Brust seiner Amme, erwürgt seinen Vogel, lange bevor es denken kann. Die Grausamkeit ist in die Tiere gelegt, bei denen, wie ich gesagt zu haben glaube, die Naturgesetze sich sehr viel kräftiger ausprägen als bei uns. Bei den Wilden ist sie der Natur viel näher als bei den zivilisierten Menschen, es wäre also absurd zu behaupten, sie sei eine Folge der Verderbnis. Dieses System ist falsch, ich wiederhole es. Die Grausamkeit ist naturgegeben. Wir kommen alle mit einem Maß an Grausamkeit auf die Welt, das nur die Erziehung modifiziert. Aber die Erziehung ist nicht naturgegeben, sie schadet den heiligen Wirkungen der Natur ebenso, wie die Kultur den Bäumen schadet. Vergleicht doch in eurem Obstgarten den Baum, der der Sorge der Natur überlassen ist, mit dem, welchen eure Kunst pflegt, und ihr werdet sehen, welcher der schönere ist, ihr werdet erfahren, welcher euch die besseren Früchte schenkt. Die Grausamkeit ist nichts anderes als die von der Zivilisation noch nicht beeinträchtigte Energie des Menschen – sie ist also eine Tugend und kein Laster. Schafft eure Gesetze ab, eure Strafen, eure Bräuche, und die Grausamkeit wird keine gefährlichen Auswirkungen mehr haben, da sie sich niemals betätigt, ohne auf die gleiche Weise zurückgestoßen zu werden. Im Zustand der Zivilisation ist sie gefährlich, da es dem verletzten Wesen fast immer an der Kraft oder an den Mitteln fehlt, die Beleidigung zurückzuweisen. Wenn sie aber im Zustand der Zivilisationslosigkeit den Starken trifft, wird er sie zurückweisen, und wenn sie den Schwachen trifft, verletzt sie bloß ein Wesen, das nach den Gesetzen der Natur dem Starken weicht, und ist nicht im geringsten schädlich.

Wir wollen nicht die Grausamkeit in den wollüstigen Vergnügen der Männer untersuchen. Sie sehen ungefähr die verschiedenen Exzesse, bis zu denen sie gehen werden, Eugenie, und Ihre glühende Phantasie wird Sie leicht begreifen lassen, daß sie in einer unerschütterlichen und stoischen Seele keine Grenzen kennen dürfen. Nero, Tiberius, Heliogabal schlachteten Kinder ab, um sich geschlechtlich zu erregen. Der Marschall von Retz, Charolais, der Oheim Condes, begingen gleichfalls Lustmorde. Der erstgenannte gestand in seinem Verhör, daß er keine mächtigere Wollust kenne als die, die er aus den Qualen gewinne, die sein Hausgeistlicher und er kleinen Kindern beiderlei Geschlechts auferlegten. Man hat sieben- oder achthundert solcher abgeschlachteter Opfer in einem seiner Schlösser in der Bretagne gefunden. All dies ist begreiflich, wie ich dargelegt habe.

Unsere Konstitution, unsere Organe, der Lauf der Säfte, die Kraft der Lebensgeister, das sind die physischen Ursachen, die gleichzeitig einen Titus oder einen Nero, eine Messalina oder eine Chantal hervorbringen. Man darf so wenig stolz auf die Tugend wie reuevoll wegen des Lasters sein, die Natur ebensowenig dafür anklagen, daß sie uns gut geschaffen hat, wie dafür, daß sie uns als Verbrecher zur Welt kommen ließ. Sie hat nach ihren Absichten, ihren Plänen und ihren Bedürfnissen gehandelt, denen wir uns unterwerfen. Ich werde also hier die

Grausamkeit der Frauen analysieren, die sehr viel aktiver ist als bei den Männern, aus dem mächtigen Grunde, daß ihre Organe von äußerster Empfindlichkeit sind.

Wir unterscheiden allgemein zwei Arten von Grausamkeit. Die Grausamkeit, die aus der Dummheit erwächst, die nie durchdacht, nie analysiert wird, setzt das derart geschaffene Individuum dem wilden Tiere gleich. Diese schenkt keinerlei Lust, denn der, der ihr zuneigt, ist keiner Feinheit fähig. Die Brutalitäten eines solchen Wesens sind selten gefährlich und es ist immer leicht, sich vor ihnen zu schützen. Die andere Art von Grausamkeit, Frucht der außerordentlichen Empfindsamkeit der Organe, ist nur äußerst feinfühligen Wesen bekannt, und die Exzesse, zu denen sie sie führt, sind nur Übersteigerungen ihrer Feinfühligkeit. Diese Feinfühligkeit wird zu rasch geschwächt wegen ihrer außerordentlichen Zartheit, und setzt, um sich wiederzuerwecken, alle Hilfsmittel der Grausamkeit ins Werk. Wie wenig Menschen nur begreifen diese Unterschiede! ... Wie wenige nur fühlen sie! Dennoch existieren sie, sie sind unbestreitbar. Mit dieser zweiten Art der Grausamkeit nun sind meistens die Frauen behaftet. Beobachten Sie sie genau: Sie werden sehen, ob es nicht das Übermaß ihrer Empfindsamkeit ist, das sie dahin geführt hat, ob es nicht die außerordentliche Aktivität ihrer Phantasie, die Kraft ihres Geistes ist, was sie verbrecherisch und unmenschlich macht. Daher sind all diese Frauen reizvoll; daher ist keine unter ihnen, die nicht die Köpfe verdrehte, wenn sie es darauf anlegt. Leider läßt die Starrheit oder besser die Absurdität unserer Sitten ihrer Grausamkeit wenig Nahrung. Sie sind gezwungen, sich zu verbergen, zu heucheln, ihre Neigung durch offenkundige Akte der Wohltätigkeit zu decken, die sie im Grunde ihres Herzens verabscheuen, nur unter dem dichtesten Schleier, mit der größten Vorsicht, unterstützt durch einige zuverlässige Freundinnen, können sie sich noch ihren Neigungen hingeben. Und da es viele so geartete Frauen gibt, gibt es folglich viele unglückliche. Wenn Sie sie kennenlernen wollen, dann kündigen Sie ihnen ein grausames Schauspiel an, ein Duell, einen Brand, eine Schlacht, einen Gladiatorenkampf, und Sie werden sehen, wie sie herbeieilen. Doch solche Gelegenheiten sind nicht zahlreich genug, um ihrer Leidenschaft Nahrung zu geben. Sie beherrschen sich, und sie leiden.

Werfen wir einen kurzen Blick auf die Frauen dieser Art. Zingua, die Königin von Angola, die grausamste aller Frauen, schlachtete ihre Liebhaber hin, sobald sie sie genossen hatte. Oft ließ sie Krieger sich vor ihren Augen schlagen und wurde dem Sieger zum Lohn. Um ihre blutrünstige Seele zu reizen, vergnügte sie sich, alle Frauen in einem Mörser zerstampfen zu lassen, die vor dem dreißigsten Lebensjahr schwanger geworden waren[1]). Zoe, Gattin eines chinesischen Kaisers, kannte kein größeres Vergnügen, als Verbrecher vor ihren Augen hinrichten zu lassen. Wenn ihr solche fehlten, ließ sie Sklaven abschlachten, während sie mit ihrem Gatten fickte, und bemaß das Ungestüm ihres Orgasmus nach der Grausamkeit der Ängste, die sie jene Unglücklichen erdulden ließ. Sie war es, die die Art der Qual, die den Opfern auferlegt wurde, auf die Spitze trieb und jene berühmte hohle Säule aus Erz erfand, die man rotglühend machte, nachdem man den Patienten darin eingeschlossen hatte. Theodora, die Gattin Justinians, vergnügte sich damit zuzusehen, wie man Eunuchen machte; und Messalina wichste, während man vor ihren Augen Männer durch Masturbation entkräftete. Die Floridanerinnen ließen das Glied ihrer Gatten anschwellen und setzten kleine Insekten auf die Eichel, was sie fürchterliche Schmerzen erdulden ließ. Sie banden sie zu dieser Operation fest und versammelten sich zu mehreren um einen einzigen Mann, um sicherer mit ihm fertig zu werden.

Sobald sie die Spanier erblickten, hielten sie selbst ihre Gatten fest, während jene europäischen Barbaren sie ermordeten. Die Voisin die Brinvilliers vergifteten um des bloßen Vergnügens willen, ein Verbrechen zu begehen. Mit einem Wort, die Geschichte liefert uns tausend und abertausend Fälle weiblicher Grausamkeit, und der natürlichen Neigung wegen, die sie zu derartigen Regungen empfinden, möchte ich, daß die Frauen sich daran gewöhnten, die aktive Geißelung zu üben, ein Mittel, durch das die grausamen Männer ihren Blutdurst besänftigen. Einige von ihnen üben sie, ich weiß, doch sie ist unter diesem Geschlecht noch nicht so gebräuchlich, wie ich es wünschte. Gäbe man der Rohheit der Frauen diesen Ausweg, würde die Gesellschaft gewinnen, denn da sie nicht auf diese Weise bösartig sein können, sind sie es auf eine andere, und indem sie so ihr Gift in die Welt spritzen, bringen sie ihre Gatten und ihre Familien zur Verzweiflung. Die Weigerung, eine gute Tat zu tun, wenn sich die Gelegenheit bietet, oder im Unglück beizustehen, geben wohl, wenn man so will, der Grausamkeit, zu der manche Frauen neigen, Möglichkeiten der Entfaltung, aber dies ist schwach und oft zu weit von ihrem Bedürfnis entfernt, Schlimmeres zu tun. Zweifellos gäbe es andere Mittel, mit denen eine Frau, die empfindsam und zugleich grausam ist, ihre heftigen Leidenschaften besänftigen könnte, aber sie sind gefährlich, Eugenie, ich würde nie wagen, sie Ihnen zu raten! ... O Himmel! Was haben Sie nur, mein Engel? ... Madame, sehen Sie, in welchem Zustand Ihre Schülerin ist! ...

EUGENIE *(wichst)*: O verflixt, Sie verdrehen mir den Kopf ... Da haben Sie die Wirkung Ihrer verfluchten Reden! …

DOLMANCE: Zu Hilfe, Madame, zu Hilfe! … Sollen wir das schöne Kind sich entladen lassen, ohne ihm beizustehen? …

MADAME DE SAINT-ANGE: Oh, das wäre nicht recht! *(Sie nimmt sie in die Arme.)* Anbetungswürdiges Geschöpf, nie habe ich eine Empfindsamkeit wie die deine gesehen, nie einen so entzückenden Kopf! …

DOLMANCE: Versorgen Sie sie von vorn, Madame, ich will mit der Zunge ihr hübsches kleines Arschloch berühren und ihr zugleich leichte Schläge auf den Hintern geben. Sie muß sich auf diese Weise wenigstens sieben- oder achtmal in unseren Händen entladen.

EUGENIE *(verstört)*: O Himmel, Arsch ...! Das wird mir nicht schwerfallen!

DOLMANCE: Ich sehe, meine Damen, daß Sie in der Haltung, in der Sie sich jetzt befinden, mir abwechselnd den Schwanz saugen könnten. Auf diese Weise erregt, könnte ich mich sehr viel nachdrücklicher mit dem Vergnügen unserer reizenden Schülerin befassen.

EUGENIE: Meine Liebe, ich mache dir die Ehre streitig, diesen schönen Schwanz zu saugen. *(Sie nimmt ihn.)*

DOLMANCE: Welche Wonne! … Welch wollüstige Wärme! … Aber werden Sie sich im Augenblick der Krise gut benehmen, Eugenie?

MADAME DE SAINT-ANGE: Sie wird schlucken … Sie wird schlucken, ich bürge für sie, und wenn sie übrigens aus Kinderei … aus ich weiß nicht welchen Gründen schließlich … die Pflichten vernachlässigte, die ihr die Geilheit an dieser Stelle auferlegt …

DOLMANCE *(sehr erregt)*: Ich verziehe ihr nicht, Madame, ich verziehe ihr nicht! ... Eine exemplarische Strafe ... Ich schwöre Ihnen, sie würde gepeitscht ... bis aufs Blut gepeitscht! ... Himmel, Arsch! Ich spritze ... Mein Samen fließt! ... Schluck! ... Schluck, Eugenie, kein Tropfen darf verlorengehen! ... Und Sie, Madame, versorgen Sie doch meinen Arsch, er bietet sich Ihnen an. Sehen Sie nicht, wie er klafft, mein verdammter Arsch? ... Sehen Sie nicht, wie er Ihre Finger herbeiruft? ... O Himmel, meine Ekstase ist vollkommen ... Sie führen sie bis zum Gelenk hinein … Oh, erholen wir uns, ich kann nicht mehr … Dieses reizende Mädchen hat mich gesaugt wie ein Engel …

EUGENIE: Mein teurer und anbetungswürdiger Lehrer, ich habe keinen Tropfen verloren. Küsse mich, Liebster, dein Samen ist nun in meinen innersten Eingeweiden.

DOLMANCE: Sie ist entzükkend … Und wie die kleine Schelmin sich entladen hat! …

MADAME DE SAINT-ANGE: Sie ist über und über bedeckt! … O Himmel! Was höre ich! … Es klopft. Wer kann uns nur so stören? ... Es ist mein Bruder ... Unbesonnener! ...

EUGENIE: Aber meine Liebe, das ist Verrat!

DOLMANCE: Ein beispielloser, nicht wahr? Haben Sie keine Angst, Eugenie, wir sind einzig um Ihr Vergnügen bemüht.

MADAME DE SAINT-ANGE: Oh, wir werden sie bald davon überzeugen! Komm näher, Bruder, und lache dies kleine Mädchen aus, das sich versteckt, damit du es nicht siehst.

Vierter Dialog

MADAME DE SAINT-ANGE,
EUGENIE,
DOLMANCE,
CHEVALIER DE MIRVEL

CHEVALIER: Schöne Eugenie, fürchten Sie nichts, was meine Diskretion betrifft – sie ist vollkommen. Hier meine Schwester, hier mein Freund, die beide für mich bürgen können.

DOLMANCE: Ich sehe nur eine einzige Möglichkeit, dieses lächerliche Zeremoniell mit einem Schlage zu beenden. Höre, Mirvel, wir erziehen dies hübsche Mädchen, wir bringen ihm alles bei, was ein Fräulein in seinem Alter wissen muß, und zu seiner besseren Belehrung fügen wir zur Theorie immer ein wenig Praxis. Sie braucht den Anblick eines

Schwanzes, der sich entlädt. Dabei sind wir angelangt, willst du uns dieses Beispiel liefern?

CHEVALIER: Dies Ansinnen ist wirklich zu schmeichelhaft, als daß ich es ablehnen könnte, und diese junge Dame besitzt Reize, die die gewünschte Lektion bald zum Ziel führen werden.

MADAME DE SAINT-ANGE: Gut denn, fangen wir sogleich an!

EUGENIE: Oh, aber wirklich, das geht zu weit! Sie mißbrauchen meine Jugend derart … Aber für wen wird Monsieur de Mirvel mich halten?

CHEVALIER: Für ein bezauberndes Mädchen, Eugenie ... für das anbetungswürdigste Geschöpf, das ich je gesehen habe. *(Er küßt sie und läßt seine Hände über ihre Reize gleiten.)* Oh, bei Gott! Welch frische und liebliche Formen! ... Welch verwirrende Reize! ...

DOLMANCE: Reden wir weniger, Chevalier, und tun wir mehr. Ich will die Szene dirigieren, das ist mein Recht. Der Gegenstand der Szene ist, Eugenie den Mechanismus der Ejakulation vor Augen zu führen. Da sie jedoch schwerlich ein solches Phänomen kaltblütig betrachten kann, wollen wir uns alle vier einander genau gegenüber und sehr nah zusammen plazieren. Sie wichsen Ihre Freundin, Madame, ich übernehme den Chevalier. Wenn es ums Wichsen geht, so versteht sich ein Mann bei einem Mann ungleich besser darauf als eine Frau. Da er weiß, was er braucht, weiß er, was er bei dem andern tun muß ... Nehmen wir also unsere Plätze ein. *(Die Szene ordnet sich.)*

MADAME DE SAINT-ANGE: Sind wir nicht zu nah?

DOLMANCE *(der bereits den Chevalier faßt)*: Wir können gar

nicht nah genug sein, Madame: Brust und Gesicht Ihrer Freundin sollen überschwemmt sein durch die Beweise der Männlichkeit Ihres Bruders. Er muß sich ihr sozusagen mitten ins Gesicht entladen. Als Pumpenmeister werde ich die Ströme so dirigieren, daß sie sie völlig bedecken. Reizen Sie währenddessen sorgsam alle wollüstigen Partien ihres Körpers. Eugenie, wenden Sie ihre Vorstellungskraft vollkommen auf die extremsten Ausschreitungen der Libertinage. Bedenken Sie, daß sich vor Ihren Augen die schönsten Mysterien vollziehen werden. Treten Sie jegliche Zurückhaltung nieder – die Scham war noch nie eine Tugend. Hätte die Natur gewollt, daß wir irgendwelche Teile unseres Körpers versteckten, so hätte sie selbst dafür gesorgt. Doch sie hat uns nackt geschaffen, also will sie, daß wir nackt seien, und jedes gegensätzliche Tun bricht eindeutig ihre Gesetze. Die Kinder, die noch keinerlei Vorstellung vom Vergnügen und folglich von der Notwendigkeit haben, es durch die Zurückhaltung zu beleben, stellen alles zur Schau, was sie haben. Zuweilen trifft man auf etwas noch

Merkwürdigeres: Es gibt Länder, in denen bei der Kleidung Schamhaftigkeit waltet, ohne daß sich Zurückhaltung in den Sitten fände. In Otaiti sind die Mädchen bekleidet, doch sie schürzen ihr Gewand auf, sobald man es verlangt.

MADAME DE SAINT-ANGE: Ich schätze an Dolmancé, daß er keine Zeit verliert. Seht, wie er handelt, während er doch redet, wie er wohlgefällig den prächtigen Arsch meines Bruders begutachtet, wie er wollüstig seinen prächtigen Schwanz wichst … Los, Eugenie, machen wir uns ans

Werk! ... Sieh, das Ventil der Pumpe steht hoch, es wird uns bald benetzen.

EUGENIE: Ach, liebe Freundin, was für ein fürchterliches Glied! ... Ich kann es kaum mit der Hand umgreifen! ... O mein Gott! Sind sie so groß?

DOLMANCE: Sie wissen, Eugenie, daß meins viel kleiner ist. Solche Geräte sind für ein junges Mädchen schlimm: Sie können sich wohl denken, daß dieses Sie nicht ohne Gefahr durchbohren würde.

EUGENIE *(die bereits von Madame de Saint-Ange gewichst*

wird): Oh, ich würde keines scheuen, wenn ich es genießen dürfte! …

DOLMANCE: Und Sie hätten recht. Ein junges Mädchen darf vor so etwas nie zurückschrecken Die Natur gibt nach, und die Stürme von Lust, mit denen es Sie erfüllt, werden Sie bald für die geringfügigen Leiden entschädigen, die ihnen vorangehen. Ich habe gesehen, wie jüngere Mädchen als Sie noch größere Schwänze ertrugen. Mit Mut und Geduld bewältigt man die größten Schwierigkeiten. Es ist eine unsinnige Idee, daß man ein junges Mädchen nur durch sehr kleine Schwänze entjungfern lassen soll. Meiner Ansicht nach sollte sich eine Jungfrau den größten Geräten hingeben, die ihr begegnen, damit das Hymen rascher zerrissen ist und sie folglich schneller die Lustgefühle empfinden kann. Allerdings wird es ihr ziemlich schwerfallen, zum Mittelmäßigen zurückzukehren, wenn sie sich einmal an diese Kost gewöhnt hat. Doch wenn sie reich, jung und schön ist, wird sie Schwänze dieses Formats finden, soviel sie will. An diese soll sie sich halten. Wenn sich ihr kleinere anbieten, die sie aber dennoch verwenden möchte, mag sie sie in ihren Arsch tun.

MADAME DE SAINT-ANGE: Richtig. Und will sie noch glücklicher sein, bediene sie sich beider zugleich. Die wollüstigen Stöße, mit welchen sie den in ihrer Fotze bewegt, werden die Ekstase dessen beschleunigen, der sie arschfickt. Und vom Samen beider überschwemmt, verliert sie den ihren, ersterbend vor Lust.

DOLMANCE *(es ist darauf zu achten, daß während des Dialogs immer weiter gewichst wird)*: Mir scheint, daß zu dem von Ihnen entworfenen Bild noch zwei oder drei Schwänze mehr gehörten, Madame. Könnte die Frau, die sie plazieren, wie Sie soeben gesagt haben, nicht einen Schwanz im Mund und einen in jeder Hand haben?

MADAME DE SAINT-ANGE: Sie könnte welche in den Achselhöhlen und in den Haaren, sie sollte dreißig um sich haben, wenn es möglich wäre. Man sollte in diesen Augenblicken nichts als Schwänze erblicken, berühren, verschlingen, von allen in dem gleichen Moment benetzt werden, in dem man sich selbst entlädt. O Dolmancé, mögen Sie noch so ausschweifend sein, ich wette, daß Sie es mir in den köstlichen Kämpfen der Wollust nicht gleichgetan haben ... Ich habe alles gemacht, was auf diesem Gebiet möglich ist.

EUGENIE *(wird immer noch von ihrer Freundin gewichst wie der Chevalier von Dolmancé)*: O Liebste ... Du verdrehst mir den Kopf! ... Wie! Ich könnt mir gleichfalls solche Lust verschaffen ... ich könnte mich hingeben ... so vielen Männern ich wollte ... O welche Lust! ... Wie du mich wichst, Freundin! ... Du bis die Göttin des Vergnügens selbst ...

Und dieser schöne Schwanz, wie er anschwillt! ... Wie sein majestätisches Haupt größer und purpurn wird! ...

DOLMANCE: Er ist sehr nah an der Lustlösung.

CHEVALIER: Eugenie ... Schwester ... kommt näher ... oh, welch göttliche Brüste! ... Welch weiche und rundliche Schenkel! ... Entladet euch ... beide, mein Samen kommt euch entgegen! ... Er fließt! ... O verdammt! ... *(Während dieser Krise bemüht sich Dolmancé, den Samenerguß seines Freundes auf die beiden Frauen zu lenken, vor allem auf*

Eugenie, die davon überschwemmt wird.)

EUGENIE: Was für ein Schauspiel! ... Wie herrlich und majestätisch! ... Bis in die Augen ist mir was davon gespritzt! ...

MADAME DE SAINT-ANGE: Warte, Liebste, laß mich diese kostbaren Tropfen auffangen, ich will deine Klitoris damit reiben, um rascher deinen Orgasmus herbeizuführen.

EUGENIE: Ja, Liebste, ja, diese Idee ist wunderbar ... Tu das, und ich vergehe in deinen Armen ...

MADAME DE SAINT-ANGE: Göttliches Kind, küsse mich tausend- und aber tausendmal! … Laß mich an deiner Zunge saugen … auf daß ich deinen wollüstigen Atem in mich aufnehme, wenn er vom Feuer der Lust entzündet ist! … Himmel! Ich selbst entlade mich! … Bruder, mach mich fertig, ich bitte dich! …

DOLMANCE: Ja, Chevalier, wichsen Sie Ihre Schwester!

CHEVALIER: Ich möchte sie lieber ficken, mein Schwanz ist wieder steif.

DOLMANCE: Nun gut, tun Sie's, und drehen Sie mir dabei Ihren Arsch zu, ich will Sie während dieses lustvollen Inzestes fikken. Eugenie soll mir mit diesem Godemiché in den Arsch fahren. Da ihr bestimmt ist, eines Tages sämtliche verschiedenen Rollen der Wollust zu spielen, muß sie sich in den Lektionen, die wir ihr heute erteilen, üben, sie alle gleicherweise auszufüllen.

EUGENIE *(bewaffnet sich mit einem Godemiché)*: Oh, mit Freuden! Sie werden von mir nie eine Absage bekommen, wenn es um Libertinage geht. Sie ist von jetzt an mein einziger Gott, die einzige Regel für mein Verhalten, die einzige Grundlage all dessen, was ich tue. *(Sie fährt Dolmancé in den Arsch.)* Ist es so richtig, verehrter Meister? Mach ich es gut? ...

DOLMANCE: Wunderbar! ... Wirklich, die kleine Schelmin arschfickt mich wie ein Mann! ... Gut! Es scheint mir, daß wir jetzt alle vier vollkommen miteinander verbunden sind, wir brauchen nur noch loszulegen.

MADAME DE SAINT-ANGE: O Chevalier, ich sterbe! ... Es gelingt mir nicht, mich an die köstlichen Stöße deines schönen Schwanzes zu gewöhnen! ...

DOLMANCE: Himmel! Welche Lust mir dieser bezaubernde

Arsch gewährt! ... Ja, ja, spritzen wir alle vier zugleich! ... Bei Gott! Ich sterbe, ich vergehe! ... Nie in meinem Leben werde ich mich wollüstiger entladen! Hast du deinen Samen verloren, Chevalier?

CHEVALIER: Sieh diese Fotze, sie ist voll damit.

DOLMANCE: Ach, mein Freund, warum habe ich nicht genauso viel davon im Arsch?

MADAME DE SAINT-ANGE: Ruhen wir aus, ich sterbe.

DOLMANCE *(küßt Eugenie)*: Dieses reizende Mädchen hat mich gefickt wie ein Gott!

EUGENIE: Wirklich, es hat mir Vergnügen gemacht.

DOLMANCE: Alle Ausschweifungen schenken Lust, wenn man libertin ist, und das beste, was eine Frau tun kann, ist, sie über die Grenzen des Möglichen hinaus zu vermehren.

MADAME DE SAINT-ANGE: Ich habe bei einem Notar fünfhundert Louis für den Menschen hinterlegt, sei er wer er sei, der mich eine Leidenschaft lehrt, die mir fremd ist, und der meine Sinne in eine Wollust tauchen kann, die ich noch nicht genossen habe.

DOLMANCE *(die Gesprächspartner haben jetzt ihre Kleider geordnet und sind nur noch mit Plaudern beschäftigt)*: Dieser Gedanke ist bizarr, und ich greife ihn auf, Madame, doch ich bezweifle, daß diese einzigartige Lust, nach der Sie suchen, dem ärmlichen Vergnügen gleicht, das Sie soeben empfunden haben.

MADAME DE SAINT-ANGE: Wieso?

DOLMANCE: Weil ich – auf Ehre – nichts Langweiligeres kenne als den Geschlechtsgenuß mit der Fotze, und wenn man wie Sie, Madame, einmal die Genüsse des Arschs kennengelernt hat, so begreife ich nicht, wie man auf die anderen zurückkommen kann.

MADAME DE SAINT-ANGE: Das sind alte Gewohnheiten. Wenn man denkt wie ich, will man überall gefickt werden, und welche Stelle immer ein Schwanz durchbohrt, man ist glücklich, wenn man ihn dort fühlt. Ich bin indessen durchaus Ihrer Ansicht, und ich schwöre hier allen wollüstigen Frauen, daß das Vergnügen, das sie beim Arschficken empfinden, immer bei weitem das übertreffen wird, das sie fühlen, wenn sie in der Fotze gefickt werden.

Was das betrifft, mögen sie sich an die Frau in Europa halten, die es am meisten auf die eine und die andere Weise getrieben hat. Ich versichere ihnen, daß es nicht den geringsten Vergleich gibt und daß sie nur sehr schwer zum vorderen Weg zurückkehren werden, wenn sie den hinteren ausprobiert haben.

CHEVALIER: Ich denke ganz genauso. Ich bin zu allem bereit, was man will, doch was die Neigung angeht, so liebe ich an den Frauen wirklich nur den Altar, den die Natur uns gewiesen hat, um ihnen zu huldigen.

DOLMANCE: Ja, aber das ist doch der Arsch! Chevalier, nie wies die Natur, wenn du sorgfältig ihre Gesetze erforschst, unserer Huldigung andere Altäre als das Loch des Hintern; sie erlaubt das übrige, doch dies befiehlt sie. Beim Himmel! Wäre ihre Absicht nicht, daß wir Ärsche fickten, hätte sie dann deren Öffnung genau unseren Gliedern angepaßt? Ist diese Öffnung nicht rund wie sie? Welches Wesen ist so vernunftfeindlich, sich einzubilden, die Natur könne ein ovales Loch für runde Glieder geschaffen haben? Ihre Pläne sind an dieser

Mißform abzulesen; sie zeigt uns dadurch deutlich, daß zu häufige Opfer an dieser Stelle – die eine Zeugung vermehren würden, die sie bloß duldet, – ihr sicherlich mißfallen würden. Doch fahren wir in unserer Erziehung fort. Eugenie hat in aller Ruhe das erhabene Mysterium der Entladung betrachtet. Ich möchte jetzt, daß sie lernt, ihre Ströme zu lenken.

MADAME DE SAINT-ANGE: Bei der Erschöpfung, in der wir uns beide befinden, wird das für sie allerlei Mühe bedeuten.

DOLAMNCE. Ich gebe es zu, darum auch wünschte ich, es gäbe

in Ihrem Hause oder auf Ihrem Landgut irgendeinen jungen, recht kräftigen Burschen, der uns als Vorführpuppe dienen und an dem wir Lektionen demonstrieren könnten.

MADAME DE SAINT-ANGE: Ich habe genau, was Sie brauchen.

DOLMANCE: Wäre das vielleicht zufällig ein junger, überaus wohlgestalteter Gärtner, etwa achtzehn bis zwanzig Jahre alt, den ich eben in Ihrem Gemüsegarten habe arbeiten sehen?

MADAME DE SAINT-ANGE: Augustin? Ja, genau, Augustin,

dessen Glied dreizehn Zoll Länge und achteinhalb Umfang hat!

DOLMANCE: Gerechter Himmel! Was für ein Ungeheuer! ... Und sowas entlädt sich?

MADAME DE SAINT-ANGE: Oh, wie ein Sturzbach! ... Ich hole ihn.

Fünfter Dialog

DOLMANCE,
CHEVALIER,
AUGUSTIN,
EUGENIE,
MADAME DE SAINT-ANGE

MADAME DE SAINT-ANGE *(bringt Augustin)*: Da ist der Mann, von dem ich Ihnen erzählt habe. Nun, meine Freunde, amüsieren wir uns. Was wäre das Leben ohne Vergnügen? ... Komm näher, Dummkopf! ... Oh, dieser törichte Mensch! ... Können Sie sich vorstellen, daß ich seit sechs Monaten daran arbeite, diesem großen Ferkel Manieren beizubringen, ohne damit fertigzuwerden?

AUGUSTIN: Jerum! Sie sagen aber manchmal, Madame, ja nun, daß ich anfange, jetzt, schon gar nicht so übel zu sein, und wenn es

Brachland gibt, so bin immer ich es, dem Sie es geben.

DOLMANCE *(lacht)*: Köstlich! Köstlich! Der Gute, er ist ebenso offen, wie er frisch ist ... *(Er weist auf Eugenie.)* Augustin, da ist ein unbeackertes Blumenbeet; willst du es übernehmen?

AUGUSTIN: O je, Herr, solche zarten Bissen sind nicht für unsereins gemacht.

DOLMANCE: Nur zu, Eugenie.

EUGENIE *(errötet)*: O Himmel, ich schäme mich so!

DOLMANCE: Werfen Sie dieses kleinmütige Gefühl von sich. Da all unsere Handlungen, vor allem die der Ausschweifung, uns von der Natur eingegeben sind, existieren keine, welche Sie immer erdenken mögen, deretwegen wir Scham empfinden müßten. Los, Eugenie, huren Sie mit diesem jungen Mann. Bedenken Sie, daß jede Provokation eines Burschen durch ein junges Mädchen ein Opfer an die Natur bedeutet und daß Ihr Geschlecht ihr niemals besser dient, als wenn es sich dem unsern prostituiert, kurz, daß ihr geboren seid, um gefickt zu werden, und daß die, welche sich dieser Absicht entzieht, die die Natur mit ihr hat, nicht zu leben verdient. Ziehen Sie selbst dem Jüngling die Hose bis unten auf seine schönen Schenkel herunter, rollen Sie sein Hemd unter seine Jacke, damit die Vorderseite … und das Hinterteil – nebenbei gesagt, das seine ist sehr schön – Ihnen zur Verfügung stehen … Eine Ihrer Hände ergreife nun das große Glied, das Sie bald, wie ich sehe, durch seine Gestalt erschrecken wird, die andre streiche über die Hinterbacken und kitzle so das Arschloch … Ja, richtig … *(Um Eugenie zu zeigen, was er meint, sokratisiert er selber Augustin.)* Machen Sie dieses rote Haupt schön frei; bedecken Sie es niemals beim Wichsen; lassen Sie es nackt ..., spannen Sie das Netz, daß es fast zerreißt ... Sehen Sie schon die Wirkung meiner Belehrungen? ... Und du, mein Kind, bleib nicht da stehn und falte die Hände; gibt es denn hier nichts für sie zu tun ... laß sie über diese schöne Brust, die schönen Hinterbacken gleiten ...

AUGUSTIN: Leute, könnte ich nicht dem schönen Frollein küssen, das mir soviel Vergnügen macht?

MADAME DE SAINT-ANGE: Nun, küß sie doch, Dummkopf,

küß sie, soviel du willst. Küßt du mich etwa nicht, wenn du mit mir schläfst?

AUGUSTIN: Gottogott! Was ein schöner Mund! ... Wie frisch das ist! ... Es kommt mir vor, als hinge ich mit der Nase über den Rosen in unserm Garten! *(Er zeigt seinen steifen Schwanz.)* Und seht doch, Leute, was davon kommt!

EUGENIE: Himmel! Wie er lang wird! ...

DOLMANCE: Ihre Bewegungen müssen jetzt regelmäßiger werden, kräftiger ... Machen Sie mir einen Augenblick Platz und beobachten Sie genau, wie ich es mache. *(Er wichst Augustin.)* Sehen Sie, daß diese Bewegungen fester und zugleich sanfter sind? … Hier, nehmen Sie ihn wieder, und vor allem bedecken Sie ihn nicht … Gut! Jetzt hat er seine volle Kraft erreicht. Wir wollen nun untersuchen, ob er einen größeren hat als der Chevalier.

EUGENIE: Kein Zweifel. Sie sehen wohl, daß ich ihn nicht umgreifen kann.

DOLMANCE *(mißt)*: Ja, Sie haben recht: Länge dreizehn, Umfang achteinhalb. Ich habe noch nie einen größeren gesehen. Das kann man wirklich einen prachtvollen Schwanz nennen. Und Sie benutzen ihn, Madame?

MADAME DE SAINT-ANGE: Regelmäßig jede Nacht, wenn ich auf diesem Landgut bin.

DOLMANCE: Aber doch hoffentlich nicht im Arsch?

MADAME DE SAINT-ANGE: Etwas öfter als in der Fotze.

DOLMANCE: Himmel, welche Ausschweifung! ... Auf Ehre, ich weiß nicht, ob ich ihn ertrüge.

MADAME DE SAINT-ANGE: Stellen Sie sich doch nicht eng, Dolmancé. Er geht in Ihren Arsch wie in meinen.

DOLMANCE: Wir werden sehen. Ich hoffe, mein lieber Augustin wird mir ein wenig Samen in den Hintern spritzen, ich will es ihm vergelten. Doch fahren wir mit unserem Unterricht fort ... Kommen Sie, Eugenie, die Schlange wird bald ihr Gift ausspeien, machen Sie sich bereit. Ihre Blicke müssen am Haupt dieses stolzen Gliedes haften und wenn Sie sehen, daß es zum Zeichen seiner baldigen Ejakulation anschwillt, die schönste Purpurfarbe annimmt, sollen Ihre Bewegungen jegliche Kraft annehmen, die ihnen möglich ist. Die Finger, die den Anus streicheln, sollen so weit eindringen, wie es geht. Geben Sie sich ganz und gar dem Libertin hin, der sich an Ihnen vergnügt, suchen Sie seinen Mund, um an ihm zu saugen, und Ihre Reize sollen seinen Händen sozusagen entgegenfliegen … Er entlädt sich, Eugenie, der Augenblick Ihres Triumphes ist da!

AUGUSTIN: Ah! Ah! Ah! Ich sterbe! … Ich kann nicht mehr! … Stärker doch, Frollein, ich bitte Sie … Oh, zum Teufel, ich weiß nicht mehr …

DOLMANCE: Mehr! Mehr, Eugenie, schonen Sie ihn nicht

mehr, er ist auf dem Höhepunkt ... Oh, welcher Samenüberfluß! ... Mit welcher Kraft er hervorschoß! ... Seht die Spuren des ersten Strahls, über zehn Fuß weit hat er sich ergossen ... Himmel, Arsch! ... Das ganze Zimmer ist voll davon! ... Ich habe noch nie gesehen, daß jemand sich so entlud, und Sie sagen, Madame, daß er Sie heute nacht gefickt hat?

MADAME DE SAINT-ANGE: Neun oder zehn Mal, glaube ich. Wir zählen schon lange nicht mehr.

CHEVALIER: Schöne Eugenie, Sie sind ganz bedeckt damit.

EUGENIE: Überschwemmt möchte ich damit sein. *(Zu Dolmancé.)* Nun, mein Lehrer, bist du zufrieden?

DOLMANCE: Für den Anfang sehr gut, doch es gibt noch ein paar Episoden, die Sie ausgelassen haben.

MADAME DE SAINT-ANGE: Warten wir ab: nur die Erfahrung wird das in ihr bewirken. Ich muß gestehen, daß ich meinerseits sehr zufrieden bin mit meiner Eugenie; sie zeigt die glücklichsten Anlagen, und ich glaube, wir müssen ihr jetzt ein anderes Schauspiel bieten. Zeigen wir ihr, wie ein

Schwanz im Arsch wirkt. Dolmancé, ich biete Ihnen den meinen; ich werde in den Armen meines Bruders liegen, er fährt in meine Fotze, Sie in meinen Arsch, und Eugenie soll Ihren Schwanz vorbereiten, ihn in meinen Arsch führen, all seine Bewegungen bestimmen, diese studieren, um sich mit dem Vorgang vertraut zu machen, dem wir sie dann selbst mithilfe des riesigen Schwanzes dieses Herkules aussetzen werden.

DOLMANCE: Ich fühle mich geschmeichelt, und die heftigen Stöße des guten Augustin werden bald vor unseren Augen diesen hübschen kleinen Hintern zerreißen. Inzwischen bin ich mit dem einverstanden, was Sie vorschlagen, Madame, doch wenn Sie wollen, daß ich Sie gut behandle, erlauben Sie mir, eine Bedingung zu stellen: Augustin, den ich mit zwei Handgriffen wieder zum Laden bringe, soll mich arschficken, während ich Sie sodomisiere.

MADAME DE SAINT-ANGE: Ich finde diese Anordnung sehr gut; ich gewinne dabei, und für meine Schülerin sind das zwei ausgezeichnete Lektionen anstatt einer.

DOLMANCE *(faßt Augustin)*: Komm, mein großer Junge, ich will dich wiederbeleben ... Wie schön er ist! ... Küsse mich, lieber Freund ... Du bist noch ganz feucht von Samen, und Samen ist es, was ich verlange ... Beim Himmel! Ich muß ihm den Arsch bearbeiten, während ich ihn wichse! ...

CHEVALIER: Komm näher, Schwester. Um den Absichten Dolmancés und den deinen zu entsprechen, muß ich mich auf dieses Bett strecken. Du legst dich in meine Arme und zeigst ihm deine schönen Hinterbacken so weit gespreizt wie möglich ... Ja, so, wir können jederzeit beginnen.

DOLMANCE: Nein, nein, wartet auf mich. Ich muß zunächst in den Arsch Ihrer Schwester kommen, während Augustin ihn mir reinsteckt; dann werde ich Sie vermählen: meine Hände sollen Sie verbinden. Lassen wir kein Prinzip außer acht. Bedenken wir, daß uns eine Schülerin zusieht und daß wir ihr exakte Belehrungen schulden. Eugenie, kommen Sie, wichsen Sie mich, während ich das riesige Werkzeug dieses üblen Burschen in Aktion bringe. Erhalten Sie die Erektion meines Gliedes, indem Sie es leicht auf Ihrem Hintern reizen … *(Sie tut es.)*

Ihre Bewegungen sind immer noch zu weich. Sie müssen den Schwanz, den Sie wichsen, sehr viel fester halten, da die Masturbation nur dann angenehm ist. Wenn sie mehr komprimiert als der Geschlechtsakt, muß die Hand, die dabei mitwirkt, für den Schwanz, den sie bearbeitet, ein unvergleichlich engerer Raum sein als jeder andere Körperteil … Besser! So ist es besser! … Spreizen Sie die Hinterbacken etwas mehr, damit die Spitze meines Schwanzes bei jedem Stoß Ihr

Arschloch berührt ... Ja, so! ... Wichse inzwischen deine Schwester, Chevalier, wir stehen dir im Moment zur Verfügung ... Aha, gut: mein Kerl lädt ... Los, machen Sie sich bereit, Madame, öffnen Sie meinem unreinen Feuer diesen köstlichen Arsch. Lenke den Pfeil, Eugenie, deine Hand soll es sein, die ihn in die Öffnung führt, sie soll es sein, die ihn eindringen läßt. Sobald er drin ist, faßt du Augustins und füllst damit meine Eingeweide. Dies sind deine Novizenpflichten, aus all dem lassen sich Lehren ziehen; deshalb will ich, daß du das tust.

MADAME DE SAINT-ANGE: Hast du meinen Arsch richtig, Dolmancé? O mein Engel, wenn du wüßtest, wie ich dich begehre, wie lange ich schon von einem Schwulen gearschfickt werden wollte.

DOLMANCE: Ihre Wünsche sollen erfüllt werden, Madame, doch erlauben Sie, daß ich einen Augenblick zu Füßen des Idols innehalte. Ich will es feiern, ehe ich ins Innere seines Heiligtums dringe ... Welch göttlicher Arsch! ... Lassen Sie mich ihn küssen! ... Ihn tausend- und aber tausendmal lecken ... Hier, da hast du den Schwanz, den du begehrst! … Fühlst du ihn, Spitzbübin! Sag, sag! Fühlst du, wie er eindringt? …

MADAME DE SAINT-ANGE: Oh, steck ihn mir bis in die innersten Eingeweide! … O süße Wollust, wie groß ist deine Gewalt!

DOLMANCE: So einen Arsch habe ich in meinem Leben noch nicht gefickt. Er ist eines Ganymed würdig! Kommen Sie, Eugenie, mit Ihrer Hilfe soll Augustin mir sogleich in den Arsch fahren.

EUGENIE: Hier ist er, ich bringe ihn. *(Zu Augustin)* Da, mein Engel, siehst du das Loch, das du durchbohren sollst?

AUGUSTIN: Ich seh ihm schon ... Donnerwetter! Da gibt es Platz! ... Ich werde besser reinkommen als bei Ihnen, Frollein, jedenfalls. Küssen Sie mich noch ein bißchen, damit er besser reingeht.

EUGENIE *(umarmt ihn)*: Oh, soviel du willst, du bist so frisch! ... Aber so stoß doch! ... Wie schnell das Haupt eingedrungen ist! ... Ich glaube, der Rest wird gleich nachfolgen! ...

DOLMANCE: Stoß, stoß zu, mein Freund ... Zerreiße mich, wenn es sein muß ... Hier, sieh meinen Arsch, wie er sich darbietet ... Himmel! Welch ein Kolben! ... Nie habe ich einen ähnlichen aufgenommen. ... Wieviel Zoll sind noch draußen, Eugenie?

EUGENIE: Kaum zwei!

DOLMANCE: Ich habe also elf im Arsch! ... Welche Wonne! ... Er zerreißt mich, ich kann nicht mehr! ... Los, Chevalier, bist du soweit?

CHEVALIER: Faß an, und sag mir, was du davon hältst.

DOLMANCE: Kommt, meine Kinder, auf daß ich euch verbinde ..., daß ich zu diesem göttlichen Inzest beitrage, so gut ich kann. *(Er führt den Schwanz des Cheva-*

liers in die Fotze seiner Schwester!)

MADAME DE SAINT-ANGE: Ach, meine Freunde, so werde ich also von beiden Seiten gefickt! ... Himmel, welch göttliche Lust! ... Nein, es gibt auf der Welt nicht ihresgleichen ... Beim Vögeln, ich bedauere die Frau, die sie nicht genossen hat! ... Stoße mich, schüttle mich, Dolmancé ... Zwinge mich durch die Heftigkeit deiner Bewegungen, mich in das Schwert meines Bruders zu stürzen, und du, Eugenie, sieh mich an. Komm, betrachte mich im Laster, lerne von mir, es begeistert zu fühlen, es mit Seligkeit zu genießen ... Komm, Liebe, sieh, was alles ich auf einmal mache: Skandal, Verführung, schlechtes Beispiel, Inzest, Ehebruch, Sodomie! ... O Luzifer, einziger und alleiniger Gott meiner Seele, gib mir noch mehr ein, zeige meinem Herzen weitere Ausschweifungen, und du sollst sehen, wie ich mich hineinstürze!

DOLMANCE: Wollüstiges Geschöpf, wie du meinen Samen herauszwingst, wie du seine Entladung beschleunigst durch deine Reden und die große Wärme deines Arschs! ... All dies wird mich sogleich zum Orgasmus bringen ... Eugenie, feure den Mut meines Fickers an, drücke seine Flanken, spreize seine Arschbacken. Du kennst jetzt die Kunst, schwankendes Begehren neu zu beleben ... Allein dein Näherkommen gibt dem Schwanz, der mich vögelt, Energie ... Ich fühle es, seine Stöße sind heftiger ... Schurkin, ich muß dir geben, was ich nur meinem Arsch verdanken wollte ... Chevalier, du erhitzt dich, ich fühle es ... Warte auf mich! ... Warte auf uns! ... O meine Freunde, laßt uns nur zusammen spritzen: das ist das einzige Glück des Lebens! ...

MADAME DE SAINT-ANGE: O Himmel, Arsch! ... Tut es, wann ihr wollt ... Ich jedenfalls kann nicht mehr! ... Heiliger Arschficker Gott! Ich spritze! ... Benetzt mich, meine Freunde ... Benetzt eure Hure ... Schleudert die Ströme eures sprudelnden Samens bis auf den Grund ihrer brennenden Seele: sie lebt nur, um ihn aufzunehmen! ... Ah! Ah! Ah! Himmel, Arsch ...! Welch unglaubliches Übermaß an Wollust! ... Ich sterbe! ... Eugenie, ich will dich küssen, dich fressen, deinen Samen verschlingen, während ich meinen verliere! ... *(Augustin,*

Dolmancé und der Chevalier stimmen ein. Die Furcht, monoton zu wirken, hindert uns, Ausdrücke wiederzugeben, die einander in solchen Momenten alle gleichen.)

DOLMANCE: Das war einer der höchsten Genüsse, die ich in meinem Leben gehabt habe. *(Er weist auf Augustin.)* Dieser Kerl hat mich mit Samen gefüllt! ... Doch ich habe es Ihnen wohl auch gegeben, Madame! ...

MADAME DE SAINT-ANGE: Oh, seien Sie still; ich bin überschwemmt damit.

EUGENIE: Und ich, ich kann das nicht gerade sagen! *(Sie wirft sich ausgelassen in die Arme ihrer Freundin.)* Du sagst, du habest eine Menge Sünden begangen, meine Liebe, aber ich, Gott sei Dank, keine einzige. Ach, wenn ich lange so mein Brot trocken esse, bekomme ich keinen verdorbenen Magen!

MADAME DE SAINT-ANGE *(bricht in Lachen aus)*: So ein komisches Geschöpf!

DOLMANCE: Sie ist bezaubernd! ... Kommen Sie, kleines Mädchen, damit ich Sie peitschen kann. *(Er klatscht ihr auf den Arsch.)* Küssen Sie mich, Sie kommen auch bald dran.

MADAME DE SAINT-ANGE: Du darfst dich von nun an nur noch mit ihr beschäftigen, Bruder, sieh sie an, sie ist deine Beute; betrachte diese reizende Jungfernschaft, die dir bald gehören wird.

EUGENIE: O nein, nicht von vorn, das täte mir zu weh, von hinten, soviel Sie wollen, wie Dolmancé es eben mit mir gemacht hat.

MADAME DE SAINT-ANGE: Welch köstliche Naivität! Sie verlangt genau das, was man bei den anderen nur mit so großer Mühe erreicht!

EUGENIE: Oh, aber nicht ganz ohne Gewissensbisse, denn

Sie haben mich nicht wegen des schlimmen Verbrechens beruhigt, das darin liegt, wie ich immer habe sagen hören, und das vor allem darin besteht, es unter Männern zu tun, wie das eben mit Dolmancé und Augustin geschehen ist. Lassen Sie uns sehen, Dolmancé, wie Ihre Philosophie diese Art von Vergehen erklärt. Es ist abscheulich, nicht wahr?

DOLMANCE: Gehen Sie zunächst von einem Punkt aus, Eugenie, dem nämlich, daß in der Libertinage nichts abscheulich ist, da alles, was uns die Libertinage eingibt, zugleich von der Natur eingegeben wird. Die außergewöhnlichsten, merkwürdigsten Handlungen, die am offensichtlichsten alle Gesetze, alle menschlichen Institutionen (denn vom Himmel spreche ich nicht) zu schockieren scheinen, nun, Eugenie, selbst diese sind nicht abscheulich, und nicht eine ist unter ihnen, die sich nicht in der Natur auffinden ließe. Sicherlich ist die, von der Sie sprechen, schöne Eugenie, die gleiche, über welche man eine so merkwürdige Fabel innerhalb des platten Romans findet, der Heilige Schrift heißt und eine langweilige Kompilation darstellt, die ein unwissender Jude während der babylonischen Gefangenschaft verfaßt hat. Doch es ist falsch und fern jeder Wahrscheinlichkeit, daß jene Städte oder besser jene Marktflecken zur Strafe für diese Ausschweifungen vom Feuer vertilgt worden seien! Sodoma und Gomorrha lagen auf dem Krater einiger alter Vulkane und gingen unter wie die italienischen Städte, die die Lava des Vesuvs verschlang. Da haben Sie das ganze Wunder, und doch ging man von diesem ganz simplen Ereignis aus, um barbarisch die Feuerstrafe für die unglücklichen Menschen zu erfinden, die sich in einem Teil Europas dieser natürlichen Neigung hingaben.

EUGENIE: Oh! Natürlich!

DOLMANCE: Ja, natürlich, ich bestehe darauf. Die Natur hat keine zwei Stimmen, von denen die eine sich tagtäglich damit beschäftigt zu verurteilen, was die andere eingibt, und es ist ganz sicher, daß durch ihr Organ die dafür aufgeschlossenen Menschen die Impulse empfangen, die sie dazu treiben. Diejenigen, die diese Neigung ächten oder verdammen wollen, behaupten, sie schade der Bevölkerung. Wie platt sie sind, diese Toren, die nie etwas anderes als diese Idee der Bevölkerung im Kopfe haben und nie etwas anderes als Verbrechen in allem sehen, was sich davon entfernt! Ist denn bewiesen, daß die Natur diese Bevölkerung so nötig braucht, wie sie uns glauben machen wollen? Ist es ganz sicher, daß man sie jedesmal verletzt, wenn man sich dieser blöden Fortpflanzung entzieht? Um uns davon zu überzeugen, wollen wir einen Augenblick lang ihren Gang sowie ihre Gesetze untersuchen. Wenn die Natur nur schüfe und niemals zerstörte, könnte ich mit jenen ärgerlichen Wortverdrehern glauben, der erhabenste aller Akte sei, unablässig an der Fortpflanzung zu arbeiten, und ich würde ihnen folglich zugestehen, daß die Weigerung zu zeugen notwendig ein Verbrechen sein müsse. Beweist nicht der flüchtigste Blick auf die Wirkungen der Natur, daß die Zerstörungen für ihre Pläne ebenso notwendig sind wie ihre Schöpfungen? Daß diese beiden Wirkungen sogar so eng miteinander verbunden und verkettet sind, daß es für die eine unmöglich wird, ohne die andere zu agieren? Daß nichts entstünde, nichts sich regenerierte ohne Zerstörungen? Die Zerstörung ist also eines der Gesetze der Natur wie die Schöpfung.

Wenn dieses Prinzip feststeht, wie kann ich dann die Natur beleidigen, indem ich mich weigere zu schaffen? Was wäre, wenn man an dieser Handlung etwas Böses fände, das im Vergleich mit der Zerstörung zweifellos viel weniger schwer wöge, und diese Zerstörung findet doch innerhalb ihrer Gesetze statt, wie ich dargelegt habe. Wenn ich also einerseits die Neigung setze, die die

Natur mir zu solcher Verschwendung eingibt, und andererseits in Betracht ziehe, daß sie sie braucht und daß ich mich nur ihren Absichten unterstelle, indem ich mich diesem Trieb hingebe ... Wo ist dann das Verbrechen, ich bitte Sie? Doch, so wenden weiter diese Dummköpfe und Bevölkerungsexperten – dies ist gleichbedeutend – ein, das schöpferische Sperma kann nur zum Zweck der Fortpflanzung in euren Schoß gelegt worden sein; es ihm zu entziehen, ist eine Sünde. Ich habe schon dargelegt, daß das nicht stimmt, denn diese Verschwendung käme nicht einmal einer Zerstörung gleich, und nicht einmal diese Zerstörung, die sehr viel bedeutender ist als die Verschwendung, ist ein Verbrechen. Zweitens stimmt es nicht, daß die Natur will, diese Samenflüssigkeit sei ausschließlich und ganz und gar zur Zeugung bestimmt. Wäre das richtig, würde sie nicht nur nicht gestatten, daß dieser Ausfluß in irgendeinem andern Fall vor sich ginge, wie uns die Erfahrung beweist, denn wir verlieren den Samen, wann wir wollen und wo wir wollen, sondern sie würde sich auch dagegen wenden, daß er ohne Koitus stattfindet, wie es sowohl in unseren Träumen als auch bei Erinnerungen geschieht. Wäre sie geizig mit einer so kostbaren Flüssigkeit, würde sie nie etwas anderes erlauben, als daß er sich in das Gefäß der Fortpflanzung ergießt. Sie würde sicherlich nicht wollen, daß die Wollust, die uns dann krönt, gefühlt werden könnte, wenn wir die Huldigung von diesem abwenden. Denn es wäre unvernünftig zu vermuten, sie willige ein, uns in dem Augenblick Lust zu schenken, in dem wir sie mit Beleidigung überhäufen. Gehen wir noch weiter. Wenn die Frauen nur zum Zeugen geboren wären – und dies wäre sicherlich der Fall, wäre jene Zeugung der Natur so wichtig –, könnte es dann geschehen, daß sich im längsten Leben einer Frau nach allen Abzügen nur sieben Jahre finden, in denen sie imstande ist, ihresgleichen das Leben zu schenken? Wie! Die Natur ist begierig nach Fortpflanzung, alles, was nicht diesem Ziel dient, beleidigt sie, und in hundert Lebensjahren kann das zum Zeugen bestimmte Geschlecht dies doch nur während sieben Jahren! Die Natur will nichts als Fortpflanzung, und der Samen, den sie dem Menschen zum Zweck dieser Fortpflanzung verleiht, läßt sich verlieren, wenn es dem Menschen nur gefällt! Er findet das gleiche Vergnügen bei dieser Verschwendung wie bei dem nützlichen Gebrauch und nie die geringste Unzuträglichkeit! …

Hören wir auf, Freunde, hören wir auf, an solche Absurditäten zu glauben: sie machen die Vernunft schaudern. Oh, sie sind weit davon entfernt, die Natur zu beleidigen … Überzeugen wir uns im Gegenteil davon, daß der Sodomit und die Tribade ihr dienen, wenn sie sich hartnäckig gegen eine Verbindung wehren, aus der nur eine für sie lästige Nachkommenschaft hervorgeht. Diese Fortpflanzung, täuschen wir uns nicht, war niemals eins ihrer Gesetze, sondern allerhöchstens eine Toleranz, ich sagte es Ihnen schon. Was kümmert es sie, ob die menschliche Rasse auf Erden erlischt oder vergeht? Sie lacht über unsern Stolz, in dem wir uns einreden, alles sei vorbei, wenn dieses Unglück geschehe! Sie würde es nicht einmal bemerken. Bildet man sich ein, es gäbe nicht schon erloschene Rassen? Buffon zählt mehrere, und die Natur, stumm einem solchen Verlust gegenüber, bemerkt ihn nicht einmal. Die ganze Art könnte vergehen, ohne daß die Luft weniger rein, das Gestirn weniger strahlend noch der Gang des Universums darum weniger genau wäre. Welche Dummheit aber gehörte dazu zu glauben, unsere Art sei der Welt so nützlich, daß der, der sich nicht um ihre Vermehrung bemühte, oder der, der diese Vermehrung störte, notwendig zum Verbrecher würde! Lassen wir uns darüber nicht länger täuschen, und nutzen wir das Beispiel der vernünftigeren Völker, um unsere Irrtümer einzusehen. Es gibt keinen einzigen Winkel auf der Erde, in dem das angebliche Verbrechen der Sodomie nicht Tempel und Anhänger besessen hätte. Die Griechen, die daraus sozusagen eine Tugend gemacht haben, errichteten ihr eine Statue mit Namen Venus Callipyga. Rom schickte Gesandte nach Athen, die von dort außer den Gesetzen jene göttliche Neigung mitbrachten.

Und welchen Fortschritt macht sie unter den Kaisern! Unter dem Schutz des römischen Adlers breitet sie sich vom einen Ende der

Welt bis zum andern aus. Nach der Zerstörung des Imperiums sucht sie Zuflucht bei der Tiara, folgt den Künstlern Italiens und kommt zu uns, als wir uns bilden. Entdecken wir einen Erdteil, finden wir dort die Sodomie. Cook wirft Anker in einer neuen Welt: sie herrscht dort. Wären unsere Ballons in den Mond gelangt, hätte sie sich da ebenfalls gefunden. Köstliche Neigung, Kind der Natur und der Lust, du mußt überall sein, wo sich die Menschen befinden, und wo man dich kennengelernt hat, wird man dir Altäre errichten! O meine Freunde, kann es noch eine solche Narrheit geben, als sich einzubilden, ein Mann müsse ein todeswürdiges Ungeheuer sein, weil er zum Genuß das Loch eines Arschs dem einer Fotze vorgezogen hat, weil ein Jüngling, bei dem er zweierlei Vergnügen fand – zugleich Liebhaber und Geliebte zu sein – ihm einem Mädchen vorzuziehen schien, das ihm nur einen Genuß verspricht! Er soll ein Verbrecher, ein Ungeheuer sein, weil er die Rolle eines Geschlechtes hat spielen wollen, das nicht sein eignes ist! Nun, warum hat die Natur ihn für dieses Vergnügen empfänglich geschaffen?

Betrachtet seine Gestalt und ihr werdet grundlegende Unterschiede gegenüber der Gestalt jener Männer beobachten, die diese Neigung nicht haben. Sein Hintern ist weißer, rundlicher. Kein einziges Haar beschattet den Altar der Lust, dessen Inneres, mit einer zarteren, sinnlicheren, kitzligeren Membrane ausgekleidet, absolut die gleiche Beschaffenheit aufweist wie das Innere der Vagina einer Frau. Der Charakter dieses Mannes, der sich ebenfalls von dem der anderen unterscheidet, hat mehr Weichheit, mehr Flexibilität. Ihr findet in ihm fast alle Laster und alle Tugenden der Frauen, selbst ihre Schwachheit erkennt ihr an ihnen wieder. Alle haben ihre Neigungen und einige ihrer Züge. Wäre es denn möglich, daß die Natur, nachdem sie sie derart den Frauen angeglichen hat, sich erzürnen kann, weil sie deren Neigungen haben? Ist es nicht klar, daß es sich hier um eine Menschenklasse handelt, die sich von der andern unterscheidet und die die Natur so erschuf, um die Fortpflanzung zu vermindern, deren zu große Ausmaße ihr unfehlbar schaden würden? … O teure Eugenie, wenn Sie wüßten, wie köstlich man genießt, wenn ein großer Schwanz einem den Hintern erfüllt, wenn er, bis zu den Hoden eingedrungen, sich feurig hin und her bewegt, wenn er, bis zur Vorhaut zurückgezogen, von neuem bis zu den Haaren eindringt! Nein, nein, auf der ganzen Welt gibt es keinen Genuß, der diesem gleichkäme: es ist der der Philosophen, es ist der der Helden, es wäre der der Götter, wenn die Partner dieses himmlischen Genusses nicht selber die einzigen Götter wären, die wir auf Erden anbeten sollten!

EUGENIE *(sehr erregt)*: O meine Freunde, man soll mich

arschficken! … Hier ist mein Hintern … Ich biete ihn euch dar! … Fickt mich, ich entlade mich! … *(Indem sie diese Worte ausspricht, fällt sie Madame de Saint-Ange in die Arme, die sie an sich drückt, küßt und Dolmancé den erhobenen Hintern des jungen Mädchens anbietet.)*

MADAME DE SAINT-ANGE: Göttlicher Lehrer, können Sie diesem Anerbieten widerstehen? Dieser entzückende Hintern reizt Sie nicht? Sehen Sie, wie er klafft und wie er sich öffnet!

DOLMANCE: Ich bitte Sie um Verzeihung, schöne Eugenie. Lassen Sie sich gefallen, daß nicht ich es übernehme, das Feuer zu löschen, das ich entzünde. Liebes Kind, Sie haben in meinen Augen den großen Fehler, Frau zu sein. Ich war gern bereit, jeden Vorbehalt zu vergessen, um Ihre ersten Früchte zu ernten; gestatten Sie, daß ich es dabei belasse. Der Chevalier wird die Arbeit auf sich nehmen. Seine Schwester soll, mit diesem Godemiché bewaffnet, dem Arsch ihres Bruders die fürchterlichsten Stöße zufügen, während sie zugleich ihren schönen Hintern Augustin bietet, der in ihren Arsch kommt und den ich währenddessen ficke. Denn ich verberge es Ihnen nicht, der Arsch dieses schönen Burschen reizt mich seit einer Stunde, und ich will ihm absolut vergelten, was er mir getan hat.

EUGENIE: Ich akzeptiere den Tausch, doch in der Tat, Dolmancé, die Offenheit Ihres Geständnisses nimmt diesem nicht die Unhöflichkeit.

DOLMANCE: Tausendmal Vergebung, mein Fräulein, doch ich und meinesgleichen, wir bilden uns einzig auf Offenheit und Exaktheit in unseren Prinzipien etwas ein.

MADAME DE SAINT-ANGE: Der Ruf der Offenheit ist es allerdings nicht, der jenen anhaftet, die wie Sie gewöhnt sind, die Leute nur von hinten zu nehmen.

DOLMANCE: Ein wenig verräterisch, ja, ein wenig falsch, glauben Sie. Nun, Madame, ich habe Ihnen dargelegt, daß dieser Zug in der Gesellschaft unvermeidlich ist. Da wir verurteilt sind, mit Leuten zu leben, die das größte Interesse daran haben, sich vor unseren Augen zu verbergen, uns die Laster, die sie haben, zu verhehlen, um uns einzig Tugenden zu zeigen, denen sie nie geopfert haben, bedeutet es für uns höchste Gefahr, ihnen nur Offenheit entgegenzubringen. Denn es ist klar, daß wir ihnen dann uns gegenüber alle Vorteile einräumen, die sie uns verweigern, und der Betrug wäre offenkundig. Die Verschleierung und die Heuchelei sind Notwendigkeiten, die die Gesellschaft uns geschaffen hat: geben wir nach. Gestatten Sie mir, Madame, mich Ihnen für einen Augenblick als Beispiel anzubieten. Sicherlich gibt es auf der Welt kein verderbteres Wesen. Nun, seine Zeitgenossen täuschen sich darüber. Fragen Sie sie, was sie von mir denken, alle werden Ihnen sagen, daß ich ein Ehrenmann bin, während es doch kein einziges Verbrechen gibt, aus dem ich nicht meine liebsten Genüsse gezogen hätte!

MADAME DE SAINT-ANGE: Oh, Sie werden mich nicht überzeugen, daß Sie abscheuliche begangen haben.

DOLMANCE: Abscheulich ... In der Tat, Madame, ich habe Ungeheuerlichkeiten begangen.

MADAME DE SAINT-ANGE: Nun ja, Sie sind wie der, der zu seinem Beichtvater sagte: »Einzelheiten sind unnötig; ausgenommen Mord und Diebstahl, können Sie sicher sein, daß ich alles getan habe!«

DOLMANCE: Ja Madame, ich sage das gleiche, doch ohne die Ausnahme.

MADAME DE SAINT-ANGE: Wie, Libertin, Sie haben sich erlaubt …

DOLMANCE: Alles, Madame, alles. Versagt man sich irgend etwas mit meiner Veranlagung und meinen Prinzipien?

MADAME DE SAINT-ANGE: Ah, ficken wir, ficken wir! … Ich halte diese Reden nicht mehr aus. Wir kommen darauf zurück, Dolmancé, doch damit ich Ihren Geständnissen mehr Glauben schenken kann, will ich sie nur mit klarem Kopf hören! Wenn Sie erregt sind, lieben Sie es, Greulichkeiten zu sagen, und vielleicht verkauften Sie uns hier als Wahrheiten die libertinen Wahnvorstellungen Ihrer entflammten Vorstellungskraft. *(Man plaziert sich.)*

DOLMANCE: Warte, Chevalier, warte. Ich selbst will ihn einführen. Doch vorher muß, ich bitte die schöne Eugenie um Verzeihung, muß sie mir erlauben, sie zu peitschen, um sie in Schwung zu bringen. *(Er peitscht sie!)*

EUGENIE: Ich kann Ihnen nur sagen, daß diese Zeremonie unnötig war … Sagen Sie, Dolmancé, daß sie Ihre Wollust befriedigt, doch geben Sie sich dabei nicht den Anschein, ich bitte Sie, irgend etwas für mich zu tun.

DOLMANCE: *(peitscht weiter)*: Ah, gleich werden Sie mir etwas anderes sagen! … Sie kennen die Wirkung dieses Vorspiels nicht … Kommen Sie, kleine Schelmin, ich werde Sie auspeitschen!

EUGENIE: O Himmel, wie er loslegt! … Mein Hintern brennt! … Aber Sie tun mir weh, bestimmt! …

MADAME DE SAINT-ANGE: Ich will dich rächen, Liebste, ich werde es ihm vergelten. *(Sie peitscht Dolmancé.)*

DOLMANCE: O ja, gern. Ich bitte Eugenie nur um eine Gunst, nämlich daß sie erlaubt, daß ich sie so stark peitsche, wie ich selbst gepeitscht werden möchte. Sie sehen, wie ich nun unter dem Gesetz der Natur stehe. Doch warten Sie, wir wollen das arrangieren: Eugenie soll auf Ihren Rücken steigen und sich an Ihrem Hals festhalten, wie jene Mütter, die ihre Kinder auf dem Rücken tragen. So, dann habe ich zwei Ärsche unter der Hand; ich werde sie zusammen prügeln. Der Chevalier und Augustin geben es mir wieder, indem sie beide gleichzeitig meinen Hintern schlagen ... Ja, so ... Oh, so ist es gut! ... Welche Wonne!

MADAME DE SAINT-ANGE: Schonen Sie diese kleine Schelmin nicht, ich beschwöre Sie, und da ich Sie um keinerlei Gnade bitte, will ich nicht, daß Sie ihr eine gewähren.

EUGENIE: Au! Au! Au! Wirklich, ich glaube, ich blute.

MADAME DE SAINT-ANGE: Das Blut verschönt unsere Hintern, indem es sie färbt ... Mut, mein Engel, Mut! Denk daran, daß man immer durch Schmerzen zum Vergnügen gelangt.

EUGENIE: Wirklich, ich kann nicht mehr.

DOLMANCE *(hält einen Augenblick inne, um sein Werk zu betrachten; dann macht er weiter.)*: Noch sechzig, Eugenie, ja, ja, sechzig auf jeden Arsch! ... O Bübinnen, was für ein Vergnügen es euch machen wird, jetzt zu ficken *(Die Gruppe löst sich auf!)*

MADAME DE SAINT-ANGE *(untersucht Eugenies Hinterbakken)*: Ach, arme Kleine, dein Hintern ist ganz blutig! ... Ruchloser, wie es dich vergnügt, so die Spuren deiner Grausamkeit zu küssen!

DOLMANCE *(wichsend)*: Ja, ich verhehle es nicht, meine Küsse wären feuriger, wenn die Spuren grausamer wären.

EUGENIE: Oh, Sie sind ein Ungeheuer!

DOLMANCE: Ich gebe es zu!

CHEVALIER: Das ist doch wenigstens ehrlich!

DOLMANCE: Los, sodomisiere sie, Chevalier.

CHEVALIER: Halte ihre Hüften, und in drei Stößen ist es soweit.

EUGENIE: O Himmel, Ihrer ist größer als Dolmancés! ... Chevalier, Sie zerreißen mich! ... Schonen Sie mich, ich beschwöre Sie! ...

CHEVALIER: Das ist unmöglich, mein Engel. Ich muß das Ziel erreichen ... Bedenken Sie, daß ich hier unter den Augen meines Meisters bin. Ich muß mich seiner Lehren würdig erweisen.

DOLMANCE: Er ist drin! ... Ich sehe so gern, wenn das Haar eines Schwanzes die Umgebung eines Anus reibt ... Los, Madame, fahren Sie Ihrem Bruder in den Arsch ... Hier ist Augustins

Schwanz, bereit, sogleich in Sie zu kommen, und ich, ich versichere Ihnen, daß ich Ihren Ficker nicht schonen werde ... Gut, mir scheint, die Kette ist geschlossen. Denken wir jetzt nur noch daran, uns zu entladen.

MADAME DE SAINT-ANGE: Seht doch die kleine Hure, wie sie zappelt.

EUGENIE: Kann ich was dazu? Ich sterbe vor Lust! ... Diese Auspeitschung ... dieser riesige Schwanz ... und dieser liebenswerte Chevalier, der mich währenddessen noch wichst! ... Liebste, Liebste, ich kann nicht mehr! ...

MADAME DE SAINT-ANGE: Bei Gott, ich tue es dir gleich, ich spritze! ...

DOLMANCE: Ein wenig Gemeinsamkeit, meine Freunde. Wenn Ihr mir nur zwei Minuten zugeständet, hätte ich euch bald erreicht, und wir entlüden uns alle zugleich.

CHEVALIER: Es ist zu spät, mein Samen fließt in den Arsch der schönen Eugenie ... ich sterbe! ... Beim heiligen Namen Gottes, welche Lust! ...

DOLMANCE: Ich folge euch, Freunde ... ich folge euch ... der Samenerguß trübt angenehm meinen Blick ...

AUGUSTIN: Und mir erst! … Und mir erst! …

MADAME DE SAINT-ANGE: Welch eine Szene! … Dieser Schurke hat mir den Arsch gefüllt! …

CHEVALIER: Aufs Bidet, meine Damen, aufs Bidet!

MADAME DE SAINT-ANGE: Aber nein, ich liebe es, Samen im Arsch zu fühlen, ich gebe ihn nie von mir, wenn ich welchen habe.

EUGENIE: Wirklich, ich kann nicht mehr … Sagt mir jetzt, meine Freunde, ob eine Frau immer dem Verlangen, so gefickt zu werden, nachgeben muß, wenn man es ihr stellt.

MADAME DE SAINT-ANGE: Immer, meine Liebe, immer. Sie muß sogar noch mehr tun. Da diese Weise zu ficken köstlich ist, soll sie sie von denen fordern, deren sie sich bedient. Doch wenn sie von dem abhängt, mit dem sie sich amüsiert, wenn sie erhofft, Begünstigungen, Geschenke oder Gnaden von ihm zu erlangen, so halte sie ihn hin, lasse sich drängen. Es gibt keinen Mann mit dieser Neigung, der sich in einem solchen Fall nicht für eine Frau ruinierte, die geschickt genug ist, ihm nur etwas zu verweigern, um ihn noch mehr zu entflammen.

Sie wird alles von ihm bekommen, was sie will, wenn sie wirklich die Kunst beherrscht, nur im richtigen Augenblick zu gewähren, um was man sie bittet.

DOLMANCE: Nun, kleiner Engel, bist du bekehrt? Gibst du den Glauben auf, die Sodomie sei ein Verbrechen?

EUGENIE: Und wäre sie eins, was tut das? Haben Sie mir nicht die Nichtigkeit der Verbrechen bewiesen? Es gibt nun kaum mehr Handlungen, die in meinen Augen verbrecherisch sind.

DOLMANCE: An nichts ist Verbrechen, liebes Mädchen, was immer es in dieser Welt auch sei. Hat nicht die ungeheuerlichste Tat einen Zug, durch den sie für uns günstig ist?

EUGENIE: Wer bezweifelt das?

DOLMANCE: Nun gut, und in diesem Moment hört sie auf, ein Verbrechen zu sein. Um das, was dem einen nützt, während es dem andern schadet, ein Verbrechen zu nennen, müßte man beweisen, daß das verletzte Wesen der Natur kostbarer ist als das, welches den Nutzen hatte. Da aber vor den Augen der Natur alle Individuen gleich sind, ist diese Vorliebe nicht möglich, daher ist die Tat, die dem einen nützt, indem sie dem andern schadet, der Natur vollkommen gleichgültig.

EUGENIE: Doch wenn die Handlung einer sehr großen Mehrheit von Individuen schadete und uns selbst nur eine sehr geringe Dosis Vergnügen einbrächte, wäre es dann nicht abscheulich, sich ihr hinzugeben?

DOLMANCE: Keineswegs, denn das, was die anderen empfinden, ist unvergleichbar mit dem, was wir selbst fühlen. Der stärkste Schmerz der anderen muß für uns ganz und gar nichtig sein, und der leichteste Kitzel des Vergnügens, den wir selber empfinden, berührt uns. Daher müssen wir um jeden Preis diesen leichten Kitzel jener ungeheuren Summe der Schmerzen der anderen vorziehen, die uns nicht betreffen kann. Wenn es dagegen geschieht, daß die Besonderheit unserer Organe, eine bizarre Veranlagung uns die Schmerzen unseres Nächsten angenehm machen, wie das häufig vorkommt, wer zweifelt dann, daß wir unbedingt diesen Schmerz des andern, der uns Vergnügen bereitet, dem Fehlen dieses Schmerzes vorziehen müssen, das für uns eine Entbehrung würde? Die Quelle all unserer Irrtümer hinsichtlich der Moral liegt in der lächerlichen Vermutung, es existiere jenes Bandes der Brüderlichkeit, das die Christen in der Zeit ihres Unglücks und ihrer Not erfunden haben. Da sie gezwungen waren, die Barmherzigkeit der anderen zu erbetteln, war es nicht ungeschickt zu behaupten, sie seien alle Brüder. Wie kann man nach einer solchen Hypothese Hilfe verweigern? Doch diese Doktrin ist unannehmbar. Kommen wir nicht alle isoliert zur Welt? Ich gehe noch weiter: jeder als Feind des andern, alle in einem Zustand ewigen und gegenseitigen Krieges? Ich frage euch nun, ob dies so wäre im angenommenen Fall, daß die Tugenden, die das angebliche Band der Brüderlichkeit fordert, durch die Natur gegeben wären. Wenn sie durch ihre Stimme dem Menschen eingegeben wäre, würden sie sie von Geburt an fühlen. Dann wären Barmherzigkeit, Güte und Menschlichkeit natürliche Tugenden, gegen die man sich nicht wehren könnte und die jenen Urzustand des unzivilisierten Menschen zum völligen Gegenteil dessen machen würden, als das wir ihn sehen.

EUGENIE: Doch auch wenn die Natur, wie Sie sagen, die Menschen isoliert, alle unabhängig voneinander zur Welt kommen läßt, so werden Sie mir doch wenigstens zugeben, daß die Bedürfnisse, indem sie sie einander annähern, notwendigerweise gewisse Bande zwischen ihnen haben schaffen müssen. So sind aus der Verbindung der Menschen miteinander die Bande des Blutes, die der Liebe, der Freundschaft, der Dankbarkeit entstanden. Ich hoffe, Sie respektieren wenigstens diese?

DOLMANCE: In der Tat nicht mehr als die anderen. Doch von

mir aus analysieren wir sie, werfen wir einen raschen Blick auf jedes einzelne, Eugenie. Wollen Sie zum Beispiel sagen, das Bedürfnis, mich zu verheiraten – sei es, um meine Rasse fortbestehen zu sehen, sei es, um mein Vermögen zu ordnen –, müsse unlösliche Bande zwischen mir und dem Objekt schaffen, mit dem ich mich abzusammentue? Wäre es nicht absurd, ich bitte Sie, das zu behaupten? Solange der Geschlechtsakt dauert, kann es zweifellos sein, daß ich jenes Objekt zur Teilnahme daran brauche. Doch sobald es befriedigt ist, was bleibt zwischen ihm und mir, frage ich Sie. Und welche reale Verpflichtung verknüpft mit ihm oder mir die Folgen dieses Koitus? Jene Bande waren Früchte der Angst der Eltern, im Alter verlassen zu sein, und die eigennützige Sorgfalt, mit der sie uns in unserer Kindheit umgeben, soll ihnen nur die gleiche Aufmerksamkeit in ihrem Greisenalter verdienen. Lassen wir uns von all dem nicht irreführen: Wir verdanken unseren Eltern nichts … nicht das geringste, Eugenie, und da sie sehr viel weniger für uns als für sich gearbeitet haben, dürfen wir sie verachten und uns ihrer sogar entledigen, wenn ihr Verhalten uns erzürnt. Wir sollen sie nur lieben, wenn sie uns Gutes tun, und diese Zärtlichkeit soll dann um keinen Grad stärker sein als die, die wir für andere Freunde empfänden, weil die Rechte der Geburt nichts ins Leben rufen, nichts begründen und wir, wenn wir sie mit Weisheit und Nachdenken prüfen, in ihnen sicherlich nur Gründe zum Haß gegen jene finden, die an nichts als ihr Vergnügen gedacht und uns oft nur ein unglückliches und krankes Leben gegeben haben.

Sie sprechen mir von den Banden der Liebe, Eugenie, die Sie doch niemals kennenlernten! Oh, um des Glückes willen, das ich Ihnen wünsche, möge ein solches Gefühl nie Ihrem Herzen nahen! Was ist denn die Liebe? Mir scheint, man kann sie nur als die Wirkung ansehen, die die Eigenschaften eines schönen Objektes auf uns üben: diese Wirkung erregt uns; sie entflammt uns. Wenn wir das Objekt besitzen, sind wir zufrieden; ist es uns nicht möglich, es zu bekommen, verzweifeln wir. Doch was ist die Basis dieses Gefühls? ... Die Begierde. Welches sind die Folgen dieses Gefühls? ... Der Wahnsinn. Halten wir uns also an das Motiv, und schützen wir uns vor den Auswirkungen. Das Motiv ist, das Objekt besitzen zu wollen. Nun, bemühen wir uns um Erfolg, doch mit Klugheit. Genießen wir es, wenn wir es haben, und trösten wir uns im umgekehrten Fall damit: Tausend andere gleiche und oft viel bessere Objekte werden uns über den Verlust dieses einen hinwegtrösten, denn alle Männer, alle Frauen gleichen einander. Es gibt keine Liebe, die den Ergebnissen einer vernünftigen Überlegung standhält. O welche Verblendung ist diese Trunkenheit, die die Wirkung der Vernunft in uns verschlingt und uns in einen Zustand versetzt, in dem wir nicht mehr sehen, nicht mehr existieren als durch das töricht angebetete Objekt! Heißt das denn leben? Heißt es nicht vielmehr, sich freiwillig allen Annehmlichkeiten des Lebens zu entziehen? Heißt das nicht, in einem brennenden Fieber zu verharren, das uns verschlingt und uns verzehrt, ohne uns ein anderes Glück zu lassen als metaphysische Genüsse, die so sehr den Symptomen des Wahnsinns gleichen? Wenn wir es immer lieben sollten, jenes anbetungswürdige Objekt, wenn es sicher wäre, daß wir es nie verlassen sollten, so wäre das zweifellos auch eine Torheit, doch wenigstens entschuldbar. Kommt das vor? Gibt es viele Beispiele jener ewigen Liebesverhältnisse, die nie nachgelassen haben? Wenige Monate des Genusses, die bald das Objekt an seinen wahren Platz zurückversetzen, lassen uns des Weihrauchs schämen, den wir auf seinen Altären verbrannt haben, und häufig kommen wir dahin, nicht einmal mehr zu begreifen, was uns derartig hatte verführen können.

O wollüstige Mädchen, gebt uns also eure Körper, so oft ihr könnt! Fickt, vergnügt euch, darauf kommt es an. Doch meidet mit Vorbedacht die Liebe. Man hat nichts Gutes als seinen Körper, sagte der Naturforscher Buffon, und nicht nur hierüber argumentierte er als guter Philosoph. Ich wiederhole: Amüsiert euch, aber liebt niemals. Kümmert euch ebensowenig darum, ob ihr geliebt werdet. Es gilt, sich nicht in Klagen, in Seufzern, in verstohlenen Blicken, in Liebesbriefen zu erschöpfen, sondern zu ficken, seine Partner zu vermehren und häufig zu wechseln, sich vor allem kräftig dagegen zu wehren, daß ein einziger euch mit Beschlag belegen will, denn das einzige Ziel dieser beständigen Liebe wäre, euch, indem er euch sich verbindet, zu hindern, euch einem andern hinzugeben, ein grausamer Egoismus, der euer Vergnügen bald vernichten würde. Die Frauen sind nicht für einen einzigen Mann gemacht – für alle hat die Natur sie geschaffen. Nur diese heilige Stimme sollen sie anhören und sich ohne Unterschied allen hingeben, die sie wollen. Stets Huren, niemals Liebende, die Liebe fliehend, anbetend das Vergnügen – nur Rosen werden es noch sein, was sie im Verlauf ihres Lebens ernten. Es werden nur noch Blumen sein, was sie an uns verschwenden! Fragen Sie, Eugenie, fragen Sie die bezaubernde Frau, die so gut ist, sich mit Ihrer Erziehung zu befassen, was man sich aus einem Mann machen soll, wenn man ihn gehabt hat. *(So leise, daß Augustin ihn nicht hören kann.)* Fragen Sie, ob sie einen einzigen Schritt täte, um jenen Augustin zu halten, der heute ihre Wonne ist. Angenommen, man wollte ihn ihr rauben, so würde sie einen andern nehmen, nicht mehr an diesen denken, und bald würde sie, des neuen müde, diesen selber in zwei Monaten opfern, wenn neue Genüsse aus diesem Opfer erstehen sollten.

MADAME DE SAINT-ANGE: Meine teure Eugenie darf sicher sein, daß Dolmancé ihr hier mein Herz und das Herz aller Frauen erklärt, als ob wir seine Falten öffneten.

DOLMANCE: Der letzte Teil meiner Untersuchung betrifft also die Bande der Liebe und die

Bande der Dankbarkeit. Respektieren wir meinetwegen die ersteren, solange sie uns nützlich sind. Behalten wir unsere Freunde, solange sie uns dienen; vergessen wir sie, sobald wir nichts mehr von ihnen haben. Nie anders als um seiner selbst willen soll man die Leute lieben; sie um ihretwillen zu lieben, ist bloße Verblendung. Es liegt niemals in der Natur, den Menschen andere Regungen, andere Gefühle einzugeben als die, die ihnen zu irgend etwas nützlich sein können. Nichts ist so egoistisch wie die Natur: sein wir es also auch, wo wir es sein können. Die Dankbarkeit ist zweifellos das schwächste aller Bande. Geschieht es denn für uns, daß die Menschen uns verpflichten? Glauben wir nichts dergleichen. Sie tun es aus Prahlerei, aus Stolz. Ist es dann nicht erniedrigend, so zum Spielball der Eigenliebe der anderen zu werden? Nichts Lästigeres als eine erhaltene Wohltat. Kein Zwischending: Man kann sie nur erwidern oder durch sie erniedrigt werden. Die stolzen Seelen leiden unter dem Gewicht der Wohltat, sie lastet mit solcher Gewalt auf ihnen, daß das einzige Gefühl, das sie hervorbringen,

Haß gegen den Wohltäter ist. Welches sind nun nach Ihrer Meinung die Bande, die der Vereinzelung abhelfen, in der uns die Natur geschaffen hat? Welche sind es, die Beziehungen zwischen den Menschen herstellen sollen? Aus welchem Anlaß sollten wir sie lieben, schätzen, sie über uns selber stellen? Mit welchem Recht sollen wir ihr Unglück erleichtern? Wo in unserer Seele steht nun die Wiege schöner und nutzloser Tugenden wie die der Güte, der Menschlichkeit, der Nächstenliebe, aufgeführt im absurden Kodex einiger törichter Religionen, die, von Betrügern oder Bettlern gepredigt, natürlich anraten mußten, was sie stützen oder dulden konnte! Nun, Eugenie, glauben Sie noch an etwas Heiliges zwischen den Menschen? Finden Sie irgendwelche Gründe, uns nicht immer ihnen vorzuziehen?

EUGENIE: Diese Lehren, denen mein Herz vorauseilt, sind mir zu angenehm, als daß mein Geist sie zurückwiese.

MADAME DE SAINT-ANGE: Sie liegen in der Natur, Eugenie. Schon die Zustimmung, die du ihnen gibst, beweist das. Wie könnte das, was du, die du kaum aus ihrem Schoß erblüht bist, fühlst, die Frucht der Verderbnis sein?

EUGENIE: Aber wenn alle Sünden, die Sie predigen, in der Natur liegen, warum sind die Gesetze dagegen?

DOLMANCE: Weil die Gesetze nicht für den einzelnen gemacht sind, sondern für die Allgemeinheit, was sie in ständigen Widerspruch zum persönlichen Interesse bringt, da das persönliche Interesse immer im Gegensatz zum Interesse der Allgemeinheit steht. Doch die Gesetze, die gut für die Gesellschaft sind, sind sehr schlecht für das Individuum, das diese gründet. Denn wenn die Gesetze das Individuum einmal schützen und sichern, stören und fesseln sie es während zwei Dritteln seines Lebens. Daher duldet sie der Weise, der voller Verachtung für sie ist, wie er es mit den Schlangen und Vipern macht, die, obwohl sie verletzen oder vergiften, doch manchmal in der Medizin von Nutzen sind. Er wird sich gegen die Gesetze schützen, wie er es gegen jene giftigen Tiere tut; er schirmt sich gegen sie durch Vorsichtsmaßnahmen, durch Geheimnisse ab, alles dies aus Weisheit und Klugheit. Mag die Idee irgendwelcher Verbrechen Ihre Seele entzünden, Eugenie, Sie können sicher sein, daß Sie sie in Ruhe zwischen Ihrer Freundin und mir vollbringen werden.

EUGENIE: Oh, welcher Gedanke bereits in meinem Herzen lebt!

MADAME DE SAINT-ANGE: Welche Laune bewegt dich, Eugenie, sag es uns voll Vertrauen.

EUGENIE *(verwirrt)*: Ich möchte ein Opfer.

MADAME DE SAINT-ANGE: Und welchen Geschlechtes soll es sein?

EUGENIE: Meines eigenen!

DOLMANCE: Nun, Madame, sind Sie zufrieden mit Ihrer Schülerin? Sind ihre Fortschritte rasch genug?

EUGENIE *(wie oben):* Ein Opfer, Liebe, ein Opfer! ... O Götter, das wäre das Glück meines Lebens! ...

MADAME DE SAINT-ANGE: Und was würdest du mit ihm tun?

EUGENIE: Alles! ... Alles! ... Alles, was es zum unglücklichsten aller Geschöpfe machen könnte. Oh Liebste, Beste, hab Erbarmen mit mir, ich kann nicht mehr! ...

DOLMANCE: Donnerwetter, welch eine Vorstellungskraft! ... Komm, Eugenie, du bist entzükkend ... Komm, daß ich dich tausend- und aber tausendmal küsse! *(Er nimmt sie wieder in die Arme!)* Sehen Sie, sehen Sie, Madame, betrachten Sie die kleine Libertine, wie sie sich *vom Kopf her* entlädt, ohne daß man sie berührt ... Ich muß ihr unbedingt noch einmal in den Arsch fahren!

EUGENIE: Bekomme ich danach, was ich verlange?

DOLMANCE: Ja, Tollkopf! ... Ja, wir garantieren es dir!

EUGENIE: O mein Freund, da

ist mein Arsch! ... Machen Sie damit, was Sie wollen! ...

DOLMANCE: Warten Sie, ich will diesen Akt auf besonders wollüstige Weise arrangieren. *(Alles geschieht, wie Dolmancé anweist!)* Augustin, lege dich auf den Rand dieses Bettes, Eugenie soll sich in deine Arme legen. Während ich sie sodomisiere, wichse ich ihre Klitoris mit der prächtigen Schwanzspitze Augustins, der, um seinen Samen zu sparen, aufpassen soll, daß er sich nicht entlädt. Der teure Chevalier, der, ohne etwas zu sagen, ganz sachte wichst, während er uns zuhört, möge sich bitte auf Eugenies Schultern ausstrecken und meinen Küssen dabei seinen schönen Arsch darbieten: ich will ihn von unten wichsen. Auf diese Weise werde ich, während ich mein Werkzeug in einem Arsch habe, mit jeder Hand einen Schwanz wichsen können. Und Madame, nachdem ich Ihr Gatte war, will ich, daß Sie der meine werden. Nehmen Sie den riesigsten Ihrer Godemichés! *(Madame de Saint-Ange öffnet eine Schachtel, die voll davon ist, und unser Held wählt den fürchterlichsten.)* Gut, dieser hat, wie die Nummer besagt, vierzehn Zoll

Länge und zehn Umfang. Binden Sie sich das um die Hüften, Madame, und versetzen Sie mir nun die schrecklichsten Stöße.

MADAME DE SAINT-ANGE: Wirklich, Dolmancé, Sie sind wahnsinnig, ich werde Sie damit verstümmeln.

DOLMANCE: Fürchten Sie nichts, stoßen Sie, dringen Sie ein, mein Engel. Ich fahre erst in den Arsch Ihrer lieben Eugenie, wenn Ihr riesiges Glied recht weit in meinem ist! ... Da! Da! Donnerwetter! ... Du versetzt mich in die Wolken! ... Kein Erbarmen, meine Schöne ... Ich erkläre dir, ich werde deinen Arsch ohne Vorbereitungen ficken ... O Himmel! Welch schöner Hintern! ...

EUGENIE: O mein Freund, du zerreißt mich! ... Bereite wenigstens die Wege.

DOLMANCE: Ich werde mich weiß Gott wohl hüten, man verliert die Hälfte des Vergnügens mit diesen dummen Aufmerksamkeiten. Denke an unsre Prinzipien, Eugenie, ich arbeite für mich. Nur einen Moment lang Opfer, schöner Engel, und gleich Rächerin ... O Himmel! Er dringt ein! ...

EUGENIE: Du bringst mich um! ...

DOLMANCE: Himmel, Arsch und Zwirn! Ich bin am Ziel! ...

EUGENIE: Oh, tu jetzt, was du willst, es ist soweit ... Ich fühle nur Lust! ...

DOLMANCE: Wie gern ich diesen großen Schwanz auf der Klitoris einer Jungfrau bewege! ... Du, Chevalier, mach einen freundlichen Arsch ... Wichse ich dich gut, Libertin? ... Und Sie, Madame, ficken Sie mich, ficken Sie Ihre Dirne ... Ja, das bin ich und will es sein ... Eugenie, entlade dich, mein Engel, ja, entlade dich! ... Augustin füllt mich gegen seinen Willen mit Samen ... Ich empfange den des Chevaliers, meiner kommt dazu … Ich kann nicht mehr … Eugenie, bewege deine Arschbacken, dein Anus presse meinen Schwanz. Ich will dir bis auf den Grund deiner Eingeweide den heißen Samen schleudern, der hervorbricht … Ah! Gefickter Himmelarsch! Ich sterbe! *(Er zieht sich zurück, die Gruppe löst sich auf!)* Halt, Madame, Ihre kleine Libertine ist noch voller Samen, der Eingang ihrer Fotze ist damit überschwemmt. Wichsen Sie sie, bewegen Sie heftig ihre Klitoris, die noch ganz feucht von Sperma ist

– das gehört zu dem Köstlichsten, was man machen kann.

EUGENIE *(zitternd):* O Liebste, welches Vergnügen würdest du mir machen! ... O teure Liebe, ich brenne vor Wollust. *(Diese Gruppe ordnet sich!)*

DOLMANCE: Chevalier, da du es bist, der dieses schöne Kind entjungfern soll, steh deiner Schwester bei, damit Eugenie in deinen Armen vergeht, und biete mir durch deine Haltung deinen Arsch, ich will ihn ficken während Augustin in meinen Arsch kommt. *(Alles plaziert sich!)*

DOLMANCE: Den Arsch vielleicht noch ein klein wenig höher, Liebster. So, gut ... Ohne Vorbereitung, Chevalier? ...

CHEVALIER: Bei Gott, wie du willst. Kann ich etwas anderes als Lust empfinden am Busen dieses entzückenden Mädchens? *(Er küßt und wichst sie, indem er einen Finger leicht in ihre Fotze führt. Indessen kitzelt Madame de Saint-Ange Eugenies Klitoris.)*

DOLMANCE: Denn was mich betrifft, mein Lieber, kannst du sicher sein, daß ich mich bei dir viel mehr in acht nehme als bei Eugenie. Es ist ein solcher Unterschied zwischen dem Arsch eines Jünglings und eines Mädchens! ... Komm doch in meinen Arsch, Augustin! Wie mühsam du dich entschließt!

AUGUSTIN: Verflixt, Herr, das kommt, weil das eben ganz nah bei dem Ding des zarten Täubchens geflossen ist, und Sie wollen, daß das gleich wieder für Ihren Arsch aufsteht, der wirklich nicht so schön ist, na!

DOLMANCE: Dummkopf! Doch warum sich beklagen? So ist die Natur: Jeder preist seinen Heiligen. Komm, komm, dring immerhin ein, ehrlicher Augustin, und wenn du etwas mehr Erfahrung hast, sollst du mir sagen, ob die Ärsche nicht besser sind als die Fotzen ... Eugenie, gib doch dem Chevalier, was er dir gegeben hat, du beschäftigst dich nur mit dir. Du hast recht, Libertine; doch im Interesse deines eigenen Vergnügens wichs ihn, denn er soll der erste in dir sein.

EUGENIE: Nun, ich wichse ihn, ich küsse ihn, ich verliere den Kopf ... Ach, ach, Freund, ich kann nicht mehr! ... Habt Erbarmen mit meinem Zustand ... Ich sterbe ... Ich entlade mich! ... Himmel! Ich bin außer mir! ...

DOLMANCE: Ich meinerseits werde vorsichtig sein. Ich wollte mich in diesem schönen Arsch nur wieder in Schwung bringen, ich verwahre für Madame de Saint-Ange den Samen, der sich dort entzündet hat. Nichts macht mir mehr Vergnügen, als in einem Arsch das zu beginnen, was ich in einen andern vollenden will. Nun Chevalier, du bist ja gut in Fahrt … Entjungfern wir?

EUGENIE: O Gott, nein, ich will nicht, daß er das tut, ich würde sterben. Ihrer ist kleiner, Dolmancé. Seien Sie es, dem ich diese Operation verdanke, ich beschwöre Sie!

DOLMANCE: Das ist nicht möglich, mein Engel, ich habe in meinem Leben noch keine Fotze gefickt: Sie werden mir gestatten, nicht in meinem Alter damit anzufangen. Ihre erste Blüte gehört dem Chevalier. Er allein ist würdig, sie zu pflükken; rauben wir ihm nicht sein Recht.

MADAME DE SAINT-ANGE: Eine Jungfernschaft verschmähen ... so frisch, so hübsch wie diese, denn ich glaube nicht, daß man sagen kann, meine Eugenie sei nicht das schönste Mädchen von ganz Paris ... Aber mein Herr! ...

In der Tat, das nenne ich ein wenig zu sehr auf seinen Grundsätzen bestehen!

DOLMANCE: Nicht so sehr, wie ich sollte, Madame, denn eine Unzahl meiner Kollegen würde Sie sicher nicht arschficken ... Ich habe es getan und werde es wieder tun. Ich treibe also nicht, wie Sie mich verdächtigen, meinen Kult bis zum Fanatismus.

MADAME DE SAINT-ANGE: Also los, Chevalier, aber schone sie. Sieh wie klein die Stelle ist, die du durchbohren sollst. Stehen Inhalt und Gefäß in irgendeinem Verhältnis?

EUGENIE: Oh, es wird mich umbringen, das kann nicht anders sein … Doch mein brennender Wunsch, gefickt zu werden, läßt mich alles wagen ohne jegliche Furcht … Los, dring ein, ich gebe mich dir hin.

CHEVALIER: *(hält sein steifes Glied mit der ganzen Hand gepackt.)*: Ja, zum Teufel, es soll hinein … Schwester, Dolmancé, haltet jeder eins ihrer Beine … O Himmel, was für ein Unterfangen! … Ja, ja, soll sie zerspalten sein, zerrissen, sie muß dran glauben!

EUGENIE: Langsam, langsam, ich kann es nicht aushalten …

(Sie schreit; die Tränen laufen ihr die Backen herunter.) Helft mir! Liebe Freundin ... *(Sie sträubt sich.)* Nein, ich will nicht, daß er eindringt! ... Ich schreie Zeter Mordio, wenn Sie fortfahren! ...

CHEVALIER: Schrei soviel du willst, kleine Spitzbübin, er muß hinein, und wenn du tausendmal verreckst!

EUGENIE: Was für eine Rohheit!

DOLMANCE: Zum Teufel, ist man zartfühlend mit einem steifen Schwanz?

CHEVALIER: Haltet sie: es ist soweit! Es ist soweit, heiliger

Gott! ... Himmel, Arsch und Zwirn, die Jungfernschaft ist zum Teufel! ... Seht, wie sie blutet!

EUGENIE: Komm, Tiger! ... Komm, zerreiß mich, wenn du willst, jetzt ist es mir gleich! ... Küß mich, Henker, küß mich, ich bete dich an! ... Oh, es ist alles vorbei, wenn er drin ist: alle Schmerzen sind vergessen ... Unglücklich die jungen Mädchen, die sich durch einen solchen Ansturm abschrecken lassen! ... Welch große Lust lassen sie sich entgehen um eines kleinen Schmerzes willen! ... Stoß, stoß, Chevalier, ich entlade mich!

... Benetze mit deinem Samen die Wunden, mit denen du mich bedeckt hast ... Stoß doch bis auf den Grund meiner Gebärmutter ... Ah, der Schmerz weicht dem Vergnügen ... Ich werde gleich ohnmächtig! ... *(Der Chevalier entlädt sich. Während er fickte, hat ihm Dolmancé Schwanz und Eier gewichst. Madame de Saint-Ange hat Eugenies Klitoris gekitzelt. Die Gruppe löst sich auf.)*

DOLMANCE: Ich würde raten, daß die kleine Schurkin, während die Wege noch offen sind, sofort von Augustin gefickt wird.

EUGENIE: Von Augustin! ... Ein Schwanz von diesem Ausmaß! ... Oh, gleich danach! ... Wenn ich noch blute! ... Wollen Sie mich denn töten?

MADAME DE SAINT-ANGE: Liebste ... küsse mich, du tust mir leid ... Aber das Urteil ist gesprochen, es ist unwiderruflich, mein Herz, du mußt es erleiden.

AUGUSTIN: Oh, zum Teufel, ich bin bereit. Wenn es darum geht, dies kleine Mädchen aufzuspießen, kam ich, weiß Gott, von Rom zu Fuß.

CHEVALIER *(packt Augustins riesigen Schwanz)*: Sieh, Eugenie, sieh, wie steif er ist … wie würdig, meinen Platz einzunehmen!

EUGENIE: Gerechter Himmel, welches Urteil! … Oh, ihr wollt mich töten, es ist klar! …

AUGUSTIN *(ergreift Eugenie)*: Oh, nicht doch, Frollein. Das hat noch keinen umgebracht.

DOLMANCE: Einen Moment, mein Sohn, einen Moment. Sie muß mir den Arsch darbieten, während du sie fickst … Ja, so, kommen Sie näher, Madame de Saint-Ange; ich habe versprochen, Sie zu arschficken, ich will Wort halten. Doch plazieren Sie sich so, daß ich, während ich Sie ficke, Eugenie peitschen kann. Der Chevalier soll währenddessen mich peitschen. *(Man nimmt die Plätze ein.)*

EUGENIE: O Himmel, er zerreißt mich! ... Sachte doch, grober Kerl! ... Oh, der Schurke, er dringt ein! ... Drin ist er, der Hans Fick! ... Er ist ganz auf dem Grund! ... Ich sterbe! ... O Dolmancé, wie Sie schlagen! ... So werde ich von beiden Seiten entzündet; Sie setzen mir den Hintern in Brand.

DOLMANCE *(peitscht mit voller Wucht):* Du kriegst sie ... du kriegst sie, Schelmin! ... Du wirst um so wonnevoller deinen Samen verlieren. Wie Sie sie wichsen, Saint-Ange ... Wie dieser leichte Finger die Schmerzen versüßen muß, die Augustin und ich ihr antun! ... Doch ihr Anus zieht sich zusammen ... Ich sehe, Madame, wir werden uns gleichzeitig entladen ... O göttlich, so zwischen Bruder und Schwester zu sein!

MADAME DE SAINT-ANGE *(zu Dolmancé)*: Fick, meine Sonne, fick! ... Ich glaube, ich habe noch nie soviel Lust empfunden!

CHEVALIER: Dolmancé, tauschen wir die Plätze. Geh rasch

aus dem Arsch meiner Schwester in den von Eugenie über, um sie das Vergnügen des entre-deux zu lehren, und ich arschficke meine Schwester, die währenddessen deinem Hintern die Rutenstreiche vergilt, mit denen du Eugenie blutig geschlagen hast.

DOLMANCE *(tut es):* Ich bin einverstanden ... Sieh, Freund, ist ein rascherer Wechsel möglich als dieser?

EUGENIE: Wie, beide auf mich, gerechter Himmel! ... Ich weiß nicht mehr, wohin mich wenden. Ich hatte mit diesem Kerl schon genug! ... Oh, wieviel Samen mich dieser zweifache Genuß kosten wird! ... Er fließt schon. Ohne diese wollüstige Ejakulation, wäre ich, glaube ich, schon tot ... Aber wie, Liebe, du tust es mir nach! ... Oh, wie sie flucht, die Hure! ... Dolmancé, spritze ... spritz, Geliebter ... Dieser grobe Bauer überschwemmt mich, er schleudert mir bis in die innersten Eingeweide ... Ah, meinc Ficker, wie, beide zugleich, beim Himmel! ... Meine Freunde, empfangt meinen Samen, er vereint sich mit eurem ... Ich bin fertig ... *(Die Gruppen lösen sich auf.)* Nun, meine Liebe, bist du zufrieden mit deiner Schülerin? ... Bin ich nun Hure genug? ... Sie haben mich aber in einen Zustand versetzt ... In eine Erregung ... O ja! Ich schwöre, ich ließe mich in dem Rausch, in dem Sie mich sehen, wenn es sein müßte, mitten auf der Straße ficken! ...

DOLMANCE: Wie schön sie so ist!

EUGENIE: Ich hasse Sie, Sie haben mich verschmäht! ...

DOLMANCE: Konnte ich gegen meine Dogmen handeln?

EUGENIE: Kommen Sie, ich verzeihe Ihnen, und ich muß Prinzipien respektieren, die zu Verirrungen führen. Wie sollte ich sie nicht akzeptieren, ich, die ich nur noch im Verbrechen leben will? Setzen wir uns und plaudern wir einen Augenblick; ich kann nicht mehr. Fahren Sie mit meiner Belehrung fort, und sagen Sie mir etwas, das mich über die Ausschweifungen tröstet, denen ich mich hingegeben habe. Löschen Sie meine Gewissensbisse, ermutigen Sie mich.

MADAME DE SAINT-ANGE: Das ist richtig; ein wenig Theorie muß auf die Praxis folgen. Das ist der Weg, eine vollkommene Schülerin aus ihr zu machen.

DOLMANCE: Nun gut. Über

welchen Gegenstand, Eugenie, soll ich zu Ihnen sprechen?

EUGENIE: Ich möchte wissen, ob die Sittlichkeit für einen Staat wirklich nötig ist, ob ihr Einfluß von Gewicht ist auf den Geist der Nation.

DOLMANCE: Ah, Donnerwetter! Als ich heute morgen aufbrach, habe ich am Palais de l'Egalité eine Broschüre gekauft, die, wenn man dem Titel glaubt, unbedingt Antwort auf Ihre Frage geben muß ... Sie ist gerade erst aus der Druckerei gekommen!

MADAME DE SAINT-ANGE: Lassen Sie sehen. *(Sie liest: Fran-*

zosen, noch eine kleine Anstrengung, wenn ihr Republikaner sein wollt!) Auf mein Wort, ein merkwürdiger Titel, er verspricht etwas. Chevalier, du hast eine schöne Stimme, lies uns das vor.

DOLMANCE: Wenn ich mich nicht irre, beantwortet es genau Eugenies Frage.

EUGENIE: Bestimmt!

MADAME DE SAINT-ANGE: Geh hinaus, Augustin, das ist nichts für dich. Doch entferne dich nicht; wir schellen, sobald du wieder erscheinen sollst.

CHEVALIER: Ich beginne.

FRANZOSEN, NOCH EINE KLEINE ANSTRENGUNG, WENN IHR REPUBLIKANER SEIN WOLLT

Die Religion

Ich will euch große Ideen anbieten. Man wird sie anhören, sie werden erwogen werden. Wenn auch nicht alle Gefallen finden, so werden doch einige bleiben. Ich werde mit irgend etwas zum Fortschritt der Aufklärung beigetragen haben, und ich werde zufrieden sein. Ich verberge nicht, daß mich die Langsamkeit schmerzt, mit der wir das Ziel zu erlangen suchen. Unruhig fühle ich, daß die Stunde naht, in der wir es ein weiteres Mal verfehlen werden. Glaubt jemand, daß dieses Ziel erreicht ist, wenn man uns Gesetze gegeben hat? Das soll man sich nicht einbilden. Was tun wir mit Gesetzen ohne Religion? Wir brauchen einen Kult, der für den Charakter eines Republikaners gemacht und weit davon entfernt ist, je den römischen wiederaufnehmen zu können. In einem Zeitalter, in dem wir so überzeugt davon sind, daß die Religion auf die Moral gestützt werden muß und nicht die

Moral auf die Religion, brauchte es eine Religion, die auf die Sitten ausgerichtet sei, die etwas wäre wie deren Entwicklung, deren notwendige Folge, und die die Seele, indem sie sie erhöbe, stets auf der Höhe jener kostbaren Freiheit müßte halten können, aus der sie heute ihr einziges Idol macht. Nun frage ich, ob es denkbar wäre, daß die Religion eines Sklaven des Titus, eines schäbigen Histrionen aus Judäa einer freien und kriegerischen Nation genügen kann, die sich soeben regeneriert hat. Nein, meine Landsleute, nein, ihr glaubt das nicht. Wenn sich der Franzose zu seinem Unglück noch einmal in die Finsternisse des Christentums vergrübe, so hätten ihn auf der einen Seite der Hochmut, die Tyrannei, der Despotismus der Priester und die immer wieder auflebenden Laster dieser unreinen Horde, auf der anderen Seite die Nichtswürdigkeit, die engen Gesichtspunkte, die Plattheit der Dogmen und Mysterien dieser elenden und fabulösen Religion alsbald unter das soeben aus eigener Kraft zerbrochene Joch zurückgeführt, indem sie den Stolz der republikanischen Seele entschärften!

Laßt uns nicht aus den Augen verlieren, daß diese kindliche Religion eine der besten Waffen in den Händen unserer Tyrannen war. Eins ihrer ersten Dogmen war, *dem Kaiser zu geben, was des Kaisers ist;* doch wir haben Caesar entthront und wollen ihm nichts mehr geben. Franzosen, es wäre vergebens, wolltet ihr euch schmeicheln, der Geist eines vereidigten Klerus müsse nicht mehr der eines abtrünnigen sein. Ein Stand hat Laster, die er nicht ablegen kann. Bevor noch zehn Jahre vergingen, würden eure Priester mittels der christlichen Religion, ihres Aberglaubens, ihrer Vorurteile, ihrem Leid und ihrer Armut zum Trotz die Herrschaft über die Seelen wiedergewinnen, die sie an sich gerissen hatten. Sie würden euch wieder an Könige ketten, weil deren Macht stets jene andere gestützt hat, und euer republikanisches Gebäude fiele, da ihm das Fundament fehlte, in sich zusammen.

O ihr, die ihr die Axt in Händen habt, versetzt dem Baum des Aberglaubens den letzten Schlag. Begnügt euch nicht damit, seine Zweige zu lichten: Entwurzelt nur ganz und gar eine Pflanze, deren

Wirkungen so ansteckend sind. Seid absolut überzeugt davon, daß euer System der Freiheit und Gleichheit den Dienern an Christi Altären allzu offensichtlich widerstrebt, als daß jemals auch nur ein einziger es *bona fide* übernähme, wenn es ihm gelänge, wieder einige Gewalt über die Gewissen zu bekommen. Welcher Priester wird, wenn er den Zustand, in den *er* kürzlich versetzt wurde, mit dem, dessen er sich früher erfreute, vergleicht, nicht alles in seiner Macht stehende unternehmen, um das Vertrauen und die Autorität zurückzugewinnen, die man ihn hat einbüßen lassen? Und welche schwachen und kleinmütigen Wesen werden die Sklaven dieser herrschsüchtigen Tonsurierten bald wieder werden! Warum stellt man sich nicht vor Augen, daß die Übel, die es bereits gegeben hat, wiedererstehen können? Waren die Priester in der Kindheit der christlichen Kirche nicht das, was sie heute sind? Ihr seht, wohin sie gelangt waren. Doch wer hatte sie dorthin geführt? Waren es nicht die Mittel, die die Religion ihnen lieferte? Und wenn ihr sie nicht absolut verbietet, so werden diese Religion und diejenigen, die sie predigen bald wieder zum gleichen Ziel gelangen, da sie doch noch die gleichen Mittel haben.

Vernichtet also für immer all das, was eines Tages euer Werk zerstören könnte. Da die Frucht eurer Mühen erst euren Enkeln zufallen wird, bedenkt, daß es eure Pflicht und euer Anstand verlangen, ihnen keinen einzigen der gefährlichen Keime zu hinterlassen, die sie wieder in das Chaos stürzen könnten, aus dem wir uns so mühsam herausarbeiten. Schon verschwinden unsere Vorurteile, schon schwört das Volk den katholischen Hirngespinsten ab. Es hat schon die Tempel abgeschafft, es hat die Idole umgestürzt. Die Ehe gilt nur noch als ziviler Akt; die Beichtstühle sind zerbrochen und stehen in öffentlichen Räumen; die angeblichen Gläubigen entlaufen dem apostolischen Mahl und überlassen die Götter aus Mehl den Mäusen. Franzosen, haltet nicht inne: Ganz Europa, eine Hand schon an der Binde, die seine Augen blendet, erwartet von euch die Anstrengung, sie von der Stirne zu reißen. Beeilt euch, laßt nicht dem *heiligen Rom,* das schon allerorten tätig ist, um eure

Energie zu brechen, die Zeit, sich vielleicht noch ein paar Proselyten zu bewahren. Schlagt ohne Schonung sein hochmütiges und zitterndes Haupt, und ehe zwei Monate vergehen, wird der Baum der Freiheit, der die Trümmer des Stuhls von Sankt Peter beschattet, mit dem Gewicht seiner siegreichen Zweige all jene verächtlichen Idole des Christentums verdecken, die einst über der Asche eines Cato und Brutus errichtet wurden.

Franzosen, ich wiederhole es euch, Europa erwartet von euch, daß ihr es zugleich von *Zepter* und *Weihrauchfaß* befreit. Bedenkt, daß ihr es von der königlichen Tyrannei nicht erlösen könnt, ohne ihm gleichzeitig beim Zerbrechen der Fesseln religiösen Aberglaubens zu helfen. Die Bindungen des einen an das andere sind viel zu eng, als daß ihr nicht, ließet ihr eins von beiden überleben, alsbald unter die Herrschaft dessen zurückfielet, das zu zerstören ihr versäumtet. Weder vor den Knien eines imaginären Wesens noch vor denen cines schnöden Heuchlers soll ein Republikaner sich beugen. Seine einzigen Götter sollen fortan der *Mut* und die

Freiheit sein. Rom sank nieder, sobald dort das Christentum gepredigt wurde, und Frankreich ist verloren, wenn man es hier weiterhin verehrt.

Man studiere aufmerksam die absurden Dogmen, die schrecklichen Mysterien, die ungeheuerlichen Zeremonien, die unmögliche Moral dieser abscheulichen Religion, und man wird sehen, ob sie für eine Republik geeignet ist. Glaubt ihr allen Ernstes, daß ich mich von den Ansichten eines Mannes beherrschen lassen würde, den ich gerade zu Füßen des dummen Jesuspriesters gesehen habe? Nein, nein, gewiß nicht! Dieser Mann, immer noch schnöde, wird wegen der Niedrigkeit seiner Ansichten stets an den Greueln der früheren Regentschaft festhalten. Jetzt, nachdem er sich den Dummheiten einer so platten Religion hat unterwerfen können, wie die es ist, die wir leichtfertigerweise zugelassen haben, kann er mir fortan weder Gesetze vorschreiben noch Aufklärung vermitteln. Ich sehe in ihm nur noch den Sklaven von Vorurteilen und Aberglauben.

Um uns von dieser Wahrheit zu überzeugen, lenken wir den Blick auf die wenigen Individuen, die dem sinnlosen Kult unserer Väter ergeben bleiben. Wir werden sehen, ob nicht alle unversöhnliche Feinde des derzeitigen Systems sind, ob sich nicht in ihren Reihen jene so mit Recht verachtete Kaste der *Royalisten* und der *Aristokraten* findet. Der Sklave eines gekrönten Räubers soll sich doch, wenn er es will, vor einem Idol aus Teig verneigen. Ein solcher Gegenstand entspricht seiner schmutzigen Seele Wer Königen zu dienen vermag, soll Götter verehren! Aber wir, Franzosen, aber wir, meine Landsleute, sollen wir noch einmal, ergeben in so verächtlichen Fesseln, dahinkriechen? Eher tausendmal sterben, als uns von neuem so zu versklaven! Da wir einen Kult für notwendig halten, ahmen wir den der Römer nach: Taten, Leidenschaften, Helden, das waren seine respektheischenden Gegenstände. Solche erbauten die Seele, sie elektrisierten sie. Sie taten noch mehr: sie vermittelten ihr die Kräfte des verehrten Wesens. Der Verehrer Minervas wollte klug sein. Mut war im Herzen dessen, den man zu Füßen des Mars erblickte. Keinem einzigen Gott dieser großen Männer mangelte es an Kraft; alle reichten sie das Feuer, von dem sie selbst verzehrt wurden, an die Seele dessen weiter, der sie verehrte. Und da man erhoffte, eines Tages selbst verehrt zu werden, versuchte man, wenigstens ebenso groß zu werden wie der, den man sich als Beispiel nahm. Doch was finden wir im Gegensatz dazu bei den eitlen Göttern des Christentums? Was bietet euch, ich frage euch, diese dumme Religion?[1] Läßt der ober-

[1] Wenn jemand aufmerksam diese Religion studiert, wird er feststellen, daß die Gottlosigkeiten, von denen sie voll ist, zum ei-

flächliche Scharlatan aus Nazareth irgendwelche großen Ideen in euch aufkeimen? Haucht euch seine schmutzige und abstoßende Mutter, die schamlose Maria, irgendwelche Tugenden ein? Und findet ihr unter den Heiligen, die sein Elysium bevölkern, irgendein Muster an Größe, Heldenmut oder Tugendhaftigkeit? So sehr

---

nen Teil von der Grausamkeit und Unschuld der Juden stammen und zum andern Teil von der Gleichgültigkeit und Verwirrtheit der Heiden. Anstatt sich anzueignen, was die Völker der Antike an Gutem aufzuweisen hatten, scheinen die Christen ihre Religion nur aus der Vermengung der allerorts vorgefundenen Laster gebildet zu haben.

trifft es zu, daß diese dumme Religion nichts zu den großen Ideen beizutragen hat, daß kein Künstler ihre Attribute bei der Errichtung von Monumenten verwenden kann; selbst in Rom haben die meisten Verschönerungen und Ornamente des päpstlichen Palastes ihre Vorbilder im Heidentum, und solange die Welt besteht, wird dieses allein die Begeisterung großer Männer erregen.

Finden wir im reinen Deismus mehr Anreiz zu Größe und Aufschwung? Wird die Übernahme einer Schimäre, die unserer Seele das für die republikanischen Tugenden notwendige Maß an Energie verleiht, den Menschen dazu bringen, diese Tugenden wertzuschätzen und praktisch zu üben? Dieser Vorstellung sollten wir uns nicht hingeben; von diesem Irrglauben ist man abgekommen, und der Atheismus ist heute das einzige System aller Menschen, die ihren Verstand zu gebrauchen wissen. Mit fortschreitender Aufklärung hat man folgendes wahrgenommen: Da die Bewegung der Materie inhärent ist, wurde das notwendige Agens, das die Bewegung bewirkt, ein illusorisches Wesen; der Motor war dort unnütz, wo alles Existierende seiner Essenz nach in Bewegung sein mußte. Man hat bemerkt, daß dieser von den ersten Gesetzgebern klugerweise erfundene trügerische Gott nur ein weiteres Mittel in ihren Händen war, um uns in Ketten zu schlagen, und daß sie, indem sie sich allein das Recht zuerkannten, dieses Phantom sprechen zu lassen, es nur solche Dinge sagen lassen würden, die die läppischen Gesetze stützten und mit denen sie uns zu unterdrücken gedachten. Numa, Lykurg, Moses, Jesus Christus, Mohammed, all diese großen

Schwindler, all diese großen Despoten unserer Gedanken, verstanden es, die Gottheiten, welche sie erdichteten, mit ihren maßlosen Ambitionen zu verknüpfen, und in der Gewißheit, die Völker mit Hilfe ihrer Götter zu fesseln, waren sie bekanntlich sorgsam darauf bedacht, diese nur bei geeignetem Anlaß zu befragen oder sie nur das antworten zu lassen, was sie für nützlich hielten.

Laßt uns deshalb heute für den eitlen Gott, den Schwindler gepredigt haben, und für all die religiösen Spitzfindigkeiten, die aus dem lächerlichen Glauben an ihn resultieren, ein und dieselbe Verachtung hegen; mit diesem Tand kann man keine freien Menschen mehr locken. Also soll die totale Ausrottung der Kulte zu den Prinzipien gehören, die wir in ganz Europa verbreiten. Wir wollen uns nicht damit begnügen, die Zepter zu zerbrechen; zermalmen wir auch für alle Zeiten die Idole zu Staub: Vom Aberglauben zum Royalismus war es von jeher nur ein Schritt[1]. Das muß ohne Zweifel auch so sein, da doch einer der

---

1) Verfolgt die Geschichte der Völker: Ihr werdet nie sehen, daß sie, wenn sie eine Regierung besaßen, diese zugunsten einer

ersten Artikel der Königsweihe immer der Erhaltung der herrschenden Religion als einer der politischen Grundlagen galt, die am besten ihren Terror stützen konnten. Aber da dieser Thron gestürzt ist, da er es zum Glück für immer ist, laßt uns nicht zögern, auszureißen, was ihn stützte. Ja,

---

Monarchie aufgegeben hätten, es sei denn infolge der Abstumpfung, in der der Aberglaube sie gefangenhält. Ihr werdet immer die Könige die Religion stützen und die Religion die Könige weihen sehen. Man kennt die Geschichte vom Verwalter und vom Koch: Reicht mir den Pfeffer, und ich reiche Euch die Butter. Unglückliche Menschen, seid ihr denn für immer dazu bestimmt, dem Herrn dieser beiden Spitzbuben zu ähneln?

Bürger, die Religion paßt nicht in das System der Freiheit; ihr habt es gespürt. Nie wird sich der freie Mensch den Göttern des Christentums beugen; nie werden seine Dogmen, nie seine Riten, seine Mysterien und seine Moral einem Republikaner angemessen sein. Noch eine kleine Anstrengung; da ihr euch bemüht, alle Vorurteile zu zerstören, laßt keines überleben, wenn es nur eines einzigen bedarf, sie alle wieder zurückzubringen. Um wieviel wahrscheinlicher müssen wir von ihrer aller Rückkehr ausgehen, wenn das, das ihr leben läßt, tatsächlich die Wiege aller anderen ist! Hören wir auf zu glauben, die Religion könne dem Menschen nützlich sein. Wir wollen gute Gesetze haben, und dann werden wir ohne Religion auskommen. Doch versichert man uns, das Volk brauche eine; sie zerstreue es, sie zügle es. Gut! Doch dann gebt uns für diesen Fall eine Religion, die sich für freie Menschen schickt. Gebt uns die Götter des Heidentums zurück. Wir wollen gern Jupiter, Herkules oder Pallas Athene verehren, aber von jenem märchenhaften Schöpfer eines sich selbst bewegenden Universums wollen wir nichts mehr wissen. Wir wollen keinen Gott ohne räumliche Ausdehnung mehr, der dennoch alles mit seiner Unendlichkeit erfüllt, keinen allmächtigen Gott mehr, der jedoch nie tut, was er will, kein Wesen von höchster Güte mehr, das jedoch nur Unzufriedene erschafft, kein ordnungsliebendes Wesen mehr, in dessen Herrschaft jedoch alles in Unordnung ist. Nein, wir wollen keinen Gott mehr, der die Natur stört, der Vater der Verwirrung ist, der den Menschen bewegt, wenn der Mensch Schandtaten vollbringt. Ein solcher Gott läßt uns vor Empörung schaudern, und wir stoßen ihn für immer ins Vergessen, aus dem der infame Robespierre ihn hat hervorholen wollen[1].

Franzosen, dieses unwürdige Phantom wollen wir durch die imposanten Trugbilder ersetzen, die

[1] Alle Religionen sind sich darin einig, uns die tiefste Weisheit und Macht der Gottheit zu rühmen; doch sobald sie uns dann ihr Verhalten vorführen, finden wir nur Unklugheit, Schwäche und Wahn. Gott habe, so heißt es, die Welt für sich selbst geschaffen, und bisher ist es ihm nicht einmal gelungen, sich in schicklicher Weise ehren zu lassen. Gott hat uns geschaffen, ihn anzubeten, und wir bringen unser Leben damit zu, ihn zu verspotten! Welch armseliger Gott ist dieser Gott!

Rom zur Beherrscherin des Universums machten. Laßt uns alle christlichen Idole so behandeln, wie wir die unserer Könige behandelt haben. Wir haben die Abzeichen der Freiheit auf die Socke gesetzt, die zuvor Tyrannen trugen – laßt uns also auch die Bilder großer Männer auf den Postamenten jener vom Christentum verehrten Buben wiederaufrichten[1]. Befürchten wir nicht mehr die Wirkung des Atheismus auf dem Land. Haben die Bauern denn nicht gespürt, wie wichtig die Ver-

[1] Hier handelt es sich nur um solche, deren Ruf seit langem feststeht.

nichtung des katholischen Kults ist, der den wahren Prinzipien der Freiheit widerspricht? Haben sie denn nicht ohne Entsetzen wie auch ohne Schmerz ihre Altäre und Pfarrhäuser stürzen sehen? Oh, glaubt nur, daß sie auch auf ihren lächerlichen Gott verzichten werden. Die Statuen des Mars, der Minerva und der Freiheit werden an den wichtigsten Stellen ihrer Siedlungen aufgestellt werden; alljährlich wird dort ein Jahresfest gefeiert; die Bürgerkrone wird dort dem Bürger verliehen, der sich ums Vaterland am verdientesten gemacht hat. Am Rande eines einsamen Waldes werden Hymen, Venus und Amor, unter dem Dache eines ländlichen Tempels aufgestellt, die Huldigungen der Liebenden empfangen; dort wird die Schönheit durch die Hände der Grazien die Treue krönen. Es wird nicht allein darum gehen zu lieben, will man dieser Krone würdig sein, man wird ihretwegen Verdienste aufweisen müssen: Heroismus, Talente, Menschlichkeit, Seelengröße, erprobten Bürgersinn – dies sind die Titel, die der Liebende zu Füßen seiner Geliebten wird ausbreiten müssen, und diese werden gut jene der Geburt und des Reichtums aufwiegen können, die einfältiger Hochmut früher forderte. Aus diesem Kultus werden wenigstens einige Tugenden hervorgehen, während nur Verbrechen aus jenen entstehen, denen anzuhängen wir die Schwäche hatten. Dieser Kultus wird sich mit der Freiheit, der wir dienen, verbinden; er wird sie beseelen, unterhalten, zur Glut entfachen, wohingegen der Deismus seinem Wesen und seiner Natur nach der tödlichste Feind der Freiheit ist, der wir dienen.

Kostete es einen Tropfen Blut, als im späten Kaiserreich die heidnischen Götzenbilder zertrümmert wurden? Die Revolution vollzog sich, von der Stumpfheit eines wieder zu Sklaven gewordenen Volkes vorbereitet, ohne das geringste Hindernis. Wie können wir befürchten, das Werk der Philosophie werde schlimmer sein als das des Despotismus? Nur die Priester halten noch zu Füßen ihres erfundenen Gottes jenes Volk gefangen, das aufzuklären ihr so fürchtet; entfernt sie von ihnen, und der Schleier wird fallen wie von selbst. Glaubt ruhig, daß das Volk bald auch frei von Aberglauben sein wird, denn es ist sehr viel vernünftiger, als ihr meint, wenn es erst einmal von den Ketten der Tyrannei befreit ist. Ihr fürchtet es ohne diesen Zügel – welche Narrheit! O glaubt nur, Bürger, wen das fühlbare Schwert der Gesetze nicht in Schranken hält, den hält auch nicht die moralische Furcht vor Höllenstrafen, über die er seit seiner Kindheit lacht. Kurz gesagt: Euer Deismus hat viele Schandtaten verursacht, doch nie eine einzige verhindert. Wenn es stimmt, daß Leidenschaften blind machen, daß ihre Wirkung darin besteht, unsere Augen in eine

Wolke einzuhüllen, die uns die sie umgebenden Gefahren verbirgt, wie sollen wir dann annehmen, daß uns solch äußerst fernen wie die von eurem Gott angedrohten Strafen es vermögen, diese Wolke zu vertreiben, die nicht einmal das stets über den Leidenschaften schwebende Schwert der Gesetze zerstreuen kann? Wenn also erwiesen ist, daß dieser zusätzliche Zügel, der in der Idee eines Gottes liegt, nutzlos wird, wenn dargetan ist, daß er wegen seiner übrigen Wirkungen gefährlich ist, so frage ich mich, welchem Zweck er also dienen kann und welche Beweggründe wir anführen können, um ihn weiter existieren zu lassen. Will man mir sagen, wir seien noch nicht reif genug, um unsere Revolution in so glanzvoller Weise weiter zu sichern? Ach, meine Mitbürger, der Weg, den wir seit 89 zurückgelegt haben, war ungleich schwieriger als der, der uns zurückzulegen bleibt, und wir brauchen in dem Punkt, von dem ich zu euch spreche, die öffentliche Meinung viel weniger zu beeinflussen, als wir sie seit der Zeit des Sturms auf die Bastille hin- und hergezerrt haben. Glaubt, daß ein Volk, das klug und mutig genug war, einen schamlosen Monarchen vom Gipfel der Würden zum Fuß des Schafotts zu führen, das in so wenigen Jahren so viele Vorurteile zu besiegen, so viele lächerliche Schranken einzureißen vermochte, auch klug und mutig genug ist, um dem Wohl des Landes, dem Gedanken der Republik ein noch viel trügerischeres Phantom zu opfern, als es das eines Königs hat sein können.

Franzosen, ihr werdet die ersten Schläge tun, eure Volkserziehung wird das übrige erledigen. Doch greift diese Aufgabe unverzüglich an, laßt sie zu einer eurer wichtigsten Sorgen werden. Vor allem sollte ihr jene wesentliche Moral zugrundeliegen, die in der religiösen Erziehung so stark vernachlässigt worden ist. Ersetzt die vergötternden Torheiten, mit denen ihr die jungen Organe eurer Kinder ermattet, durch hohe soziale Prinzipien. Statt ihnen das Aufsagen sinnloser Gebete beizubringen, die vergessen zu haben sie sich mit spätestens sechzehn Jahren rühmen werden, belehre man sie über ihre Pflichten in der Gesellschaft. Bringt ihnen bei, Tugenden zu lieben, von denen ihr ihnen früher kaum gesprochen habt und die ihnen, ohne eure religiösen Fabeln, zu ihrem individuellen Glück genügen. Laßt sie spüren, daß dieses Glück darin besteht, die anderen ebenso glückselig zu machen, wie wir selbst es zu sein trachten. Wenn ihr diese Wahrheiten auf die christliche Schimäre aufbaut, wie ihr es früher irrigerweise getan habt, werden eure Schüler, kaum daß sie die Nichtigkeit der Fundamente erkannt haben, das Gebäude einstürzen lassen und zu Verbrechern werden, nur weil sie glauben, daß die von ihnen umgestoßene Religion es ihnen verbot. Wenn ihr ihnen hingegen die Notwendigkeit der Tugend allein ihres eigenen, davon abhängenden Glückes wegen begreiflich macht, werden sie anständige Menschen sein aus Egoismus, und dieses Gesetz, das alle Menschen beherrscht, wird immer das zuverlässigste von allen bleiben. Man verhüte also mit allergrößter Sorgfalt, daß irgendeine religiöse Fabel in diese Volkserziehung einfließt. Laßt uns nie aus den Augen verlieren, daß wir freie Menschen heranbilden wollen und keine niedrigen Anbeter irgendeines Gottes. Ein einfacher

Philosoph unterweise diese neuen Schüler in den unergründlichen Feinheiten der Natur. Er demonstriere ihnen, daß die den Menschen oft sehr gefährliche Kenntnis eines Gottes ihnen nie zum Glück gereicht hat und daß sie die Annahme nicht glücklicher macht, die Ursache von etwas, das sie nicht verstehen, sei etwas anderes, das sie noch weniger verstehen; daß es viel unwichtiger ist, die Natur zu verstehen, als sie zu genießen und ihre Gesctze zu achten; daß diese Gesetze ebenso vernünftig wie einfach sind und daß man nur das Herz zu befragen braucht, um ihre Triebkraft zu erkennen. Wenn sie darauf bestehen, daß ihr ihnen unbedingt von einem Schöpfer sprechen sollt, so antwortet ihnen, daß die Dinge immer waren, was sie sind, daß sie nie einen Anfang gehabt haben und ein Ende haben werden und daß es den Menschen ebenso nutzlos wie unmöglich ist, auf einen imaginären Ursprung zurückzugreifen, der nichts erklären und zu nichts führen würde. Sagt ihnen, daß es den Menschen unmöglich ist, von einem Wesen, das auf keinen ihrer Sinne wirkt, wahre Ideen zu haben.

Alle unsere Ideen sind Abbildungen der Gegenstände, die uns beeindrucken. Was kann in uns die Idee eines Gottes abgebildet haben, die offensichtlich eine Idee ohne Gegenstand ist? Ist eine solche Idee, werdet ihr hinzufügen, nicht ebenso unmöglich wie Wirkungen ohne Ursachen? Ist eine Idee ohne Prototyp etwas anderes als eine Schimäre? Einige Gelehrte, werdet ihr fortfahren, versichern, daß die Idee Gottes eingeboren ist und daß die Menschen sie vom Mutterschoß her besitzen. Doch das ist falsch, fügt ihr dann hinzu; jedes Prinzip ist ein Urteil; jedes Urteil ist Folge einer Erfahrung, und Erfahrung erwirbt man nur durch Übung der Sinne, woraus folgt, daß die religiösen Prinzipien offensichtlich nichts beinhalten und nicht eingeboren sind. Wie, so werdet ihr fortfahren, hat man vernünftige Wesen überreden können, daß das unergründlichste aller Dinge das für sie wesentlichste sei? Es geschah, indem man sie völlig einschüchterte. Es liegt daran, daß derjenige, der Angst hat, aufhört zu überlegen; es liegt daran, daß man ihnen vor allem empfohlen hat, sich vor Vernunft zu hüten, und daran, daß man, wenn das Hirn getrübt ist, alles glaubt und nichts prüft. Unwissenheit und Angst, setzt ihr hinzu, sind die beiden Grundpfeiler aller Religionen. Die Unsicherheit, in der sich der Mensch hinsichtlich seines Gottes befindet, ist gerade der Beweggrund, der ihn an seine Religion bindet. Der Mensch hat Angst vor der Finsternis im physischen und moralischen Sinn; die Angst wird ihm zur Gewohnheit und wandelt sich zum Bedürfnis: Er würde meinen, es fehle ihm etwas, wenn er nichts mehr zu erhoffen oder zu fürchten hätte.

Kommt schließlich auf den Nutzen der Moral zurück. Gebt ihnen für diesen erhabenen Gegenstand eher Beispiele denn Lektionen, eher Beweise denn Bücher, und ihr werdet gute Bürger aus ihnen machen. Ihr werdet gute Krieger aus ihnen machen, gute Väter, gute Gatten. Ihr werdet Menschen aus ihnen machen, denen die Freiheit ihres Landes umso mehr am Herzen liegt, als ihr Geist sich keine Idee der Knechtschaft überhaupt mehr vorstellen kann, kein religiöser Terror ihr Genie wird trüben können. Dann wird der wahre Patriotismus aus allen Herzen hervorbrechen; er wird dort in all seiner Kraft und Reinheit herrschen, weil er das einzige dominierende Gefühl sein und kein fremder Gedanke seine Energie dämpfen wird. Dann ist die zweite Generation nach euch sicher, und euer durch sie gefestigtes Werk wird zum Gesetz des Universums werden. Doch was geschieht, wenn aus Furcht oder Kleinmut diese Ratschläge nicht befolgt werden und wenn man die Grundfesten des Gebäudes, das man zerstört zu haben glaubt, bestehen läßt? Man wird diese Grundfesten für einen neuen Bau verwenden und auf ihm die gleichen Kolosse aufrichten, nur mit dem furchtbaren Unterschied, daß sie fortan so fest verankert sein werden, daß weder eure noch die folgende Generation ihren Sturz bewirken können.

Man zweifle nicht daran, daß die Religionen die Wiege des Despotismus sind. Der erste aller Despoten war ein Priester; der erste König und der erste Kaiser von Rom, Numa und Augustus, verbündeten sich mit der Geistlichkeit; Konstantin und Chlodwig waren eher Äbte denn Herrscher; Heliogabal war Sonnenpriester. Zu allen Zeiten, in allen Jahrhunderten bestand zwischen Despotismus und Religion eine derart enge Verbindung, daß es als mehr denn erwiesen gelten muß, daß man, zerstört man das eine, auch das andere beseitigen muß, aus dem zwingenden Grunde, daß das erste dem zweiten immer Gesetz sein wird. Ich schlage aber keineswegs Massaker oder Deportationen vor; all diese Greuel stehen meiner Seele zu fern, als daß ich sie auch nur eine Minute lang erwägen könnte. Nein, mordet nicht und deportiert nicht – diese Scheußlichkeiten sind die der Könige oder jener Verbrecher, die ihnen nacheiferten. Nicht dadurch, daß ihr handelt wie sie, werdet ihr die, die sie vollbrachten, verabscheuungswürdig machen. Laßt uns Gewalt nur für die Götzenbilder brauchen, für ihre Diener bedarf es nur des Lächerlichen: die Sarkasmen Julians schadeten der christlichen Religion mehr als alle Hinrichtungen Neros. Ja, laßt uns für immer jegliche Idee Gottes zerstören, und laßt uns aus seinen Priestern Soldaten machen; einige sind es schon. Sie sollen sich an diesen eines Republikaners so würdigen Beruf halten, doch sollen sie uns weder von ihrem trügerischen Wesen noch von dessen lügenhafter Religion, dem einzigen Gegenstand unserer Verachtung, reden. Laßt uns den ersten dieser geweihten Scharlatane, der uns noch einmal mit Gott oder Religion daherkommt, dazu verurteilen, auf allen Plätzen der größten Städte Frankreichs verhöhnt, verspottet und mit Schmutz bedeckt zu werden; ewige Gefangenschaft sei die Strafe dessen, der zweimal denselben Fehler macht. Damit aus Herzen und Gedächtnis der Menschen diese schrecklichen Spielzeuge unserer Kindheit restlos getilgt werden, seien hernach die schimpflichsten Blasphemien und Werke von extremstem Atheismus uneingeschränkt erlaubt; man veranstalte einen Wettbewerb um das Werk, welches am besten geeignet ist, die Europäer über eine so wichtige Materie endlich aufzuklären, und ein bedeutender, von der Nation verliehener Preis werde dem zum Lohn, der, nachdem er über dieses Thema alles gesagt und alles bewiesen hat, seinen Mitbürgern nur noch die Axt läßt, all diese Phantome niederzuhauen, und ein aufrechtes Herz, sie zu hassen. Binnen sechs Monaten wird alles vollbracht sein; euer infamer Gott wird im Nichts sein, und zwar ohne daß jemand aufhörte, gerecht und auf die Achtung bedacht zu sein, ohne daß jemand aufhörte, das Schwert des Gesetzes zu fürchten und ein Ehrenmann zu sein, weil man verstanden haben wird, daß der wahre Freund des Vaterlandes nicht wie der Königssklave von Schimären gelenkt sein darf; daß, mit einem Wort, weder die frivole Hoffnung auf eine bessere Welt noch die Furcht vor größeren Übeln, als die Natur sie uns hat zuteil werden lassen, einen Republikaner leiten dürfe, dessen einziger Führer die Tugend ist wie seine einzige Schranke die Reue.

Die Sitten

Nachdem ich bewiesen habe, daß der Deismus keineswegs in eine republikanische Regierungsform paßt, erscheint es mir nötig darzulegen, daß die französischen Sitten dies nicht besser tun. Dieser Punkt ist um so wesentlicher, als es die Sitten sein werden, von denen die Gesetze, welche man erlassen wird, hergeleitet werden.

Franzosen, eure Aufklärung ist zu weit fortgeschritten, als daß ihr nicht spürtet, daß eine neue Regierungsform neue Sitten notwendig macht. Es ist unmöglich, daß der Bürger eines freien Staates sich wie der Sklave eines despotischen Königs aufführt, weil diese Unterschiede in ihren Interessen, ihren Pflichten und ihren Beziehungen untereinander in wesentlicher Weise eine völlig andere Art des Verhaltens in der Welt bedingen. Eine Vielzahl kleiner Irrtümer, kleiner sozialer Delikte, die unter der Regierung der Könige als sehr wesentlich angesehen wurden, werden hier nichtig, um so mehr, als jene ein größeres Maß an Schranken brauchten, die ihnen bei ihren Untertanen Respekt verschafften oder sie für diese unerreichbar machten. Andere Missetaten, unter den Namen Königsmord oder Sakrileg bekannt, werden in einem republikanischen Staat ebenfalls unerheblich, da dessen Regierung weder Könige noch Religion mehr kennt. Wenn ihr Gewissens- oder Pressefreiheit gewährt, bedenkt, meine Mitbürger, daß ihr, von geringen Einschränkungen abgesehen, auch Freiheit des Handelns gewähren müßt und daß, mit Ausnahme direkter Verstöße gegen die Grundfesten der Regierungsform, eine nicht mehr vorstellbar geringe Anzahl von Verbrechen zu strafen bleibt, denn in einer von Freiheit und Gleichheit getragenen Gesellschaft gibt es nur sehr wenig kriminelle Handlungen, und wenn man die Dinge genau erwägt und prüft, gibt es wirklich nur das Verbrecherische, was das Gesetz verbietet. Da die Natur uns nämlich nach Maßgabe unserer Anlagen oder, philosophisch gesprochen: nach Maßgabe ihres Bedürfnisses nach dem einen oder dem anderen, sowohl Laster als auch Tugenden eingibt, so wäre das, zu was sie uns jeweils inspiriert, ein sehr unzuverlässiges Maß zur genauen Regelung dessen, was gut oder böse ist. Doch zur besseren Entwicklung meiner Ideen über einen so wesentlichen Gegenstand werden wir die verschiedenen Handlungen im Leben eines Menschen, die üblicherweise bis jetzt kriminell genannt wurden, klassifizieren, um sie dann an den wahren Pflichten eines Republikaners zu *messen.*

Zu allen Zeiten hat man die Pflichten des Menschen unter den folgenden drei Bezügen betrachtet:

1. Die, die ihm sein Gewissen und seine Leichtgläubigkeit gegenüber dem höchsten Wesen auferlegen;
2. Die, die er seinesgleichen zu erfüllen hat;
3. Die schließlich, die sich nur auf ihn selbst beziehen.

Die Gewißheit, die wir darüber haben müssen, daß sich kein Gott um uns gekümmert hat und daß wir ebenso wie auch die Tiere und die Pflanzen von der Natur bedingte Wesen sind, weil es unmöglich ist, daß wir nicht da wären, diese Gewißheit macht doch, wie sich zeigt, auf einen Schlag den ganzen ersten Teil dieser Pflichten zunichte, will sagen jene, die wir fälschlicherweise einer Gottheit zu schulden glauben; mit ihnen verschwinden alle religiösen Delikte, all jene, die unter den vagen und ungeklärten Begriffen *Gottlosigkeit, Sakrileg, Blasphemie, Atheismus* usw. bekannt sind, kurz, all jene, welche Athen so ungerechterweise an Alkibiades und Frankreich an dem unglücklichen La Barre bestraften. Wenn es irgend etwas Irrsinniges in dieser Welt gibt, so ist es der Anblick von

Menschen, die ihren Gott und das von ihm Geforderte nur aufgrund ihrer beschränkten Vorstellungen kennen und dennoch darüber urteilen wollen, was dieses lächerliche Phantom ihrer Phantasie befriedigt oder erzürnt. Ich wünschte also, daß man nicht nur alle Kulte uneingeschränkt zuließe; ich möchte, daß man auch über alle zu spotten und zu lachen die Freiheit erhielte; daß Menschen, die in irgendeinem Tempel beisammen wären, um den Ewigen auf ihre Art anzurufen, wie Schauspieler auf dem Theater betrachtet und einem jeden erlaubt würde, ihre Spiele auszulachen. Wenn ihr die Religion nicht so einschätzt, werden sie den Ernst wiedererlangen, der sie zu etwas Wichtigem macht, werden sie alsbald wieder Meinungen unter ihren Schutz nehmen, und kaum wird man sich wieder über die Religionen gestritten haben, so wird man sich auch ihretwegen wieder schlagen[1].

1) Jedes Volk behauptet, seine Religion sei die beste, und stützt sich, um dies darzulegen, auf eine Unzahl von Beweisen, die nicht nur untereinander nicht harmonisieren, sondern sich fast alle widersprechen. Welche ist, angenommen, es gibt einen Gott, die ihm wohlgefällige, frage ich in der tiefen Unwissenheit, in der wir uns

Wenn die Gleichheit durch den Vorrang oder Schutz, der einer von ihnen zuteil wird, zerstört worden ist, wird sie bald die Herrschaft verloren haben, und aus der wiedererrichteten *Theokratie* ersteht bald wieder die *Aristokratie.* Ich kann deshalb nicht oft genug wiederholen: keine Götter mehr, Franzosen, keine Götter mehr,

---

befinden. Wenn wir vernünftig sein wollen, müssen wir sie entweder alle gleichermaßen beschützen oder alle zugleich verbieten. Das Verbot ist nun aber sicherer, da wir die moralische Gewißheit haben, daß alle miteinander Possen sind, von denen keine mehr als die andere einem nicht existierenden Gott gefallen kann.

wenn ihr nicht wollt, daß ihre verderbliche Regentschaft euch alsbald wieder in alle Schrecken des Despotismus stürzt. Doch nur indem ihr darüber spottet, werdet ihr sie zerstören. Alle Gefahren in ihrem Gefolge werden sofort in wenigen Monaten wiedererstehen, wenn ihr es mit Ernst oder Gewichtigkeit betreibt. Werft ihre Götzenbilder nicht im Zorn um; macht sie durch Spiel zu Staub, und die Überzeugungen werden von selbst hinfällig.

Dies, so hoffe ich, wird als Beweis dafür ausreichen, daß kein Gesetz gegen Religionsdelikte erlassen werden darf, weil, wer eine Schimäre beleidigt, nichts beleidigt, und weil es höchst inkonsequent wäre, wollte man die bestrafen, die einen Kult beleidigen oder verachten, dessen Vorrang vor anderen uns nichts mit Deutlichkeit beweist. Das hieße zwangsläufig Partei ergreifen und von vornherein die Waage der Gleichheit, oberstes Gesetz eurer neuen Regierungsform, antasten.

Gehen wir zu dem Pflichtenkreis des Menschen über, zu dem, der ihn an seinesgleichen bindet. Diese Klasse ist ohne Zweifel die umfangreichste.

Die christliche Moral, die hinsichtlich der Beziehungen des Menschen zu seinesgleichen zu ungenau ist, legt ein Fundament so voller Trugschlüsse, daß wir sie nicht annehmen können, denn will man Prinzipien aufstellen, muß man sich davor hüten, ihnen Trugschlüsse zugrundezulegen. Diese absurde Moral sagt uns, wir sollten unsern Nächsten lieben wie uns selbst. Nichts wäre in der Tat feinsinniger, wäre es nur möglich, daß das Falsche irgendwann die Merkmale des Schönen trüge. Es handelt sich nicht darum, seinen Nächsten zu lieben wie sich selbst, da dies allen Gesetzen der Natur zuwiderläuft und einzig ihre Stimme alle Handlungen unseres Lebens leiten soll; es kann nur davon die Rede sein, unseresgleichen zu lieben wie Brüder oder wie Freunde, die die Natur uns gibt und mit denen wir um so besser in einem republikanischen Staatswesen zusammenleben müssen, als das Wegfallen des Abstandes notwendig die Bindungen enger werden läßt.

Menschlichkeit, Brüderlichkeit und Wohltätigkeit sollen uns deshalb unsere gegenseitigen Verpflichtungen vorschreiben, und wir wollen sie individuell mit dem einfachen Maß an Energie, das uns die Natur hierfür gegeben hat, erfüllen, ohne die zu tadeln und vor allem ohne die zu bestrafen, die, kühleren oder mürrischen Temperaments, in diesen doch so zu Herzen gehenden Bindungen nicht all die süßen Empfindungen verspüren, die andere dort finden. Denn, das wird mir jeder zugeben, es wäre hier eine offenkundige Absurdität, wollte man Gesetze von allgemeiner Geltung erlassen. Ein solches Vorgehen wäre so lächerlich wie das eines Generals, der wünschte, daß alle seine Soldaten in ein Gewand von gleicher Größe gekleidet würden. Es ist eine furchtbare Ungerechtigkeit, zu verlangen, daß Menschen von ungleichem Charakter sich unter das gleiche Gesetz beugen sollen, denn was dem einen paßt, paßt dem andern ganz und gar nicht.

Ich räume ein, daß man nicht so viele Gesetze erlassen kann, wie es Menschen gibt; doch die Gesetze können so milde sein, so wenig zahlreich, daß alle Menschen, gleich welchen Charakters, sich leicht danach richten können. Außerdem möchte ich fordern, daß diese geringe Anzahl von Gesetzen so beschaffen sein sollte, daß sie leicht auf alle Charaktere angewandt werden kann. Absicht dessen, der sie anzuwenden hätte, müßte sein, je nach dem betreffenden Einzelnen mehr oder weniger hart zu urteilen. Es ist erwiesen, daß gewisse Menschen diese oder jene Tugend nicht üben können, wie dies oder jenes Heilmittel für gewisse Temperamente unzuträglich sein muß. Welcher Gipfel der Ungerechtigkeit wäre nun aber erreicht, wenn ihr den mit dem Gesetz schlüget, der sich nicht dem Gesetze beugen kann! Wäre das Unrecht in diesem Falle nicht dem vergleichbar, das ihr beginget, wenn ihr einen Blinden zur Unterscheidung der Farben zwingen wolltet? Aus diesen ersten Prinzipien folgt, wie man spürt, die Notwendigkeit, milde Gesetze zu erlassen und vor allem für immer die Abscheulichkeit der Todesstrafe abzuschaffen, weil das Gesetz, das das menschliche Leben antastet, unanwendbar, ungerecht, unerlaubt ist. Nicht, daß es nicht eine unendliche Zahl von Fällen gäbe, wie ich gleich zeigen werde, in denen ohne Verstoß gegen die Natur (auch das werde ich gleich beweisen) die Menschen von dieser gemeinsamen Mutter die uneingeschränkte Freiheit erhalten hätten, einander nach dem Leben zu trachten. Es ist jedoch unmöglich, daß das Gesetz dasselbe Privileg erhält, weil das Gesetz, seinem Wesen nach kalt, keinerlei Zugang zu den Leidenschaften haben kann, die im Menschen die grausame Handlung des Tötens rechtfertigen mögen. Der Mensch erhält von der Natur die Impulse, die seine Handlung verzeihlich machen können, das Gesetz hingegen, immer im Gegensatz zur

Natur und nichts von ihr empfangend, darf nicht ermächtigt werden, sich dieselben Verirrungen zu leisten. Da es nicht dieselben Motive hat, kann es unmöglich die gleichen Rechte haben. Dies sind einige gelehrte und feine Unterscheidungen, die manchen Leuten entgehen, weil nur sehr wenige Leute nachdenken; doch die Gebildeten, denen ich sie zugedacht habe, werden sie annehmen, und sie werden, so hoffe ich, auf das neue Gesetzbuch, das in Vorbereitung ist, mit einwirken.

Der zweite Grund für die Abschaffung der Todesstrafe liegt

darin, daß diese nie das Verbrechen verhindert hat, denn man begeht es ja sogar angesichts des Schafotts. Diese Strafe muß, kurz gesagt, abgeschafft werden, weil es keine schlechtere Rechnung gibt als die, einen Menschen dafür sterben zu lassen, daß er einen andren getötet hat, weil doch dieses Verfahren offensichtlich dazu führt, daß statt eines Menschen gleich zwei weniger auf der Welt sind, und eine solche Rechnung dürfte wohl nur Henkern und Dummköpfen einleuchten. Wie dem auch immer sei, die Missetaten, die wir an unseren Brüdern begehen können, beschränken sich auf vier wesentliche: *Verleumdung*, *Diebstahl*, Delikte, die, durch *Unreinheit* verursacht, andere unangenehm berühren können, und *Mord.*

Sind all diese Handlungen, die unter monarchistischer Herrschaft als bedeutend angesehen werden, auch in einem republikanischen Staat gravierend? Dies werden wir im Licht der Philosophie analysieren, denn nur auf diese Weise kann man eine solche Untersuchung vornehmen. Man halte mich nicht für einen gefährlichen Neuerer, man wende nicht ein, es bestehe die Gefahr, daß die Gewissensbisse im Herzen der Übeltäter gemindert würden, wie es diese Schrift vielleicht bewirken mag; daß das größere Übel in der Verstärkung der Neigung eben dieser Missetäter zum Verbrechen durch die Milde meiner Moral bestünde. Ich bezeuge hier in aller Form, daß ich keine dieser perversen Ansichten habe; ich trage hier die Ideen vor, die seit der Zeit meiner geistigen Reife in mir gleichgeblieben sind und deren Entwurf sich der infame Despotismus der Tyrannen seit Jahrhunderten widersetzt hatte. Weh denen, die immer nur das Übel an philosophischen Meinungen zu entdecken vermögen und Gefahr laufen, sich an allem und jedem zu verderben! Wer weiß, ob sie sich nicht auch an der Lektüre Senecas oder Charrons vergifteten! Nicht zu ihnen rede ich; ich wende mich nur an Menschen, die mich zu verstehen vermögen, und diese können mich gefahrlos lesen.

Ich gestehe mit äußerster Offenheit, daß ich nie geglaubt habe, daß die Verleumdung ein Übel sei, und zumal unter einer Regierung wie der unseren, wo alle Menschen, enger aneinander gebunden und einander näherstehend, ein größeres Interesse daran haben, sich gut zu kennen. Das eine oder das andere: entweder trifft die Verleumdung einen wirklich verderbten Menschen, oder sie ereilt ein tugendhaftes Wesen. Man wird zugeben, daß es im ersten Fall nahezu gleichgültig wird, ob man über jemanden, der seiner vielen Übeltaten wegen bekannt ist, noch ein wenig mehr Böses sagt; vielleicht wirft dann das nicht existierende Böse Licht auf das bestehende, und so würde der Übeltäter besser erkannt. Ich will einmal annehmen, in Hannover herrschten ungesunde Witterungseinflüsse; doch ginge ich auch kein größeres Risiko als das eines Fieberanfalls ein, wenn ich mich dieser rauhen Luft aussetzte. Könnte ich dann einem Mann böse sein, der mir, um mich an der Reise dorthin zu hindern, erzählt hätte, man stürbe gleich bei der Ankunft? Nein, gewiß nicht; denn indem er mich mit einem großen Übel schreckt, hat er mir ein kleineres erspart.

Wenn die Verleumdung aber einen tugendhaften Menschen trifft, soll er sich darüber nicht aufregen: er möge sich zeigen, und alles Gift des Verleumders wird alsbald auf diesen zurückfallen. Für solche Leute ist die Verleumdung eine reinigende Prüfung, aus der ihre Tugend nur um so strahlender hervorgeht. Hier ist sogar ein Vorteil für die Menge der Tugenden der Republik zu erwarten; denn dieser tugendhafte und sensible Mann wird, betroffen von der erlittenen Ungerechtigkeit, darauf bedacht sein, es noch besser zu machen; er wird versuchen die Verleumdung, gegen die er sich gewappnet glaubte, zu überwinden, und seine edlen Handlungen werden einen noch höheren Grad erreichen. So hat im ersten Fall der Verleumder eine recht nützliche Wirkung erzielt, indem er die Laster des gefährlichen Mannes größer machte; im zweiten erreicht er eine vorzügliche, indem er die Tugend zwingt, sich uns ganz zu offenbaren. Nun frage ich, in welchem Sinn auch der Verleumder fürchterlich erscheint, vor allem unter einer Regierung, unter der es so wesentlich ist, die Bösen zu kennen und die Tatkraft der Guten zu vermehren. Man hüte sich also, irgendeine Strafe für Verleumdung anzudrohen; laßt sie uns unter dem doppelten Aspekt eines Fanals und eines Stimulans betrachten, in jedem Fall als etwas sehr Nützliches. Der Gesetzgeber, dessen sämtliche Gedanken groß sein müssen wie das Werk, dem er sich widmet, darf nie die nur subjektive Auswirkung eines Deliktes untersuchen; es ist seine Auswirkung in der Gesamtheit, die er studieren muß. Und wenn er so die Ergebnisse der Verleumdung betrachtet, so möchte ich bestreiten, daß er irgendetwas Sträfliches an ihr finden wird; ich bestreite auch, daß er dem Gesetz, das sie bestraft, auch nur den Anschein von Gerechtigkeit verleihen kann, er wird im Gegenteil zum gerechten und redlichen Mann, wenn er sie fördert und belohnt.

Diebstahl ist das zweite moralische Vergehen, dessen Untersuchung wir uns vorgenommen haben.

Wenn wir die Antike durchforschen, sehen wir den Diebstahl in allen Republiken Griechenlands erlaubt und belohnt; Sparta oder Lakedämon förderten ihn unverhohlen; einige andere Völker haben ihn als Kriegertugend betrachtet. Es ist sicher, daß er Mut, Kraft und Geschicklichkeit wachhält, kurz: all die für eine republikanische Regierungsform und damit auch für die uns nützlichen Tugenden. Ich wage – nunmehr unvoreingenommen – zu fragen, ob der Diebstahl, dessen Wirkung im Ausgleich der Reichtümer besteht, in einer Regierungsform, deren Ziel die Gleichheit ist, ein großes Übel wäre. Nein, gewiß nicht; denn wenn er einerseits die Gleichheit erhält, so macht er andererseits aufmerksamer für die Erhaltung des Besitzes. Es gab ein Volk, das nicht etwa den Dieb, sondern den Bestohlenen bestrafte, um ihn zur Sorge um sein Eigentum zu erziehen. Dies führt uns zu weiter ausholenden Überlegungen.

Gott weiß, daß mir nichts daran liegt, hier den Eid des Respekts vor dem Eigentum angreifen oder zerstören zu wollen, den die Nation kürzlich geleistet hat; doch gestattet man mir ein paar Gedanken über die Ungerechtigkeit dieses Eides? Welche Absicht verfolgt ein Eid, den alle Individuen einer Nation leisten? Ist es nicht die, eine vollkommene Gleichheit aller zu gewährleisten, sie alle gleichermaßen dem schützenden Gesetz der Besitztümer aller zu unterwerfen? Nun frage ich euch aber, ob es wohl gerecht ist, jenes Gesetz, das dem Habenichts gebietet, den zu respektieren, der alles hat. Welches sind die Elemente des Sozialvertrages? Besteht er nicht darin, ein wenig von seiner Freiheit und seinem Besitz abzugeben, um das, was man von beiden behält, zu sichern und zu erhalten?

Alle Gesetze stützen sich auf diese Grundlagen; sie sind die Basis für alle Strafen, die dem auferlegt werden, der im Gebrauch seiner Freiheit zu weit geht; sie rechtfertigen auch die Besteuerungen. Wenn ein Bürger sich nicht dagegen auflehnt, daß man sie ihm abverlangt, so deshalb, weil er weiß, daß mit dem von ihm Gegebenen das bei ihm Verbliebene bewahrt wird. Doch nochmals: Welches Recht soll den Habenichts an ein Gesetz ketten, das nur den schützt, der alles besitzt? Wenn ihr einen Akt der Gerechtigkeit tut, indem ihr durch euren Eid die Besitztümer des Reichen bewahrt, vollbringt ihr dann nicht eine Ungerechtigkeit, indem ihr diesen Eid einem »Bewahrer« abverlangt, der nichts hat? Welches Interesse hat dieser an eurem Eid? Und warum wollt ihr, daß er etwas gelobt, das nur für den von Vorteil ist, der sich wegen seiner Reichtümer so sehr von ihm unterscheidet? Sicherlich gibt es nichts, das ungerechter wäre, denn ein Eid muß sich für alle Individuen, die ihn leisten, in gleicher Weise auswirken. Es kann nicht sein, daß er den bindet, der nicht das geringste Interesse an seiner Gültigkeit hat, denn dann wäre er nicht mehr der Vertrag eines freien Volkes: er wäre die Waffe des Starken gegen den

Schwachen, gegen den sich dieser unaufhörlich wehren müßte. Dies ist nun aber das Ergebnis des Eides über die Wahrung des Besitzstandes, den die Nation vor kurzem gefordert hat; nur der Reiche bindet hier den Armen, und der Reiche ist am Eid interessiert, den der Arme leistet, und zwar mit solcher Harmlosigkeit leistet, daß er gar nicht merkt, daß er sich mit diesem seiner Gutgläubigkeit abgepreßten Eid etwas zu tun verpflichtet, was man für ihn nicht tun kann.

Von dieser barbarischen Ungleichheit müßtet ihr nun überzeugt sein. Verschlimmert euer Unrecht nicht noch, indem ihr den, der nichts hat, dafür bestraft, daß er es wagte, dem etwas wegzunehmen, der alles hat. Euer ungerechter Eid gibt ihm mehr Recht dazu, als er je besaß. Indem ihr ihn durch diesen Schwur, der für ihn absurd ist, zum Meineid zwingt, rechtfertigt ihr zugleich alle Verbrechen, in die dieser Meineid ihn treibt. Es steht euch also nicht mehr zu, strafen zu wollen, was ihr verursacht habt. Ich spare mir weitere Worte zum Wecken der Einsicht, daß es eine abscheuliche Grausamkeit ist,

Diebe zu bestrafen. Nehmt das vernünftige Gesetz jenes eben von mir erwähnten Volkes zum Vorbild; bestraft den Mann, der nachlässig genug ist, sich bestehlen zu lassen, doch sprecht keinerlei Strafe gegen den Dieb aus. Bedenkt, daß euer Eid ihn zu dieser Handlung berechtigt und daß er, als er sie vollbrachte, nichts tat, als dem ersten und vernünftigsten aller Triebe nachzugehen, dem des Erhalts seiner eigenen Existenz, auf wessen Kosten es immer geschehe.

In der zweiten Klasse der Pflichten des Menschen gegenüber dem

Menschen müssen wir solche Vergehen untersuchen, die die Zügellosigkeit hervorbringt, Handlungen, von denen aufgrund ihres die Ehre des Betroffenen am stärksten verletzenden Charakters die *Prostitution*, der *Ehebruch*, der *Inzest*, die *Vergewaltigung* und die *Sodomie* am stärksten hervorzuheben sind. Keinen Augenblick vermögen wir daran zu zweifeln, daß alles, was man moralische Verbrechen nennt, also alle Handlungen der eben genannten Art, in einer Regierungsform, deren einzige Verpflichtung darin besteht, die für ihre eigene Aufrechterhaltung wesentliche Form mit allen geeigneten Mitteln zu bewahren, völlig gleichgültig erscheint: das ist die einzige Moral einer republikanischen Staatsform. Da dieser aber immerzu Despoten um sie herum entgegenwirken, wird man vernünftigerweise nicht annehmen wollen, daß diese Mittel der Erhaltung *moralische Mittel* sein können; denn sie kann sich nur mit dem Mittel des Krieges erhalten, und nichts ist weniger moralisch als der Krieg. Nun frage ich, wie man beweisen will, daß es in einem seiner Pflichten wegen *unmoralischen* Staat wesentlich ist, daß die einzelnen *moralisch* sind. Ich gehe noch weiter: es ist gut, daß sie es nicht sind. Die Gesetzgeber Griechenlands hatten klar erkannt, daß es eine wichtige Notwendigkeit ist, die Glieder erkranken zu lassen, damit ihre *moralische Auflösung* auf die ganze Maschine nützlich einwirkt und daraus die der Aufstand folgt, der für eine vollkommen glückliche und deshalb stets Haß und Eifersucht anderer auf sich ziehende Regierungsform unentbehrlich ist. Der Aufstand, so dachten diese weisen Gesetzgeber, ist keineswegs ein *moralischer* Zustand;

und dennoch muß er der permanente Zustand einer Republik sein. Es wäre demnach ebenso absurd wie gefährlich, von denen, die die ständige *unmoralische* Erschütterung der Maschine in Gang halten sollen, zu verlangen, sie sollten selbst sehr *moralische* Wesen sein, weil der moralische Zustand eines Menschen ein Zustand des Friedens und der Ruhe ist, wohingegen sein *unmoralischer* Zustand ein solcher ewiger Bewegung ist, der ihn dem notwendigen Aufstand annähert, in dem der Republikaner den Staat, dem er angehört, stets erhalten muß.

Nun wollen wir uns Einzelheiten zuwenden und mit der Untersuchung der Scham beginnen, jener zarten Regung, die den unreinen Regungen entgegensteht. Wenn es in der Absicht der Natur gelegen hätte, den Menschen schamhaft zu machen, so hätte sie ihn gewiß nicht nackt zur Welt kommen lassen. Eine Unzahl von Völkern, von der Zivilisation weniger verdorben als wir, geht nackt einher und schämt sich deshalb absolut nicht. Es kann nicht bezweifelt werden, daß das Tragen von Kleidern ihren einzigen Grund in den Unannehmlichkeiten der Witterung und in der Koketterie der Frauen hat. Die Frauen begriffen, daß sie alsbald jede Wirkung der Begierde verlieren würden, wenn sie ihr entgegenkämen, statt sie erst zu wecken; sie verstanden, daß sie sich, da die Natur sie ja nicht ohne Fehler geschaffen hatte, alle Mittel, Gefallen zu erregen, viel besser sicherten, wenn sie jene Fehler unter Zierrat verbargen. So war die Schamhaftigkeit, weit davon entfernt, eine Tugend zu sein, nichts anderes als eine der ersten Auswirkungen des Verfalls, eines der ersten Mittel der weiblichen Koketterie.

Lykurg und Solon, tief davon überzeugt, daß die Folgen der Schamlosigkeit den Bürger in dem *unmoralischen* Zustand erhalten, welcher für die Gesetze einer republikanischen Regierung wesentlich ist, zwangen die jungen Mädchen, sich nackt im Theater zu zeigen[1]. Rom eiferte bald diesem Vorbild nach. Man tanzte nackt beim Fest der Flora; der größte

[1] Man hat gemeint, daß es die Absicht dieser Gesetzgeber gewesen sei, durch die Abstumpfung der männlichen Leidenschaft für nackte Mädchen diejenige anzustacheln, die Männer manchmal für ihr eigenes Geschlecht empfinden. Diese Methoden zeigten, wovor sie Abscheu zu erregen wünschten, und versteckten, was

Teil der heidnischen Mysterien wurde nackt begangen; Nacktheit galt bei einigen Völkern sogar als Tugend. Wie dem auch sei, es entstehen aus der Schamlosigkeit begehrliche Neigungen; was aus diesen Neigungen folgt, bildet die angeblichen Verbrechen, die wir hier untersuchen und deren erste Auswirkung die Prostitution ist. Jetzt, da wir uns all diesen Dingen wieder zugewandt haben, nach-

---

sie zur Erregung süßer Begierden für geeignet hielten. Arbeiteten sie nicht auf jeden Fall für das von uns bezeichnete Ziel? Wie man sieht, empfanden sie die Notwendigkeit der Unmoral in den republikanischen Sitten.

dem wir die zahlreichen religiösen Irrtümer aufgegeben haben, die uns gefangen hielten, und da wir der Natur wieder näherstehen, hören wir nur auf ihre Stimme, in der Überzeugung, daß, wenn irgendwo ein Verbrechen vorläge, man dieses eher im Widerstand gegen die von ihr verursachten Neigungen zu erblicken hätten, da wir sicher sind, daß die Begehrlichkeit eine Folge dieser Neigungen ist. Es handelt sich also viel weniger darum, die Neigungen in uns zu ersticken, als darum, die Mittel für ihre ungestörte Befriedigung zu schaffen. Wir müssen uns deshalb darum bemühen, in diesem Bereich für Ordnung zu sorgen, hier die notwendige Sicherheit dafür zu gewährleisten, daß der Bürger, den das Bedürfnis zu den Objekten der Wollust treibt, sich mit ihnen all dem hingeben kann, was seine Leidenschaften ihm vorschreiben, ohne jemals an irgend etwas gebunden zu sein. Denn es gibt keine Leidenschaft im Menschen, die mehr der vollen Entfaltung der Freiheit bedarf als diese. Mehrere gesunde, weiträumige, zweckmäßig möblierte und in jeder Weise sichere Einrichtungen sollten in den Städten erbaut werden. Dort werden alle Geschlechter, alle Altersstufen, alle Geschöpfe den Launen der Libertins, die dort ihren Genuß suchen, ausgeliefert sein, und die vollständige Unterordnung wird zur Regel der Individuen erhoben; die geringfügigste Weigerung wird sofort nach freiem Belieben dessen bestraft, dem sie widerfahren ist. Ich muß dies noch erläutern, es an den republikanischen Sitten messen; ich habe eine überall gleiche Logik versprochen, und ich werde Wort halten.

Wenn, wie ich soeben gesagt habe, keine Leidenschaft mehr die volle Entfaltung der Freiheit braucht als diese, so ist auch keine so tyrannisch. Hier liebt der Mensch das Befehlen, daß man ihm gehorcht, daß ihn Sklaven umgeben, die zu seiner Befriedigung gezwungen sind. Nun wird der Mensch aber immer dann, wenn ihr ihm das geheime Mittel verweigert, den von der Natur tief in sein Herz gelegten Despotismus zu verströmen, die Objekte seiner Umgebung in Anspruch nehmen, um dies zu tun, und den Staat stören. Wenn ihr die Gefahr abwenden wollt, erlaubt diesen tyrannischen Begierden, die ihn gegen seinen Willen unaufhörlich quälen, freie Entfaltung. Zufrieden damit, daß er seine kleine Machtvollkommenheit inmitten des Harems von Knaben und Sultaninnen ausüben konnte, die eure Vorsorge und sein Geld ihm gefügig machen, wird er befriedigt und ohne die geringste Lust herauskommen, eine Regierung zu stören, die ihm so entgegenkommend alle Mittel seiner Begehrlichkeit zusichert. Geht ihr hingegen anders vor und legt jenen Objekten der allgemeinen Wollust die lächerlichen Schranken auf, welche die ministerielle

Tyrannei und die Lüsternheit unserer Sardanapals[1] einst erfunden hat – der Mensch wird alsbald gegen eure Regierung aufgebracht und auf einen Despotismus eifersüchtig sein, den er euch allein ausüben sieht. Er wird das Joch abschütteln, das ihr ihm auferlegt, und es, eurer Art ihn zu regieren überdrüssig, gegen ein anderes

1) Es ist bekannt, daß der infame und verbrecherische Ludwig XV. Mittel der Wollust lieferte, indem er ihm dreimal in der Woche von der Dubarry die intimsten, von ihm ergänzten Einzelheiten all dessen vorlesen ließ, was in den verrufensten Häusern von Paris vorgefallen war. Dieser Zweig der Ausschweifung des französischen Nero kostete den Staat Millionen!

eintauschen, wie er es kürzlich getan hat.

Beachtet nur, wie die griechischen Gesetzgeber, die von diesen Ideen tief überzeugt waren, die Ausschweifung in Lakedämon und in Athen behandelten; sie berauschten den Bürger an ihr und waren weit entfernt davon, sie ihm etwa zu verbieten. Keine Art der Lüsternheit war ihm untersagt, und Sokrates, den das Orakel den größten Weisen unter den Philosophen der Erde genannt hatte, blieb doch der Ruhm Griechenlands, obwohl er gelassen aus den Armen der Aspasia in die des Alkibiades überging,. Ich gehe noch weiter, und so sehr auch meine Ideen im Widerspruch zu unseren augenblicklichen Bräuchen stehen, werde ich versuchen – da es mein Plan ist, den Beweis zu liefern, daß wir uns mit der Änderung dieser Bräuche beeilen müssen, wenn wir die gewählte Regierungsform beibehalten wollen –, euch davon zu überzeugen, daß die Prostitution der unter dem Begriff anständig bekannten Frauen keineswegs gefährlicher ist als die der Männer und daß wir sie nicht nur zu den Ausschweifungen rechnen müssen, die sich in den von mir geforderten Häusern vollziehen werden, sondern daß wir sogar Häuser für sie errichten müssen, wo ihre Launen und die Bedürfnisse ihres Temperaments, das weit leidenschaftlicher ist als das unsere, ebenso mit allen Geschlechtern befriedigt werden können.

Mit welchem Recht behauptet ihr erst, daß die Frauen von der blinden Unterwerfung unter die Launen der Männer, wie die Natur sie ihnen vorschreibt, ausgenommen werden sollten, und mit welchem anderen Recht behauptet ihr sodann, sie an eine Enthaltsamkeit ketten zu dürfen, die ihrem Körper unmöglich und ihrer Ehre absolut unnütz ist?

Ich werde diese beiden Fragen getrennt behandeln.

Es ist gewiß, daß die Frauen im Zustand der Natur *vulgivag* geboren werden, das heißt, daß sie die Vorteile der übrigen weiblichen Tiere genießen und wie diese ausnahmslos allen männlichen Tieren gehören. So waren, daran kann nicht gezweifelt werden, die ersten Naturgesetze und die einzigen Institutionen der ersten Zusammenschlüsse beschaffen, die die Menschen unternahmen. *Ei-*

gennutz, Egoismus und *Liebe* ließen diese ersten, so einfachen und natürlichen Ansichten verfallen. Man glaubte sich zu bereichern, wenn man eine Frau nahm und mit ihr das Vermögen ihrer Familie; damit waren die beiden ersten der oben genannten Gefühle befriedigt. Öfter noch entführte man diese Frau und faßte Zuneigung zu ihr; hier sehen wir das zweite Motiv wirksam werden, das in jedem Fall Unrecht ist.

Nie kann ein Akt des Besitzens an einem freien Wesen vollzogen werden; eine Frau ausschließlich zu besitzen, ist ebenso ungerecht wie der Besitz von Sklaven. Alle Menschen sind frei geboren, und alle sind gleich in ihren Rechten: nie wollen wir diese Grundsätze außer acht lassen. Es kann demnach auch nie einem Geschlecht ein legitimes Recht zuerkannt werden, sich des anderen ausschließlich zu bemächtigen, und nie kann eins dieser Geschlechter oder eine dieser Klassen die andere nach Gutdünken besitzen. Nach dem reinen Naturgesetz kann eine Frau als Motiv der Verweigerung gegenüber dem, der sie begehrt, nicht einmal die Liebe anführen, weil dieses Motiv einen Ausschluß vornimmt und kein Mann vom Besitz einer Frau ausgeschlossen werden kann, sobald deutlich ist, daß sie tatsächlich allen Männern gehört. Der Akt des Besitzens kann nur an einem Gebäude oder an einem Tier vollzogen werden, niemals aber an einem Individuum, das uns ähnlich ist, und alle Fesseln, die eine Frau an einen Mann binden können, sind, wie immer ihr sie euch denken mögt, ebenso ungerecht wie trügerisch.

Wenn also unbestreitbar wird, daß wir von der Natur das Recht erhalten haben, jeder Frau nach Belieben unsere Wünsche auszusprechen, so wird auch unbestreitbar, daß wir das Recht haben, sie zu zwingen, sich unseren Wünschen zu unterwerfen, nicht ausschließlich, dann widerspräche ich mir, sondern momentan[1]. Es ist unbestreitbar, daß wir das Recht haben, Gesetze zu erlassen, welche sie zwingen, der Glut dessen nachzugeben, der sie begehrt; da

1) Man wende hier nicht ein, ich widerspräche mir und zerstörte, nachdem ich oben dargelegt habe, wir besäßen kein Recht, eine Frau an uns zu fesseln, nun diese Grundsätze mit der Behauptung, wir hätten das Recht, sie zu zwingen; ich wiederhole, daß es sich hier nur um den Genuß handelt, nicht um Eigentum. Ich habe kein Anrecht auf Eigentum an einem

die Gewalt selbst eine der Auswirkungen dieses Rechtes ist, können wir sie legal anwenden. Ja! Hat die Natur nicht dieses unser Recht bewiesen, indem sie uns die Kraft verlieh, sie unseren Wünschen zu unterwerfen?

Umsonst sollen die Frauen zu ihrer Verteidigung Schamhaftigkeit

---

Brunnen, an dem ich unterwegs vorbeikomme, aber ich habe unangreifbare Rechte, ihn zu genießen; ich habe das Recht, das klare Wasser zu nutzen, das er meinem Durst bietet. So habe ich auch keinerlei Recht auf das Eigentum an dieser oder jener Frau, doch ein unbestreitbares Recht darauf, sie zu genießen; und ich habe das Recht, diesen Genuß zu erzwingen, wenn sie ihn mir, aus welchem Grunde auch immer, verweigert.

oder ihre Zuneigung zu anderen Männern ins Feld führen; diese trügerischen Mittel sind nichtig. Wir haben oben gesehen, welch künstliches und verächtliches Gefühl die Scham ist. Die Liebe, die man *Wahnsinn der Seele* nennen kann, besitzt auch keine besseren Rechte, den Widerstand der Frauen zu legitimieren. Da sie nur zwei Individuen, das liebende und das geliebte Wesen, befriedigt, kann sie nicht dem Glück der anderen dienen, und es geschah doch zum Glück aller und nicht eines egoistischen und privilegierten Glückes wegen, daß uns die

Frauen gegeben wurden. Alle Männer haben also ein gleiches Recht auf den Genuß aller Frauen. Nach den Gesetzen der Natur gibt es daher keinen Mann, der ein persönliches und einmaliges Recht an einer Frau beanspruchen kann. Das Gesetz, das die Frauen in dem uns erwünschten Maß in den oben erwähnten Freudenhäusern zur Prostitution verpflichtet, sie dazu zwingt, wenn sie sich verweigern, sie bestraft, wenn sie sich versagen, ist also eines der gerechtesten Gesetze, und kein legitimes oder billiges Motiv könnte dagegen ins Feld geführt werden.

Ein Mann, der irgendeine Frau oder irgendein Mädchen genießen will, kann sie also, wenn die Gesetze, die ihr erlassen werdet, gerecht sind, auffordern, sich in einem der Häuser einzufinden, von denen ich sprach. Und dort wird sie ihm unter Aufsicht der Matronen dieses Venustempels übergeben zu dem Zweck, mit Demut und Unterwürfigkeit alle Launen zu befriedigen, die er sich mit ihr vertreiben möchte, wie ausgefallen und ungewöhnlich diese auch sein mögen, denn es gibt keine einzige, die nicht auch in der Natur vorkäme, keine einzige wird von dieser verleugnet. Man braucht hier nur noch Altersgrenzen festzusetzen. Ich meine nun aber, daß man dies nicht kann, ohne die Freiheit dessen einzuschränken, der ein Mädchen dieses oder jenes Alters genießen möchte. Wenn es freisteht, die Früchte eines Baumes zu essen, dann steht es natürlich auch frei, sie grün oder reif zu pflücken, wie es dem Geschmack entspricht. Doch man wird einwenden, es gäbe ein Alter, in dem die Handlungen des Mannes der Gesundheit des Mädchens deutlich schaden. Diese Erwägung ist völlig wertlos. Sobald man mir das Eigentumsrecht am Genuß zugesteht, ist dieses Recht von den Auswirkungen des Genusses ganz und gar unabhängig; von diesem Augenblick an ist es belanglos, ob der Akt dem Objekt, das sich unterwerfen muß, nützt oder schadet. Habe ich nicht bereits bewiesen, daß es rechtens ist, den Willen einer Frau in dieser Sache zu brechen, und daß sie sich, sobald sie den Wunsch nach dem Genuß hervorruft, diesem auch unterwerfen muß, ohne Rücksicht auf jedes egoistische Gefühl? Genauso verhält es sich mit ihrer Gesundheit.

Sobald die Berücksichtigungen solcher Erwägungen den Genuß dessen, der ihn begehrt, zerstören oder mindern, obwohl er doch das Recht hat, ihn sich zu verschaffen, wird diese Rücksicht auf das Alter nichtig, weil es hier keineswegs um die Empfindungen des Objektes geht, das die Natur und das Gesetz zur augenblicklichen Befriedigung der Begierden des anderen verurteilt haben. In dieser Untersuchung ist nur davon die Rede, was der Begehrende braucht. Wir werden das Gleichgewicht wiederherstellen.

Ja, wir werden es wiederherstellen, und wir müssen es zweifellos auch. Jene Frauen, die wir gerade so grausam versklavt haben, müssen unleugbar entschädigt werden, und dies wird der Gegenstand der Antwort auf die zweite Frage sein, die ich mir gestellt habe.

Wenn wir annehmen, wie wir es eben getan haben, daß alle Frauen unseren Begierden unterworfen werden müssen, können wir ihnen gewiß auch gestatten, ihre eigenen gebührend zu befriedigen. Unsere Gesetze müssen in diesem Punkte ihr feurigeres Temperament begünstigen, und es ist absurd, daß man sowohl ihre Ehre als auch ihre Tugend angeführt hat in ihre widernatürliche Anstrengung, jenen Neigungen zu widerstehen, die ihnen in ungleich größerem Maße zuteilgeworden sind als uns. Dieses Unrecht in den Sitten ist um so schreiender, als wir zugleich ihrer Schwächung mittels der Verführung zustimmen und sie hernach dafür bestrafen, daß sie all unseren Anstrengungen, sie zu Fall zu bringen, nachgegeben haben. Die ganze Absurdität unserer Sitten liegt, so scheint mir, in dieser ungerechten Abscheulichkeit, und allein ihre Darlegung müßte uns begreifen lassen, wie überaus dringend es wäre, sie gegen reinere zu vertauschen.

Ich sage deshalb, daß die Frauen, denen viel heftigere Neigungen zu den Freuden der Wollust zuteil wurden als uns, ihnen frönen sollten, soviel sie wollen, absolut ungebunden durch jegliche Ehebande und falsche Vorurteile der Schamhaftigkeit. Ich will, daß die Gesetze ihnen erlauben, sich so vielen Männern hinzugeben, wie ihnen beliebt. Ich will, daß ihnen genau wie den Männern der Geschlechtsgenuß mit allen Geschlechtern und allen ihren Körperteilen erlaubt werde; und unter der besonderen Bedingung, daß sie sich selbst allen hingeben, die dies begehren, müssen sie die Freiheit erhalten, all jene zu genießen, die sie für würdig befinden, sie zu befriedigen.

Welche Gefahren, so frage ich, hat diese Erlaubnis? Kinder, die keine Väter haben? Nun, was tut das in einer Republik, in der alle Individuen keine andere Mutter haben sollen als ihr Vaterland, in der alle Neugeborenen Kinder des Vaterlandes sind? Oh, um wieviel mehr werden die, die niemanden anders kennen als das Vaterland, es lieben, da sie von Geburt an wissen, daß sie nur von ihm alles zu erwarten haben! Glaubt nicht, daß ihr gute Republikaner machen könnt, solange ihr die Kinder, die doch nur der Republik gehören sollen, in ihren Familien isoliert! Indem sie dort nur einigen wenigen Individuen das Maß an Liebe schenken, das sie auf alle ihre Brüder verteilen müßten, übernehmen sie zwangsläufig die oft gefährlichen Vorurteile dieser Individuen; ihre Meinungen, ihre Ideen isolieren und sondern sie ab, und zu den Tugenden eines

Staatsmannes werden sie absolut unfähig. Weil sie schließlich ihr Herz ganz denen ausliefern, die sie geboren haben, finden sie in diesem Herzen keinerlei Zuneigung mehr zu der Mutter, die ihr Leben erhält, sie bekanntmachen und auszeichnen soll, so als ob diese späteren Wohltaten nicht viel wichtiger wären als die ersten! Wenn es von größtem Nachteil ist, die Kinder solchermaßen in ihren Familien Interessen aufnehmen zu lassen, die sich von denen des Vaterlandes oft beträchtlich unterscheiden, ist es demnach von größtem Vorteil, sie von ihnen zu trennen. Findet diese Trennung nicht auf das natürlichste durch die von mir vorgeschlagenen Mittel statt, da doch, indem alle Ehebande absolut zerstört werden, keine anderen Früchte des Vergnügens der Frauen mehr zur Welt kommen als Kinder, denen die Bekanntschaft mit ihrem Vater absolut untersagt ist und denen damit auch die Mittel verwehrt sind, einer einzigen Familie anzugehören, statt, wie sie es sollten, einzig dem Vaterland?

Es wird also Häuser geben, die der Ausschweifung der Frauen bestimmt sind und die – wie die der Männer – unter dem Schutz der Regierung stehen. Dort wird man ihnen alle Individuen des einen oder anderen Geschlechtes, die sie begehren, zuführen, und je mehr sie diese Häuser besuchen, desto mehr wird man sie ehren. Es gibt nichts so Barbarisches und Lächerliches wie die Verknüpfung der Ehre und der Tugend der Frauen mit dem Widerstand, den sie naturgegebenen Begierden entgegensetzen, die andauernd von jenen angestachelt werden, die so barbarisch sind, sie zu tadeln. Vom zartesten Alter an[1] kann sich also ein von allen väterlichen Bindungen freies Mädchen, das nichts mehr für die (durch die weisen Gesetze, die ich fordere, abgeschaffte) Ehe zu bewahren braucht und über das Vorurteil, das früher auf ihm lastete, erhaben ist, in den hierzu eingerichteten Häusern all dem hingeben, was sein Temperament

[1] Die Babylonierinnen erwarteten nicht ihr siebtes Lebensjahr, um ihre Primizien in den Venustempel zu tragen. Die erste Anwandlung von Begierde, die ein junges Mädchen verspürt, ist der von der Natur bezeichnete Zeitpunkt für seine Prostitution, und ungeachtet aller anderen Rücksichten soll es sich fügen, sobald die Natur spricht; seine Weigerung ist eine Verletzung ihrer Gesetze.

ihm gebietet. Es wird dort mit Respekt empfangen und verschwenderisch befriedigt werden und kann, kommt es in die Gesellschaft zurück, ebenso offen über die dort gekosteten Vergnügungen sprechen, wie es heute über einen Ball oder einen Spaziergang redet. Reizendes Geschlecht, du wirst frei sein; du wirst wie die Männer von allen Freuden kosten, aus denen die Natur dir eine Verpflichtung gemacht hat; du wirst keiner einzigen gegenüber zögern. Soll der himmlischste Teil des Menschengeschlechts denn vom anderen in

Fesseln geschlagen werden? O zerbrecht sie, die Natur gebietet es. Achtet keine anderen Gesetze mehr als die eurer Neigungen, keine andere Moral mehr als die der Natur. Schmachtet nicht länger in den barbarischen Vorurteilen, die eure Reize verdorren ließen und die göttlichen Impulse eures Herzens gefangenhielten.[1]

[1] Die Frauen wissen nicht, wie sehr ihre Laszivität sie verschönt. Man vergleiche zwei Frauen, von denen eine im Zölibat lebt, während die andere sich der Ausschweifung hingibt. Man wird sehen, wie sehr die letztgenannte an Pracht und Frische hervorsticht. Jede Vergewaltigung der Natur nutzt viel stärker ab als die Übertreibung in Vergnügungen. Jeder weiß, daß das Kindbett eine Frau schöner macht.

Ihr seid frei wie wir, und der Weg zu den Schlachten der Venus steht euch offen wie uns. Fürchtet keine absurden Vorhaltungen mehr: Schulmeisterei und Aberglaube sind zunichte gemacht. Man wird euch nicht mehr über eure reizenden Ausschweifungen erröten sehen. Mit Myrten und Rosen bekränzt, werdet ihr unsere Achtung nur noch im Verhältnis dazu erringen, wie weit ihr es zu treiben gewagt habt.

Das Gesagte müßte uns eigentlich die Untersuchung des Ehebruchs ersparen; wenden wir uns ihm dennoch kurz zu, wie nichtig er auch durch die von mir aufgestellten Gesetze geworden ist. Wie lächerlich war es doch, ihn innerhalb unserer alten Institutionen als verbrecherisch anzusehen! Wenn es etwas Absurdes auf dieser Welt gab, so war es gewiß die Ewigkeit der ehelichen Bande. Man hätte nur die Last dieser Bande untersuchen oder verspüren müssen, um die Tat, die sie erleichterte, nicht länger als Verbrechen anzusehen. Da die Natur die Frauen, wie wir eben schon gesagt haben, mit einem feurigeren Temperament, mit einer tieferen Empfindlichkeit versehen hat als die Wesen des anderen Geschlechts, lastete vor allem auf ihnen das Joch einer ewigen Ehe besonders schwer. Zartfühlende und vom Feuer der Liebe verzehrte Frauen, entschädigt euch nun ohne Furcht. Überzeugt euch davon, daß es kein Übel sein kann, den Regungen der Natur zu folgen, daß sie euch nicht für einen einzigen Mann geschaffen hat, sondern damit ihr allen gleichermaßen gefallt. Keine Schranke halte euch auf. Tut es den Republikanerinnen Griechenlands gleich. Nie haben die Männer, die ihre Gesetze schufen, daran gedacht, ihnen den Ehebruch als Verbrechen anzulasten, und fast alle erlaubten den Frauen ein ausschweifendes Leben. Thomas Morus beweist in seiner *Utopia*, daß es für die Frauen von Vorteil ist, sich der Wollust hinzugeben, und die Ideen dieses großen Mannes waren nicht immer Träume[1].

Bei den Tataren wurde eine Frau um so höher geehrt, je mehr sie sich prostituierte. Sie trug of-

[1] Derselbe wollte, daß sich Verlobte vor der Vermählung nackt sähen. Wie viele Ehen gäbe es nicht, wenn dieses Gesetz vollzogen würde! Man wird einräumen, daß das Gegenteil davon genau das ist, was man »eine Katze im Sack kaufen« nennt.

fen die Zeichen ihrer Schamlosigkeit am Halse, und man schätzte keine, der diese Auszeichnung fehlte. In Peru übergeben die Familien selbst den dort reisenden Fremden ihre Frauen oder Töchter; man mietet sie für soundsoviel pro Tag wie Wagen und Pferde! Ganze Bände würden nicht genügen, um aufzuzeigen, daß Ausschweifung bei keinem der vernünftigen Völker der Erde je als verbrecherisch gegolten hat. Alle Philosophen wissen genau, daß wir es nur den christlichen Betrügern zu verdanken haben, wenn sie zum Verbrechen erhoben worden ist. Die Priester hatten ihre guten Gründe für das Verbot der Ausschweifung. Diese Vorschrift verschaffte ihnen einen unglaublichen Einfluß auf die Frauen, indem sie ihnen Kenntnis und Absolution von diesen heimlichen Sünden vorbehielt, und eröffnete ihnen Wege zur Geilheit, deren Reichweite keine Grenzen kannte. Man weiß, wie sie davon profitierten und wie sie es noch mißbrauchen würden, wäre ihre Glaubwürdigkeit nicht hoffnungslos dahin.

Ist der Inzest gefährlicher? Zweifellos nicht; er weitet die Familienbande und macht infolgedessen die Liebe der Bürger zu ihrem Vaterlande wirksamer. Der Inzest wird uns von den ersten Gesetzen der Natur vorgeschrieben, wir fühlen es, und der Genuß der Objekte, die uns angehören, erscheint uns stets köstlicher. Die frühesten Institutionen fördern den Inzest; man findet ihn am Ursprung der Gesellschaften; er wird in allen Religionen heilig gehalten; alle Gesetze haben ihn begünstigt. Wenn wir das Universum durchforschen, finden wir den Inzest überall verwirklicht. Die Neger der Pfefferküste prostituieren ihre Frauen ihren eigenen Kindern; im Königreich Juda muß der älteste Sohn die Frau des Vaters ehelichen; die Völker Chiles schlafen gleichermaßen mit ihren Schwestern und Töchtern, und sie heiraten oft Mutter und Tochter zugleich. Kurz, ich wage zu behaupten, daß der Inzest das Gesetz einer jeden auf Brüderlichkeit sich stützenden Staatsform sein müßte. Wie konnten vernünftige Menschen den Irrsinn so weit treiben zu meinen, der Verkehr mit ihrer Mutter, Schwester oder Tochter könne je verbrecherisch sein! Ist es nicht, so frage ich euch, ein ungeheuerliches Vorurteil, wenn einem Mann als Verbrechen ausgelegt zu werden scheint, daß er für sein Vergnügen den Gegenstand höher schätzt, den ein natürliches Gefühl ihm nahe sein läßt? Man könnte ebensogut behaupten, es sei uns verboten, die Wesen allzusehr zu lieben, die die Natur uns zu lieben gebietet, und je mehr Zuneigung zu einem Objekt sie uns einflöße, umso deutlicher befehle sie uns zugleich, uns von ihm zu entfernen. Diese Widersprüche sind absurd – nur vom Aberglauben abgestumpfte Völker können sie für überzeugend oder annehmbar halten. Die von mir eingerichtete Gemeinschaftlichkeit der Frauen bringt notwendig den Inzest mit sich, und es bleibt wenig über ein vermeintliches Delikt zu sagen, dessen Nichtigkeit schon allzu bewiesen ist, als daß man sich weiter dabei aufhalten sollte. Wir gehen deshalb zur Vergewaltigung über, die auf den ersten Blick von allen Ausschweifungen der Lüsternheit diejenige zu sein scheint, deren Schädlichkeit wegen der Schändung, die sie darzustellen scheint, am offenbarsten ist. Es ist doch gewiß, daß die Vergewaltigung, eine so seltene und schwer beweisbare Handlung, dem Nächsten viel weniger Unrecht tut als der Diebstahl, da doch dieser das Eigentum antastet, das jener nur zu benutzen sich bescheidet. Und was hättet ihr übrigens dem Vergewaltiger entgegenzusetzen, der euch antwortete, er habe in der Tat nur ein kleines Übel angerichtet, da er doch den geschändeten Gegenstand nur etwas früher in den Zustand versetzt habe, in den ihn Ehe oder Liebe alsbald gebracht hätten?

Doch die Sodomie, dieses angebliche Verbrechen, das das

Feuer des Himmels auf die Städte herniederzog, die sich ihm hingegeben hatten, ist sie nicht eine grauenhafte Verirrung, deren Strafe nicht hart genug sein kann? Gewiß schmerzt es uns, unseren Vorfahren die Justizmorde vorhalten zu müssen, die sie sich hier zu gestatten wagten. Kann jemand so barbarisch sein, es zu wagen, ein unglückliches Wesen zum Tod zu verurteilen, dessen ganzes Verbrechen darin besteht, daß es nicht die gleichen Neigungen hat wie man selbst? Man erschaudert bei dem Gedanken, daß vor noch nicht vierzig Jahren der Unverstand der Gesetzgeber noch auf diesem Stand war. Tröstet euch, Bürger, solche Absurditäten werden nicht mehr vorkommen: die Weisheit eurer Gesetzgeber bürgt euch dafür. Vollkommen aufgeklärt über die Schwäche bestimmter Menschen, weiß man heute wohl, daß ein solcher Irrtum nicht verbrecherisch sein kann und daß die Natur an der Flüssigkeit, die durch unsere Lenden fließt, kein so großes Interesse genommen haben kann, daß sie über den Weg, den wir dieser Flüssigkeit zu geben wünschen, sich erzürnen würde.

Welches ist das einzige Verbrechen, das hierin liegen kann? Gewiß nicht, diese oder jene Stelle zu benutzen, es sei denn, man wollte behaupten, nicht alle Körperteile seien gleich und es gebe reine und unreine. Doch da ein solcher Unsinn nicht haltbar ist, könnte das einzige Delikt hier in der Verschwendung des Samens liegen. Ich frage nun aber, ob es wahrscheinlich ist, daß der Samen in den Augen der Natur so kostbar ist, daß es unmöglich wäre, ihn zu verlieren, ohne ein Verbrechen zu begehen? Nähme sie diese Verschwendungen täglich vor, wenn dem so wäre? Kommt es nicht einer Erlaubnis gleich, sie im Traum und beim Geschlechtsakt mit einer schwangeren Frau zuzulassen? Ist es denkbar, daß die Natur uns die Möglichkeit gegeben hätte, ein sie verletzendes Verbrechen zu vollbringen? Ist es möglich, daß sie die Zerstörung ihrer Wünsche durch die Menschen billigt und daß diese dadurch stärker werden als sie? Es ist unerhört, in welch einen Abgrund von Absurditäten man gerät, wenn man beim Nachdenken auf die Hilfe der Fackel der Vernunft verzichtet. Wir wollen deshalb als Gewißheit festhalten, daß es genauso selbstverständlich ist, eine Frau auf diese wie auf jene Weise zu genießen, wie es völlig gleichgültig ist, ob man ein Mädchen oder einen Jungen genießt, und daß, sobald feststeht, daß keine anderen als die von der Natur gegebenen Neigungen in uns sein können, sie zu weise und zu konsequent gewesen ist, uns mit solchen auszustatten, an denen sie etwa Anstoß nehmen könnte.

Die Neigung zur Sodomie ist Sache der Veranlagung, und wir sind an dieser Veranlagung völlig unbeteiligt. Kinder im zartesten

Alter zeigen schon Geschmack daran und gewöhnen sich ihn nie wieder ab. Manchmal ist sie auch eine Folge der Übersättigung; doch gehört sie, selbst in diesem Falle, weniger der Natur zu? Sie ist in jeder Hinsicht ihr Werk, und die Menschen müssen in jedem Fall respektieren, was sie uns eingibt. Wenn mittels einer genauen Untersuchung der Beweis gelänge, daß diese Vorliebe viel stärker berühren kann als die andere, daß die aus ihr gewonnenen Lustempfindungen viel inniger sind und daß deshalb ihre Anhänger tausendmal zahlreicher sind als ihre Feinde, könnte man daraus dann nicht schließen, dies Laster, weit davon entfernt, die Natur zu beleidigen, diene vielmehr ihren Zielen, und an der Fortpflanzung liege ihr viel weniger, als wir törichterweise glauben? Wie viele Völker, die die Frauen verachten, finden wir doch, wenn wir uns im Universum umsehen! Es gibt deren einige, die sich der Frauen nur bedienen, um zu dem Kind zu gelangen, das nötig ist, um sie zu ersetzen. Der Brauch, daß in den Republiken die Männer zusammenleben, wird dort immer zur Ausbreitung dieses Lasters führen, aber es ist darum gewiß kein gefährliches. Würden es die Gesetzgeber Griechenlands bei sich eingeführt haben, wenn sie es so eingeschätzt hätten? Ganz im Gegenteil hielten sie es bei einem Kriegervolke für unentbehrlich. Plutarch erzählt uns begeistert vom Bataillon der *Liebenden* und der *Geliebten;* sie allein verteidigten lange Zeit hindurch die Freiheit Griechenlands. Dies Laster herrschte in den Waffenbrüderschaften; es gab ihnen Zusammenhalt. Die größten Männer neigten ihm zu. Ganz Amerika war zur Zeit seiner Entdeckung von Leuten mit dieser Vorliebe bevölkert. Bei den Illinois in Louisiana prostituierten sich als Frauen verkleidete Indianer wie Kurtisanen. Die Neger von Benguela halten öffentlich Männer aus; fast alle Serails von Algier sind heute nur noch von Knaben bevölkert. In Theben begnügte man sich nicht mit der Duldung, sondern befahl die Knabenliebe; der Philosoph aus Chäronea empfahl sie zur sittlichen Zähmung der jungen Leute.

Wir wissen, wie sie in Rom im Schwange war: es gab dort öffentliche Häuser, wo sich Knaben in

Mädchenkleidern und Mädchen in solchen von Knaben prostituierten. Martial, Catull, Tibull, Horaz und Vergil schreiben Männern wie ihren Mätressen, und bei Plutarch schließlich lesen wir[1], daß Frauen an der Liebe der Männer keinerlei Anteil haben sollten. Die Amasianer von der Insel Kreta entführten früher Knaben mit den merkwürdigsten Zeremonien. Wenn sie einen liebten, so sagten sie es den Eltern an dem Tag, den der Entführer für den Raub gewählt hatte. Der junge Mann sträubte sich ein wenig, wenn der

1) *Moralia. Über die Liebe.*

Liebende ihm nicht gefiel; im anderen Fall ging er mit ihm fort, und der Verführer schickte ihn zu seiner Familie zurück, sobald er sich seiner bedient hatte, denn bei dieser Leidenschaft wie bei der für Frauen hat man immer schon zuviel, wenn man genug hat. Strabo erzählt, daß auf derselben Insel nur Knaben die Serails füllten: man prostituierte sie öffentlich.

Wollt ihr eine letzte Autorität für den Beweis, wie nützlich dies Laster in einer Republik ist? Hören wir Hieronymus, den Peripatetiker: »Die Knabenliebe«, so sagt er, »breitete sich über ganz Griechenland aus, weil sie Mut und Kraft verleiht und weil sie der Vertreibung von Tyrannen diente. Die Verschwörungen bildeten sich unter Liebenden, und man ließ sich eher foltern, als daß man seine Komplizen preisgab. Der Patriotismus opferte alles für das Staatswohl auf. Man war sicher, daß diese Verbindungen die Republik stützten, man predigte gegen die Frauen, und es galt als eine dem Despotismus vorbehaltene Schwäche, sich solchen Kreaturen zu verbinden.« Immer war Päderastie das Laster der Kriegervölker. Caesar berichtet, daß die Gallier ihm in außerordentlichem Maß anhingen. Die Kriege, die die Republiken auszuhalten hatten, förderten dieses Laster, indem sie die Geschlechter trennten, und die Religion heiligte es bald, nachdem man seine dem Staat so förderlichen Folgen erkannt hatte. Bekanntlich heiligten die Römer die Liebe Jupiters und Ganymeds. Sextus Empiricus versichert uns, die Perser hätten diese Eigenart befohlen. Schließlich boten die eifersüchtigen und verachteten Frauen den Männern an, ihnen dieselben Dienste zu erweisen, die sie von den Knaben empfingen; einige versuchten es und kehrten zu ihren alten Gewohnheiten zurück, weil es ihnen unmöglich war, in sich die Illusion zu erwecken.

Die Türken neigen sehr zu dieser Abartigkeit, die Mohammed in seinem Koran konsakriert, versichern jedoch, daß eine sehr junge Jungfrau recht gut einen Knaben ersetzen könne, und die ihren werden nur selten Frau, ehe sie diese Prüfung hinter sich gebracht haben. Sixtus Quintus und Sanchez erlaubten diese Ausschweifung; letzterer unternahm sogar den Beweis, diese sei der Fortpflanzung günstig, und ein nach dieser Vorübung gezeugtes Kind sei unendlich viel besser beschaffen. Die Frauen hielten sich schließlich aneinander schadlos. Diese Eigenart hat zweifellos nicht mehr Nachteile als andere, weil ihr Ergebnis nur die Weigerung zu zeugen ist und weil die Mittel derer, die am Bevölkerungszuwachs Geschmack finden, mächtig genug sind, daß ihre Gegner in dieser Hinsicht nie schädlich werden können. Die Griechen führten auch für diese Verirrung der Frauen Staatsinteressen ins Feld. Sie leiteten daraus ab, daß sie ihren Umgang mit den Männern einschränkten, indem sie sich selbst genügten, und deshalb in Angelegenheiten der Republik keinen Schaden stifteten. Lukian berichtet uns von der Ausbreitung dieser Zügellosigkeit, und es ist nicht uninteressant, sie bei Sappho zu finden.

Kurz gesagt, gibt es in all diesen Manien keinerlei Art von Gefahr. Reichten sie auch noch weiter, gingen sie gar soweit, Ungeheuer und Tiere zu liebkosen, wie uns das Beispiel mehrerer Völker lehrt, so brächten all diese Albernheiten doch nicht den geringsten Nachteil, weil die für die Regierung oft sehr nützliche Verderbtheit der Sitten in keiner Weise schaden könnte. Und wir müssen von unseren Gesetzgebern die notwendige Weisheit und Klugheit erwarten, um absolut sicher sein zu können, daß sie kein Gesetz zur Unterdrückung dieser Kleinigkeiten erlassen. Da sie ausschließlich Sache der Veranlagung sind, könnte sich schließlich derjenige, der ihnen zuneigt, niemals schuldiger machen als der, den die Natur mißgestaltet schuf.

In der zweiten Klasse der Vergehen des Menschen gegen seinesgleichen bleibt uns noch der Mord zu untersuchen, und danach schreiten wir zur Behandlung der Pflichten des Menschen gegen sich selbst. Unwiderlegbar ist der Mord von allen Kränkungen, die der Mensch seinesgleichen zuzufügen vermag, die grausamste, da sie ihm das einzige Gut raubt, das er von der Natur erhalten hat, und das einzige, dessen Verlust irreparabel ist. Indessen stellen sich hier mehrere Fragen, wenn wir von dem Unrecht absehen, das der Mörder seinem Opfer zufügt.

1. Ist die Handlung, nur unter dem Gesichtspunkt der Naturgesetze betrachtet, wirklich verbrecherisch?
2. Ist sie es in bezug auf die Gesetze der Politik?
3. Ist sie der Gesellschaft schädlich?
4. Wie muß sie in einer republikanischen Staatsform eingeschätzt werden?
5. Muß schließlich der Mord durch Mord geahndet werden?

Wir werden jede dieser Fragen für sich behandeln. Der Gegenstand ist bedeutend genug, daß man uns das Verweilen bei ihm gestatten mag. Man wird unsere Ideen vielleicht ein wenig übertrieben finden; was tut das? Haben wir nicht das Recht erworben, alles auszusprechen? Laßt uns vor den Menschen große Wahrheiten entfalten; sie erwarten sie von uns. Es wird Zeit, daß der Irrtum verschwindet, seine Fessel muß neben die der Könige niederfallen. Ist Mord in den Augen der Natur ein Verbrechen? Das ist die erste Frage, die ich stelle.

Wir werden hier gewiß den Stolz des Menschen kränken, indem wir ihn auf eine Stufe mit allen anderen Schaffungen der Natur herabsetzen, doch der Philosoph schmeichelt nicht den kleinen Eitelkeiten des Menschen; immer darauf brennend, die Wahrheit zu verfolgen, spürt er sie inmitten der törichten Vorurteile der Eigenliebe auf, holt sie ein, entwickelt sie und weist sie mutig dem erstaunten Erdkreis vor.

Was ist der Mensch, und welchen Unterschied gibt es zwischen ihm und den Pflanzen, zwischen ihm und den anderen Lebewesen der Natur? Zweifellos keinen. Wie sie ist auch er von ungefähr auf diesen Erdball versetzt, wie sie ist er geboren, wie sie pflanzt er sich fort, wächst und verfällt er. Er gelangt wie sie ins Alter und fällt wie sie ins Nichts nach der Zeitspanne, die die Natur jeder Tierart nach Maßgabe des Aufbaus ihrer Organe zuweist. Wenn die Ähnlichkeiten so exakt sind, daß das forschende Auge des Philosophen absolut keine Unterschiede mehr wahrzunehmen vermag, so liegt in der Tötung eines Tieres ein ebenso großes Übel wie in der eines Menschen oder ein ebenso geringes in der einen wie in der anderen, und der Unterschied ist nur in den Vorurteilen unseres Stolzes begründet. Doch leider ist nichts so absurd wie die Vorurteile des Stolzes. Indessen wollen wir die Frage weiterverfolgen. Ihr könnt nicht leugnen, daß es gleichgültig ist, ob man einen Menschen oder ein Tier vernichtet. Ist nicht eindeutig die Vernichtung eines jeden lebenden Wesens etwas Böses, wie es die Pythagoräer glaubten und wie es noch heute die Bewohner des Gangesufers glauben? Bevor wir die Frage beantworten, erinnern wir die Leser zunächst noch einmal daran, daß wir dieses Problem nur in bezug auf die Natur behandeln; danach werden wir es hinsichtlich des Menschen betrachten.

Nun frage ich, was Individuen der Natur wert sein können, die sie nicht die geringste Mühe und Sorge kosten. Der Schöpfer schätzt sein Werk nur nach der Arbeit ein, die es ihn kostet, nach der Zeit, die er braucht, es hervorzubringen. Kostet nun aber der Mensch die Natur irgend etwas? Und angenommen, er koste sie etwas, kostet er sie mehr als ein Affe oder ein Elefant? Ich gehe noch weiter: Welches sind die Zeugungsmaterien der Natur? Sind die drei Elemente, die sie bilden, nicht Ergebnis der vorherigen Zerstörung anderer Körper? Wenn alle Einzelwesen ewig lebten, müßte es der Natur nicht unmöglich werden, neue zu erschaffen? Wenn die Ewigkeit der Wesen der Natur unmöglich ist, wird deren Zerstörung also zu einem ihrer Gesetze. Da der Natur die Zerstörung so nützlich ist, daß sie sie absolut nicht entbehren und ihre Gebilde nicht hervorbringen kann, ohne aus jenen Massen von Zerstörung zu schöpfen, die der Tod ihr bereitet, ist von dem Augenblick an jedoch die Idee der Vernichtung, die wir mit dem Tod verbinden, nicht mehr zutreffend. Es gibt keine feststellbare Vernichtung mehr. Was wir das Ende des lebenden Wesens nennen, ist kein wirkliches Ende mehr, sondern eine bloße Transmutation, deren Grundlage die ewige Bewegung ist, das wahrhafte Wesen der Materie, das übrigens alle modernen Philosophen als eines ihrer wichtigsten Gesetze annehmen. Der Tod ist nach diesen unwiderlegbaren Prinzipien nichts anderes als eine Änderung der Form, ein nicht wahrnehmbarer Übergang von einer Existenz in die andere, und dies ist es, was Pythagoras die Seelenwanderung nannte.

Da diese Wahrheiten nun einmal gelten, frage ich, ob die Zerstörung jemals als Verbrechen bezeichnet werden kann. Wagt ihr, um eure absurden Vorurteile aufrechtzuerhalten, mir zu entgegnen, die Transmutation sei eine Zerstörung? Zweifellos nicht, denn dann müßte man einen Augenblick der Untätigkeit in der Materie nachweisen, einen Augenblick der Ruhe. Diesen Augenblick werdet ihr jedoch niemals entdecken. Kleine Lebewesen bilden sich in dem Augenblick, da das große Lebewesen den Atem ausgehaucht hat, und das Leben dieser kleinen Lebewesen ist nur eine der notwendigen und vom angeblichen Schlaf des großen verursachten Wirkungen. Wagt ihr jetzt etwa die Behauptung, das eine gefalle der Natur mehr als das andere? Dazu müßte man etwas Unmögliches beweisen. Nämlich daß die lange oder quadratische Form der Natur nützlicher, angenehmer sei als die längliche oder dreieckige; man müßte beweisen, und zwar unter Berücksichtigung der erhabenen Pläne der Natur, daß ein Faulpelz, der sich in Nichtstun und Trägheit mästet, nützlicher ist als das Pferd, dessen Dienst so wesentlich ist, oder als das Rind, dessen Körper so wertvoll ist, daß es keinen Teil an ihm gibt, der nicht brauchbar wäre. Man müßte sagen, die Giftschlange sei unentbehrlicher als der treue Hund.

Da nun aber all diese Konstruktionen unhaltbar sind, muß unbedingt zugegeben werden, daß es unmöglich ist, die Werke der Natur zu vernichten, bedenkt man, daß das einzige, was wir tun, wenn wir uns der Zerstörung hingeben, eine Verwandlung von Formen darstellt, die aber das Leben nicht auslöschen kann. Und so erfordert es übermenschliche Kräfte, zu beweisen, daß in der angeblichen Vernichtung einer Kreatur, welchen Alters, welchen Geschlechtes und welcher Art ihr sie euch auch denken mögt, ein Verbrechen enthalten sein könne. Von der Reihe unserer Folgerungen, die eine aus der anderen hervorgehen, noch weiter vorangeführt, muß schließlich zugegeben werden, daß die Tat, die ihr vollbringt, indem ihr die Formen ihrer verschiedenen Werke verwandelt, nicht nur weit davon entfernt ist, der Natur zu schaden, sondern ihr zum Vorteil gereicht, da ihr durch diese Taten den Rohstoff für ihre Rekonstruktion liefert, die für sie unausführbar bliebe, wenn ihr nicht zerstörtet. Nun, laßt sie gewähren, sagt man euch. Gewiß soll man sie gewähren lassen, aber es sind schließlich ihre Impulse, die der Mensch befolgt, wenn er sich der Tötung von Menschen hingibt. Es ist die Natur, die es ihm rät, und der Mensch, der seinesgleichen tötet, ist für die Natur, was ihr die Pest oder die Hungersnot sind, die ebenfalls aus ihrer Hand hervorgehen, jener Hand, die sich aller nur möglichen Mittel zur Beschaffung des Rohstoffs aus Vernichtung bedient, der für ihre Werke absolut wesentlich ist.

Lassen wir einen Augenblick lang unsere Seele von der heiligen Fackel der Philosophie erleuchten. Welche andere Stimme als die der Natur gibt uns persönliche Haßgefühle ein, Rachegelüste, Kriege, kurz: alle Motive ewigen Mordens? Doch wenn sie sie uns eingibt, so braucht sie sie auch. Wie sollen wir uns also ihr gegenüber für schuldig halten, wenn wir doch nichts tun, als ihre Ziele zu verfolgen?

Doch dies ist mehr als genug, einen jeden aufgeklärten Leser davon zu überzeugen, daß Mord unmöglich je die Natur beleidigen kann.

Ist er in der Politik ein Verbrechen? Wir wollen gleich eingestehen, daß er im Gegenteil leider nur eins der größten politischen Hilfsmittel ist. Geschah es nicht durch Morde, daß Rom zur Beherrscherin der Welt geworden ist? Geschah es nicht durch Morde, daß Frankreich heute frei ist? Es ist unnötig, hier noch einmal daran zu erinnern, daß wir nur von den kriegsbedingten Morden sprechen und nicht von den Abscheulichkeiten der Aufrührer und zersetzenden Elemente; an diese der öffentlichen Verdammung Geweihten braucht man nur zu erinnern, um den Abscheu und die Empörung der Allgemeinheit für immer auf sie zu lenken. Welche menschliche Wissenschaft braucht die Unterstützung durch Mord mehr als die, die nur darauf gerichtet ist zu täuschen, nur das Ziel der Vergrößerung einer Nation auf Kosten einer anderen kennt? Sind nicht die Kriege die einzige Frucht dieser barbarischen Politik, sind sie etwas anderes als die Mittel, mit denen sie sich nährt, stärkt und stützt? Und was ist der Krieg, wenn nicht die Kunst der Zerstörung? Seltsame Verblendung des Menschen, der offen die Kunst des Tötens lehrt, der den belohnt, der in ihr das meiste leistet, und den bestraft, der sich aus einem persönlichen Grund seines Feindes entledig hat! Ist es nicht an der Zeit, derartig barbarische Irrtümer aufzugeben? Ist der Mord schließlich ein Verbrechen gegen die Gesellschaft? Wer könnte das jemals vernünftigerweise behaupten? Ach, was tut es dieser großen Gesellschaft, wenn sie ein Glied mehr oder weniger hat? Werden ihre Gesetze, Sitten, Bräuche dadurch verdorben? Beeinflußte je der Tod eines einzelnen die allgemeine Masse? Und würde nach dem Verlust der allergrößten Schlacht, was sage ich, nach der Ausrottung der halben oder, wenn man so will, der ganzen Menschheit die kleine Zahl der vielleicht Überlebenden die geringste materielle Veränderung verspüren? Leider nein! Die ganze Natur empfände sie nicht stärker, und der törichte Stolz des Menschen, der glaubt, alles sei für ihn gemacht, wäre nach der totalen Vernichtung der menschlichen Art sehr erstaunt zu sehen, daß sich in der Natur nichts ändert und daß der Sternenlauf dadurch nicht einmal verzögert wird. Fahren wir fort.

Wie muß der Mord in einem kriegerischen und republikanischen Staate beurteilt werden?

Es wäre gewiß höchst gefährlich, diese Tat entweder herabzusetzen oder zu bestrafen. Das Selbstgefühl des Republikaners verlangt eine gewisse Wildheit; wenn er verweichlicht, wenn seine Energie erlahmt, wird er alsbald versklavt. Hier stellt sich ein sehr seltsamer Gedanke ein, den ich aussprechen werde, da er bei aller Kühnheit wahr ist. Eine Nation, die erst damit beginnt, sich als Republik zu regieren, kann sich nur durch Tugenden erhalten, da man immer bei wenig anfangen muß, um mehr zu bekommen. Eine schon alte und korrumpierte Nation jedoch, die mutig das monarchische Joch abwirft, um ein republikanisches zu tragen, wird sich nur durch viele Verbrechen erhalten können; denn sie steckt schon im Verbrechen, und wenn sie vom Verbrechen zur Tugend übergehen wollte, das heißt von einem gewalttätigen zu einem ruhigen Zustand, verfiele sie in eine Regungslosigkeit, deren Folge alsbald ihr sicherer Ruin wäre. Was würde aus einem Baum, den ihr aus einem kräftigen Boden in eine trockene und sandige Ebene verpflanztet? Alle intellektuellen Ideen sind dem Physischen der Natur derart untergeordnet, daß uns Vergleiche aus der Landwirtschaft auf dem Gebiet der Moral nie täuschen.

Die unabhängigsten und naturverbundensten Menschen, die Wilden, geben sich täglich straflos dem Mord hin. In Sparta, in Lakedämon, machte man Jagd auf Heloten wie in Frankreich auf Rebhühner. Die freiesten Völker sind die, die den Mord am meisten schätzen. In Mindanao gehört zu den Tapferen, wer einen Mord vollbringen will: man schmückt ihn sogleich mit einem Turban. Bei den Caraguos muß man sieben Menschen getötet haben, um der Ehre dieses Kopfschmucks teilhaftig zu werden. Die Bewohner Borneos glauben, daß ihnen alle, die sie umbringen, nach ihrem Tod dienen müssen. Selbst die frommen Spanier schworen dem heiligen Jakob von Galizien, täglich zwölf Einwohner Amerikas zu töten. Im Königreich Tangut wählt man einen starken und gesunden jungen Mann, dem es an bestimmten Tagen des Jahres erlaubt ist, alles zu töten, was ihm begegnet! Gab es ein Volk, daß den Mord mehr liebte als die Juden? Er erscheint in allen Formen auf jeder Seite ihrer Geschichte.

Der Kaiser und die Mandarine in China ergreifen von Zeit zu Zeit Maßnahmen, um das Volk zum Aufruhr zu treiben und durch diese Machenschaften Anrecht auf ein großes Blutbad zu erwerben. Wenn sich dieses weiche und weibische Volk vom Joch der Tyrannen befreit, wird es diese nun seinerseits mit sehr viel mehr Grund erschlagen, und der Mord – weiter gebräuchlich, weiter notwendig – wird nur seine Opfer gewechselt haben; er war das Glück der einen, er wird die Seligkeit der anderen ausmachen.

Eine Unzahl von Völkern duldet den öffentlichen Mord. Er ist in Genua, Venedig, Neapel und in ganz Albanien völlig legitim; in Kachao am Rio San Domingo bringen Mörder in einer bekannten und gebilligten Verkleidung auf euren Befehl und unter euren Augen das von euch bezeichnete Individuum um. Die Indianer nehmen Opium, um sich zum Mord zu ermutigen; wenn sie sich dann auf die Straße stürzen, schlachten sie alles ab, was ihnen in den Weg kommt; englische Reisende haben diese Manie auch in Batavia vorgefunden.

Welches Volk war größer und zugleich grausamer als die Römer, und welche Nation bewahrte länger ihren Ruhm und ihre Freiheit? Das Schauspiel der Gladiatoren förderte ihren Mut; sie wurde kriegerisch dadurch, daß sie den Mord als Spiel betrieb. Zwölf- bis fünfzehnhundert Opfer füllten täglich die Zirkusarena, und dort verlangten die Frauen, grausamer als die Männer, daß die Sterbenden mit Grazie niederfielen und noch in den Konvulsionen des Todes sich auszeichneten. Von da gingen die Römer zu dem Vergnügen über, sich Zwerge anzusehen, die einander vor ihren Augen umbrachten; und als der christliche Glaube die Welt vergiftete und die Menschen überzeugte, es sei schlecht, sich totzuschlagen, legten sofort Tyrannen dieses Römervolk in Ketten, und die Helden der Welt wurden alsbald zu ihrem Spielzeug.

Schließlich glaubte man überall ganz zu recht, daß der Mörder, das heißt der Mensch, der seine Sensibilität soweit unterdrückt, daß er seinesgleichen zu töten und der öffentlichen oder privaten Rache zu trotzen vermag, überall, wiederhole ich, glaubte man, daß ein solcher Mann nur sehr mutig und folglich in einem republikanischen Staat sehr wertvoll sein könne. Durchforschen wir Nationen, die, noch wilder, nur zufrieden waren, wenn sie Kinder hinschlachteten, und zwar oft ihre eigenen. So sehen wir diese Handlungen allgemein verbreitet und häufig im Gesetz verankert. Mehrere wilde Völkerschaften töten ihre Kinder sogleich nach der Geburt. Die Mütter an den Ufern des Orinoko schlachteten ihre Töchter, gleich nachdem sie ihnen das Leben geschenkt hatten, in der Überzeugung, daß sie nur geboren würden, um unglücklich zu sein, da es doch ihr Schicksal war, die Wilden dieses Landstrichs zu ehelichen, die Frauen nicht ausstehen konnten. In Trapobana und im Königreich Sopit wurden alle mißgestalteten

Kinder von den Eltern selbst ermordet. Die Frauen Madagaskars setzten diejenigen von ihren Kindern, die an bestimmten Wochentagen geboren wurden, den wilden Tieren zum Fraß vor. In den griechischen Republiken wurden alle Kinder sorgfältig untersucht, wenn sie zur Welt kamen, und wenn man sie nicht so beschaffen fand, daß sie eines Tages die Republik verteidigen konnten, so wurden sie sofort hingeschlachtet. Dort hielt man es nicht für wichtig, reich ausgestattete Häuser für die Erhaltung dieses schändlichen Abschaums der Menschheit zu errichten[1]. Bis der Sitz des Kaisertums verlegt wurde, warfen alle Römer, die ihre Kinder nicht ernähren wollten, diese auf den Schindanger. Die alten Gesetzgeber hatten nicht die geringsten Skrupel, Kinder dem Tod zu weihen, und nie unterdrückte eins ihrer Gesetzbücher die Rechte, die ein Vater über seine Familie zu besitzen glaubte. Aristoteles befürwortete die Ab-

[1] Es ist zu hoffen, daß die Nation diese unnützeste aller Ausgaben revidiert. Kein Individuum, das ohne die Gaben geboren wird, der Republik eines Tages dienen zu können, hat das geringste Recht auf die Erhaltung seines Lebens, und das beste, was hier zu tun ist, wäre, es ihm zu nehmen, sobald es ihm geschenkt wird.

treibung. Den antiken Republikanern, voller Enthusiasmus, voller Eifer für das Vaterland, war jenes individuelle Mitleid, das man bei den modernen Nationen antrifft, absolut unbekannt; man liebte seine Kinder weniger, doch sein Vaterland liebte man mehr. In allen Städten Chinas findet man täglich eine unglaubliche Menge von auf der Straße ausgesetzten Kindern; ein Karren sammelt sie bei Morgengrauen ein, und man wirft sie in ein Massengrab. Oft sind es die Hebammen selbst, die den Müttern ihre Kinder töten, indem sie sie in Gefäßen mit kochendem

Wasser ertränken oder in den Fluß werfen. In Peking tut man sie in kleine Körbe aus Rohrgeflecht, die man auf den Kanälen aussetzt; täglich werden diese Kanäle von Anschwemmungen gereinigt, und der bekannte Reisende Duhalde schätzt die tägliche Zahl der bei einer Suche Aufgefundenen auf über dreißigtausend. Es läßt sich nicht leugnen, daß es außerordentlich wichtig und politisch nötig ist, in einem republikanischen Staat dem Bevölkerungszuwachs einen Riegel vorzuschieben. Da dort der Reichtum der Tyrannen immer im Verhältnis zur Zahl ihrer Sklaven steht, brauchen sie in der Tat Menschen. Doch diese Bevölkerungsmasse ist in einem republikanischen Staat zweifellos eine wirkliche Untugend. Wir brauchen sie indessen nicht abzuschlachten, um sie zu vermindern, wie es unsere modernen Dezemvirn vorgeschlagen haben. Es geht nur darum, ihr die Mittel dafür zu verwehren, daß sie sich über die Grenzen, die ihre Wohlfahrt ihr vorschreibt, hinaus ausdehnt. Hütet euch, ein Volk, in dem jedes Einzelwesen souverän ist, zu sehr anwachsen zu lassen, und seid gewiß, daß Revolutionen immer nur Folgen von Überbevölkerung sind. Wenn ihr um des Ruhmes des Staates willen euren Kriegern das Recht verleiht, Menschen zu töten, so verleiht um der Erhaltung eben desselben Staates willen jedem einzelnen das Recht, so oft er es will. Da er sich ohne Verstoß gegen die Natur seiner Kinder entledigen darf, die er nicht ernähren kann oder aus denen der Staat keinerlei Nutzen ziehen kann, verleiht ihm auch das Recht, sich auf seine Gefahr aller Feinde zu entledigen, die ihm Schaden zufügen können. Die Auswirkung dieser an sich völlig belanglosen Handlungen wird darin bestehen, eure Bevölkerung in einer maßvollen Anzahl zu halten und nie so zahlreich werden zu lassen, daß sie eure Regierung stürzt. Laßt die Monarchisten sagen, ein Staat sei nur groß infolge seiner außerordentlichen Bevölkerungszahl. Solch ein Staat wird immer arm sein, wenn seine Bevölkerung die Ernährungsmöglichkeiten übersteigt, und immer blühend, wenn er mit seinen Überschüssen infolge Beschränkung auf das rechte Maß Handel treiben kann. Beschneidet ihr nicht den Baum, wenn er zuviel Zweige hat? Und schneidet ihr nicht zur Erhaltung des Stammes die Äste ab? Jedes System, das von diesen Grundsätzen abweicht, ist eine Verirrung, deren Fehler uns alsbald den völligen Einsturz des Gebäudes bringen würden, das wir gerade erst mit soviel Mühe errichtet haben. Doch sollte man den Menschen nicht vernichten, wenn er schon da ist, um so die Bevölkerung zu verringern. Es ist nicht recht, die Tage eines wohlgestalteten Individuums abzukürzen; richtig ist hingegen, sage ich euch, ein für die Welt mit Sicherheit unnützes Wesen daran zu hindern, zum Leben zu gelangen. Die menschliche Art muß von der Wiege an gereinigt werden: das, von dem ihr voraussеht, daß es der Gesellschaft nie wird nützen können, müßt ihr gleich von ihr abtrennen. Dies sind die einzigen vernünftigen Mittel zur Verminderung einer Bevölkerung, deren allzu starke Vermehrung, wie wir soeben bewiesen haben, der verhängnisvollste Fehler wäre.

Es ist Zeit, zusammenzufassen.

Soll Mord durch Mord geahndet werden? Zweifellos nicht. Wir sollten dem Mörder nie eine andere Strafe zumessen als die, die er in Gestalt der Rache von Freunden oder Familienangehörigen des von ihm Getöteten zu erwarten haben mag. *Ich gewähre Euch Eure Gnade,* sagte Ludwig XV. zu Charolais, der zu seiner Zerstreuung einen Mann getötet hatte, *aber ich gewähre sie auch dem, der Euch tötet.* Alle Grundsätze des Gesetzes gegen Mörder liegen diesem sublimen Spruch zugrunde[1].

Kurz gesagt, ist der Mord eine Abscheulichkeit, doch eine oft un-

---

1) Das Salische Recht bestrafte Mord nur durch eine einfache Geldstrafe. Weil der Schuldige aber leicht Mittel und Wege fand, sich ihr zu entziehen, setzte Childebert, König von Austrasien, in einer zu Köln erlassenen Bestimmung fest, daß

umgängliche Abscheulichkeit, niemals eine verbrecherische, eine, die in einem republikanischen Staat unbedingt geduldet werden muß. Ich habe gezeigt, daß die ganze Schöpfung Beispiele dafür liefert; aber soll man sie als eine Tat ansehen, die die Todesstrafe

---

nicht der Mörder, sondern derjenige mit dem Tod bestraft werden solle, der sich der für den Mörder festgesetzten Geldstrafe entzöge. Das Ripuarische Gesetz belegte diese Tat ebenfalls nur mit einer Geldstrafe, die dem getöteten Individuum angemessen war. Für einen Priester wurde das sehr teuer: Man machte dem Mörder eine bleierne Tunika passender Größe, und er mußte deren Gewicht in Gold aufgewogen bezahlen, andernfalls fielen der Schuldige und seine Familie der Kirche als Sklaven zu.

verdient? Wer das folgende Dilemma beantwortet hat, ist der Frage gerecht geworden:

Ist Mord ein Verbrechen oder nicht?

Wenn er keines ist, soll man dann ein Gesetz zu seiner Bestrafung erlassen? Und wenn er eines ist, welcher barbarischen Inkonsequenz zufolge wollt ihr ihn dann mit dem gleichen Verbrechen ahnden?

Es bleibt uns noch von den Pflichten des Menschen gegen sich selbst zu handeln. Weil der Philosoph sich diese Pflichten nur soweit zu eigen macht, wie sie auf sein Vergnügen und seine Erhaltung gerichtet sind, ist es ausgesprochen nutzlos, ihm ihre Ausübung angelegen sein zu lassen, und noch nutzloser, ihm irgendwelche Strafen aufzuerlegen, falls er sie vernachlässigt. Das einzige Delikt, das der Mensch auf diesem Gebiet begehen kann, ist der Selbstmord. Ich werde mir das Vergnügen versagen, hier darzulegen, wie dumm alle Leute sind, die diese Tat zum Verbrechen stempeln wollen, und verweise alle, die noch irgendwelche Zweifel haben sollten, auf den berühmten Brief Rousseaus. Fast alle früheren Regierungen erlaubten den Selbstmord, sowohl aus politischen wie auch aus religiösen Gründen. Die Athener erörterten auf dem Areopag die Gründe, die sie zum Selbstmord bestimmten; anschließend erdolchten sie sich. Alle Republiken Griechenlands duldeten den Selbstmord; er paßte in die Pläne der Gesetzgeber. Man tötete sich in aller Öffentlichkeit und machte aus seinem Tod ein festliches Schauspiel. Die römische Republik förderte den Selbstmord – die sogenannten Aufopferungen für das Vaterland waren nichts als Selbstmorde. Als Rom von den Galliern eingenommen wurde, gaben sich die berühmtesten Senatoren den Tod. Indem wir denselben Geist wiederaufnehmen, machen wir uns dieselben Tugenden zueigen. Während des Feldzuges von 1792 hat sich ein Soldat aus Kummer darüber das Leben genommen, daß er seinen Kameraden nicht in das Gefecht von Jemmapes folgen konnte. Wenn wir uns ständig zur Höhe so stolzer Republikaner aufschwingen, werden wir bald ihre Tugend übertreffen: Der Staat macht den Menschen. Ein so langes Ertragen des Despotismus hatte unsere Tapferkeit ganz untergraben; es hatte unsere Sitten verfallen lassen. Doch wir erneuern uns; bald wird man erkennen, welch erhabener Taten der französische Geist, der französische Charakter fähig sind, wenn sie frei sind. Laßt uns um den Preis unseres Vermögens und unseres Lebens die Freiheit verteidigen, die uns schon so viele Opfer gekostet hat, und laßt uns keines von diesen betrauern, wenn wir zum Ziel gelangen. Sie selbst haben sich alle freiwillig aufgeopfert; wir wollen nicht, daß ihr Blut umsonst geflossen ist. Aber Einigkeit ... Einigkeit, oder die Frucht all unserer Mühen wird uns verlorengehen. Laßt uns hervorragende Gesetze vermöge der Siege aufstellen, die wir davongetragen haben. Unsere ersten Gesetzgeber, die ja noch Sklaven des Despoten waren, den wir endlich beseitigt haben, hinterließen uns Gesetze, die dieses Tyrannen würdig waren, den sie noch beweihräucherten. Erneuern wir ihr Werk, bedenken wir, daß wir endlich für Republikaner und Philosophen arbeiten werden; unsere Gesetze sollen milde sein wie das Volk, das sie regieren müssen.

Indem ich, wie hier geschehen, die Nichtigkeit und Gleichgültigkeit einer Unzahl von Handlungen darlege, die unsere Vorfahren, von einer falschen Religion verführt, als verbrecherisch betrachteten, reduziere ich unsere Aufgabe auf ein Geringes. Erlassen wir nur wenige, aber gute Gesetze. Es geht nicht darum, die Schranken zu vermehren, es ist nur davon die Rede, denen, die man einführt, Unangreifbarkeit zu verleihen. Die Gesetze, die wir verkünden, sollen nur die Ruhe des Bürgers, sein Glück und den Ruhm der Republik zum Ziel haben. Aber ich wünschte nicht, Franzosen, daß euch, nachdem ihr den Feind aus dem Lande vertrieben habt, euer Eifer in der Verfolgung eurer Grundsätze noch weiter drängte; nur mit Feuer und Schwert könntet ihr sie bis an die Grenzen des Universums tragen. Bevor ihr solche Beschlüsse verwirklicht, erinnert euch der kläglichen Erfolge der Kreuzzüge. Wenn der Feind jenseits des Rheins steht, so glaubt mir, bewacht eure Grenzen und bleibt im Land. Belebt euren Handel, verschafft euren Manufakturen neue Energie und neue Märkte; führt eure Künste zu neuer Blüte, fördert die Landwirtschaft, die in einem Staat wie dem euren so wesentlich ist und deren Geist sein müßte, alle versorgen zu können und niemanden zu brauchen. Laßt die Throne Europas von selbst zusammenbrechen. Euer Beispiel und Wohlergehen wird sie bald umstoßen, ohne daß ihr euch einzumischen braucht.

Da ihr in eurem Innern unüberwindlich und aufgrund eurer wohlgeordneten Zustände und guten Gesetze Vorbild aller Völker sein werdet, werdet ihr alle Staaten der Welt dazu zwingen, es euch nachzutun, und ein jeder wird es sich zur Ehre rechnen, mit euch verbündet zu sein. Aber wenn ihr des eitlen Ruhmes wegen, eure Grundsätze in die Ferne zu tragen, die Sorge um eure eigene Glückseligkeit aufgebt, dann wird der bloß schlummernde Despotismus wiedererstehen, innere Zwistigkeiten werden euch zerrütten, eure Finanzen und Soldaten werden erschöpft sein, und all dies, um schließlich wieder die Ketten eurer Tyrannen zu küssen, die euch während eurer Abwesenheit unterwarfen. Alles, was ihr begehrt, könnt ihr erreichen, ohne eure Häuser zu verlassen. Wenn euch die anderen Völker nur glücklich sehen, so werden sie auf genau dem Weg dem Glück entgegeneilen, den ihr ihnen vorgezeichnet habt[1].

EUGENIE *(zu Dolmancé)*: Das nenne ich eine sehr kluge Schrift, und sie entspricht so Ihren Prinzipien, jedenfalls in vielen Dingen, daß ich versucht bin, Sie für den Autor zu halten.

DOLMANCE: Es ist ganz sicher, daß ich einen Teil dieser

1) Man erinnere sich daran, daß der Krieg nach außen hin nie von jemand anders vorgeschlagen wurde als von dem infamen Dumouriez.

Überlegungen mitdenke, und meine Worte, die Ihnen das bewiesen haben, lassen sogar das, was wir gelesen haben, wie eine Wiederholung erscheinen ...

EUGENIE: Ich habe es nicht gemerkt; man kann die guten Dinge nicht zu oft sagen. Ich finde jedoch einige dieser Prinzipien etwas gefährlich.

DOLMANCE: Es gibt in der Welt nichts Gefährliches außer dem Mitleid und der Wohltätigkeit. Nie ist die Güte etwas anderes als Schwäche, die Undankbarkeit und Frechheit der Schwachen, die anständigen Leute stets zu bereuen zwingen. Ein guter Beobachter möge versuchen, alle Gefahren des Mitleids zu berechnen und sie in Parallele zu denen einer unerschütterten Festigkeit setzen, und er wird sehen, ob die ersteren nicht überwiegen. Aber wir gehen zu weit, Eugenie. Fassen wir zu Ihrer Belehrung den einzigen Rat zusammen, der sich aus allem Gesagten ableiten läßt: Hören Sie nie auf Ihr Herz, mein Kind, es ist der falscheste Führer, den wir von der Natur empfangen haben. Verschließen Sie es sorgfältig den trügerischen Tönen des Unglücks. Es ist viel besser, Ihr

Interesse dem zu verweigern, der es wirklich verdiente, als daß Sie Gefahr laufen, es dem Verbrecher, dem Intriganten, dem Ränkeschmied zu gewähren. Das eine hat ganz geringe Folgen, das andere ist überaus gefährlich.

CHEVALIER: Erlauben Sie mir, ich beschwöre Sie, Dolmancés Prinzipien zu korrigieren und, wenn ich kann, zu entkräften. Oh, wie anders wären sie, grausamer Mensch, wenn du, des ungeheuren Vermögens beraubt, das dir unablässig die Mittel zur Befriedigung deiner Leidenschaften liefert, ein paar Jahre in jener drükkenden Armut leben müßtest, aus der dein unbarmherziger Geist den Elenden eine Schuld zu machen wagt! Wirf einen Blick des Mitleids auf sie, und ersticke deine Seele nicht so sehr, daß sie sich für immer den herzzerreißenden Schreien der Not verhärtet! Wenn dein Leib, nur von Lüsten ermüdet, matt auf flaumigen Lagern ruht, so sieh den ihren, zerschlagen von den Arbeiten, die dich ernähren, wie er mit Mühe ein bißchen Stroh zusammenrafft, um sich vor der Kühle des Bodens zu schützen; denn wie die Tiere haben sie nur seine kalte Oberfläche, um sich darauf auszustrekken. Wirf einen Blick auf sie, wenn du von schmackhaften Gerichten umgeben bist, mit denen zwanzig Schüler des Comus tagtäglich deine Sinnlichkeit neu beleben, während jene Unseligen sich in den Wäldern mit den Wölfen um die bittere Wurzel des dürren Bodens streiten. Wenn Spiele, Reize und Lachen deinem unreinen Lager die rührendsten Wesen aus Kytheras Tempel zuführen, dann sieh den Elenden, neben seiner traurigen Gattin ausgestreckt, zufrieden mit der Lust, die er im Schoß der Tränen findet, andere nicht einmal ahnend. Betrachte ihn, wenn du dir nichts versagst, wenn du im Überfluß schwimmst. Sieh, sage ich, wie ihm ständig selbst das Nötigste zum Leben fehlt. Wirf einen Blick auf seine verzweifelte Familie; sieh, wie seine zitternde Gattin sich zärtlich teilt zwischen der Sorgfalt, die sie ihrem Mann schuldet, und der, die die Natur für die Sprößlinge ihrer Liebe fordert, ohne die Möglichkeit, eine der Pflichten zu erfüllen, die ihrer zartfühlenden Seele so heilig sind. Höre, ohne zu erbeben, wenn du kannst, wie sie in deiner nächsten Nähe nach jenem Überfluß ruft, den deine Grausamkeit ihr verweigert!

Barbar, sind dies denn nicht Menschen wie du, die dir gleichen? Warum mußt du genießen, während sie schmachten? Eugenie, Eugenie, ersticken Sie niemals in Ihrer Seele die heilige Stimme der Natur. Zur Güte wird sie Sie auch gegen Ihren Willen führen, wenn Sie ihre Stimme vom Feuer der Leidenschaften scheiden, das sie überdeckt. Lassen wir meinetwegen die religiösen Prinzipien beiseite, doch geben wir nicht die Tugenden auf, die das Einfühlungsvermögen uns eingibt; nur wenn wir sie üben, werden wir die süßesten und köstlichsten seelischen Genüsse empfinden. Alle Verirrungen Ihres Geistes werden durch ein gutes Werk gesühnt; es stillt in Ihnen die Gewissensbisse, die Ihr schlechter Lebenswandel aufkommen läßt, und wenn Sie in Ihrem Gewissen eine heilige Zuflucht bilden, in der Sie sich von Zeit zu Zeit über sich selber neigen, werden Sie dort den Trost für die Fehltritte finden, zu denen Ihre Irrtümer Sie hingerissen haben. Schwester, ich bin jung, ich bin Libertin, gottlos, ich bin fähig zu allen Ausschweifungen des Geistes, aber mein Herz bleibt mir, es ist rein, und mit ihm, meine Freunde, tröste ich mich über alle Fehler meines Alters.

DOLMANCE: Ja, Chevalier, Sie sind jung, das beweisen Sie durch Ihre Reden; die Erfahrung fehlt Ihnen. Ich warte, bis Sie weise sind; dann, mein Lieber, werden Sie nicht mehr so gut von den Menschen sprechen, denn Sie werden sie kennengelernt haben. Ihre Undankbarkeit war es, die mein Herz verdorren ließ, ihre Falschheit, die in mir die verderblichen Tugenden zerstörte, für die ich vielleicht geboren war wie Sie. Wenn aber die Laster der einen die Tugenden der anderen zu einer Gefahr machen, ist es dann nicht ein Dienst, den man der Jugend leisten muß, indem man sie frühzeitig in ihr erstickt? Was sagst du mir von Gewissensbissen, Freund! Kann es sie in der Seele dessen geben, der in nichts ein Verbrechen sieht? Sollen ihre Prinzipien sie zum Schweigen bringen, wenn sie ihren Stachel fürchten; ist es ihnen möglich, eine Tat zu bereuen, von deren Gleichgültigkeit sie tief durchdrungen sind? Wenn sie nichts mehr für böse halten, welches Böse können sie bereuen?

CHEVALIER: Nicht aus dem Geist kommen die Gewissensbisse, sie sind ausschließlich Früchte des Herzens, und nie haben die Sophismen des Kopfes die Regungen der Seele ausgelöscht.

DOLMANCE: Aber das Herz irrt, weil es immer nur der Ausdruck der Fehlberechnungen des Geistes ist. Bringen Sie diesen zur Reife, das andere wird bald nachgeben. Immer verwirren uns falsche Definitionen, wenn wir überlegen wollen. Ich weiß nicht, was das ist, das Herz; ich nenne so nur die Schwächen des Geistes. Ein einziges Licht leuchtet in mir. Wenn ich gesund und sicher bin, verirre ich mich nie; bin ich alt, hypochondrisch oder kleinmütig, täuscht es mich; dann nenne ich mich sensibel, während ich im Grunde nur schwach und furchtsam bin. Noch einmal, Eugenie, lassen Sie sich durch diese perfide Sensibilität nicht irreführen; sie ist, dessen dürfen Sie sicher sein, nichts als die Schwäche der Seele. Man weint nur, weil man sich fürchtet, und aus diesem Grunde sind die Könige Tyrannen. Verwerfen, verabscheuen Sie also die heimtückischen Ratschläge des Chevaliers; indem er Ihnen sagt, Sie sollten Ihr Herz allen imaginären Leiden des Unglücks öffnen, versucht er, Ihnen zu einer Menge von Qualen zu verhelfen, die Sie bald für nichts und wieder nichts zerreißen würden, da sie nicht Ihre eigenen sind. O glauben Sie, glauben Sie mir, Eugenie, die Lust, die aus der Fühllosigkeit entspringt, ist sicher soviel wert wie die, die die Empfindsamkeit Ihnen schenkt; diese kann das Herz nur von einer Seite her erreichen, die andere kitzelt und verwirrt es überall. Kurz, sind die erlaubten Genüssen denen vergleichbar, die mit viel prikkelnderen Reizen die unschätzbare Lust am Zerreißen der gesellschaftlichen Zügel und dem Umsturz aller Gesetze verbinden?

EUGENIE: Du triumphierst, Dolmancé, du trägst den Sieg davon! Die Worte des Chevaliers haben meine Seele nur berührt, die deinen verführen sie und reißen sie mit! O glauben Sie mir, Chevalier, halten Sie sich lieber an die Leidenschaften als an die Tugenden, wenn Sie eine Frau überzeugen wollen.

MADAME DE SAINT-ANGE *(zum Chevalier)*: Ja, Freund, ficke

uns gut, aber predige uns nicht: du bekehrst uns doch nicht. Und du könntest die Belehrungen stören, mit denen wir Seele und Herz dieses reizenden Mädchens durchdringen wollen.

EUGENIE: Stören? O nein, nein, euer Werk ist vollbracht. Was die Narren Verderbtheit nennen, ist nun fest genug in mir verankert, um keine Hoffnung auf Umkehr mehr zu lassen, und eure Prinzipien sind in meinem Herzen zu gut untermauert, als daß die Sophismen des Chevaliers es je fertigbringen könnten, sie zu vernichten.

DOLMANCE: Sie hat recht, sprechen wir nicht mehr davon, Chevalier. Sie hätten Nachteile, und wir wollen nur Taten von Ihnen sehen.

CHEVALIER: Gut; ich weiß, wir sind hier zu einem anderen Zweck als dem, den ich erreichen wollte. Gehen wir geradeswegs auf dieses Ziel zu, ich bin einverstanden. Ich verwahre meine Moral für die, welche – weniger berauscht als ihr – besser in der Lage sind, sie zu hören.

MADAME DE SAINT-ANGE: Ja, Bruder, ja, ja, gib uns hier nur deinen Samen. Wir erlassen dir die Moral; sie ist zu sanft für Hartgesottene wie wir.

EUGENIE: Ich fürchte sehr, Dolmancé, daß diese Grausamkeit, die Sie mit Eifer predigen, Ihr Vergnügen etwas beeinflußt. Ich glaube bemerkt zu haben, daß Sie hart sind im Genuß; ich fühle ebenfalls gewisse Anlagen zu diesem Laster. Um meine Gedanken über all das zu entwirren, sagen Sie mir bitte, wie Sie den Gegenstand beurteilen, der Ihrem Vergnügen dient.

DOLMANCE: Als völlig nichtig, meine Liebe. Ob er meinen Genuß teilt oder nicht, ob er Befriedigung empfindet oder nicht, Apathie oder sogar Schmerz, vorausgesetzt, daß ich glücklich bin, ist mir das übrige völlig gleichgültig.

EUGENIE: Es ist besser, daß dieser Gegenstand Schmerz empfindet, nicht wahr?

DOLMANCE: Sicherlich, das ist bedeutend besser. Ich sagte es Ihnen schon: Die Reaktion, die uns stärker beeinflußt, gibt viel kräftiger und rascher den Lebensgeistern die Richtung, die sie zur Wollust brauchen. Öffnen Sie die Serails Afrikas, Asiens, Südeuropas und sehen Sie, ob die Häupter dieser berühmten Harems sich, wenn sie erregt sind, viel darum kümmern, ob sie den Wesen, die ihnen dienen, Vergnügen machen; sie befehlen, man gehorcht ihnen, sie genießen, man wagt nicht, ihnen zu antworten; sind sie befriedigt, entfernt man sich. Es gibt welche unter ihnen, die als Respektlosigkeit die Kühnheit bestrafen würden, daß man ihren Genuß teilt. Der König von Achem läßt unbarmherzig der Frau den Kopf abschlagen, die sich in seiner Gegenwart so vergessen hat, daß sie Vergnügen empfand, und sehr häufig schlägt er ihn ihr selbst ab. Dieser Despot, einer der merkwürdigsten Asiens, ist ausschließlich von Frauen bewacht; nie anders als durch Zeichen gibt er ihnen seine Befehle. Der grausamste Tod ist die Strafe derer, die ihn nicht verstehen, und die Hinrichtungen finden stets durch seine Hand oder vor seinen Augen statt.

All dies, liebe Eugenie, ist ausschließlich auf den Prinzipien begründet, die ich Ihnen entwickelt habe. Was begehrt man, wenn man genießt? Daß alles, was uns umgibt, sich nur mit uns beschäftigt, nur an uns denkt, nur uns umsorgt. Wenn die, die uns dienen, genießen, dann sind sie sehr viel mehr mit sich beschäftigt als mit uns, und unser Genuß ist folglich gestört. Es gibt keinen Mann, der nicht Despot sein will, wenn er erregt ist Es scheint, daß er weniger Vergnügen empfindet, wenn er den Eindruck hat, daß die anderen ebensoviel haben wie er. In einer Aufwallung des Stolzes, die in diesem Augenblick ganz natürlich ist, möchte er der einzige auf der Welt sein, der in der Lage ist zu empfinden, was er fühlt. Der Gedanke, einen anderen genießen zu sehen wie er, führt ihn zu einer

Art von Gleichheit zurück, die den unbeschreiblichen Reizen schadet, welche der *Despotismus* in diesem Moment empfinden läßt(1). Übrigens stimmt es nicht, daß es Vergnügen macht, wenn man anderen Vergnügen schenkt; das heißt ihnen dienen, und der Mann mit steifem Schwanz ist weit davon entfernt, den anderen nützlich sein zu wollen. Im Gegenteil, indem er Böses tut, empfindet er die ganze Lust, die ein Individuum fühlen kann, wenn es seine Kraft erprobt. Er herrscht dann, er ist *Tyrann* – welch ein Unterschied für die Eigenliebe!

Glauben wir nicht, daß sie in diesem Fall schweigt.

Der Geschlechtsakt ist eine Leidenschaft, die, wie ich zugebe, alle anderen unterordnet, sie aber zugleich zusammenfaßt. Der Wunsch, in diesem Augenblick zu herrschen, ist so stark in der Natur, daß man ihn sogar bei den Tieren wiederfindet. Seht, ob die, die in Sklaverei leben, sich so fortpflanzen wie die, die frei sind. Das Dromedar geht noch weiter: es zeugt nicht mehr, wenn es sich nicht allein glaubt. Versucht, es zu überraschen und folglich ihm einen Herrn zu zeigen, es flieht und trennt sich sofort von seiner Gefährtin. Wäre es nicht der Wille der Natur, daß der Mann die Oberherrschaft habe, hätte sie die Wesen, die bestimmt sind, ihm in diesem Augenblick zu dienen, nicht schwächer als ihn geschaffen. Diese Kraftlosigkeit, zu der die Natur die Frauen verurteilt hat, beweist unwiderlegbar, daß ihr Wille war, der Mann, der dann mehr als jemals sonst seine Macht genießt, solle diese durch alle Gewalttätigkeiten üben, die ihm gefallen, und sogar durch Quälereien, wenn er will. Wäre die Krise der Wollust eine Art von

Wut, wenn es nicht der Wille der Mutter des Menschengeschlechtes gewesen wäre, daß man den Koitus ebenso behandelt wie den Zorn? Wo ist der gut veranlagte, das heißt mit kraftvollen Organen ausgestattete Mann, der nicht den Wunsch hegt, dann auf die eine oder andere Weise seinen Partner zu schikanieren? Ich weiß wohl, daß eine Unzahl von Narren, die sich niemals über ihre Gefühle Rechenschaft gibt, die Systeme, die ich aufstelle, kaum versteht; doch was kümmern mich diese Dummköpfe! Nicht sie sind es, zu denen ich spreche. Platte Anbeter der Frauen, lasse ich sie zu Füßen ihrer unverschämten Dulcinea in Erwartung des Seufzers, der sie glücklich machen soll; niedrige Sklaven des Geschlechtes, das sie beherrschen sollten, überlasse ich sie der erbärmlichen Lust, Fesseln zu tragen, mit denen andere zu beladen die Natur ihnen das Recht gibt! Sollen diese Lebewesen dahinvegetieren in der Niedrigkeit, die sie entwürdigt, – es wäre vergeblich, wenn wir sie ermahnten! ... Doch mögen sie nicht über etwas lästern, was sie nicht verstehen, und sich überzeugen, daß diejenigen, die über Themen wie den Aufschwung einer kraftvollen Seele und ungehemmte Phantasie ihre Prinzipien aufstellen wollen, wie Sie und ich das tun, Madame, stets die einzigen sein werden, die gehört zu werden verdienen, die einzigen die ihnen Gesetze vorschreiben und Lehren geben können! …

Himmel, Arsch! Ich lade! … Rufen Sie Augustin zurück, ich bitte Sie. *(Man klingelt; er tritt ein.)* Es ist unglaublich, wie der prachtvolle Arsch dieses hübschen Jungen mir im Kopf herumgeht, seit ich rede! Meine sämtlichen Gedanken schienen sich unwillkürlich auf ihn zu beziehen. Zeige mir dieses Meisterwerk, Augustin! ... Laß es mich eine Viertelstunde lang küssen und liebkosen! Komm, Schönster, Liebster, auf daß ich mich in deinem schönen Arsch der Flammen würdig erweise, die Sodom in mir entzündet! Er hat die schönsten Arschbacken ... die weißesten! Ich möchte, daß Eugenie währenddessen auf Knien seinen Schwanz saugt! In dieser Haltung würde sie dem Chevalier ihren Hintern darbieten, er würde sie arschficken, und Madame de Saint-Ange, rittlings auf den Hüften Augustins, böte mir ihren Hintern zum Kuß. Mit einer Handvoll Ruten bewaffnet, könnte sie, wenn sie sich etwas vorbeugt, sehr gut den Chevalier peitschen, den diese anregende Zeremonie dazu brächte, unsere Schülerin nicht zu schonen. *(Man nimmt die Position ein.)* Ja, so ist es richtig, bestens Freunde. Wirklich, es ist ein Vergnügen, euch Bilder vorzuschreiben; auf der Welt gibt es keinen Künstler, der sie ausführen könnte wie ihr! ... Dieser Schurke hat einen engen Arsch ... Alles, was ich tun kann, ist, mich darin unterzubringen ... Würden Sie mir wohl erlauben, Madame, Ihr schönes Fleisch zu beißen und zu kneifen, während ich ficke?

MADAME DE SAINT-ANGE: Soviel du willst, mein Freund; doch meine Rache ist bereit; ich warne dich. Ich schwöre dir, daß ich dir bei jedem Schmerz einen Furz in den Mund fahren lasse.

DOLMANCE: Himmel, was für eine Drohung! ... Damit drängst du mich, dich anzugreifen, meine Liebe. *(Er beißt sie.)* Wir wollen sehen, ob du Wort hältst. *(Er empfängt einen Furz.)* Donnerwetter, köstlich! Köstlich! ... *(Er schlägt sie und erhält sofort einen weiteren*

Furz.) Oh, das ist himmlisch, mein Engel! Verwahre mir ein paar für den Augenblick der Krise … und sei sicher, daß ich dich dann mit aller Grausamkeit behandeln werde … mit aller Barbarei … Teufel! … Ich kann nicht mehr … Ich spritze! … *(Er beißt sie, schlägt sie, und sie hört nicht auf zu furzen.)* Siehst du, wie ich mit dir umgehe, Schurkin! … Wie ich dich zähme … Noch dies … und dies … und die letzte Beleidigung gelte dem Idol, dem ich geopfert habe! *(Er beißt in ihr Arschloch. Die Gruppe löst sich auf.)* Und ihr, was habt ihr getan, Freunde?

EUGENIE *(gibt den Samen von sich, den sie im Arsch und im Mund hat):* Ach, mein Lehrer, sehen Sie, wie Ihre Schüler mich zugerichtet haben! Ich habe den Hintern und den Mund voll Samen, und ich gebe nach allen Seiten nur Samen von mir!

DOLMANCE *(lebhaft)*: Warten Sie, ich will, daß Sie mir in den Mund geben, was der Chevalier Ihnen in den Arsch gespritzt hat.

EUGENIE *(plaziert sich)*: Was für eine Laune!

DOLMANCE: Oh, nichts schmeckt so gut wie der Samen, der aus dem Innersten eines schönen

Hintern kommt! ... Er ist ein der Götter würdiges Gericht! *(Er schluckt!)* Seht, wie ich es schätze. *(Er geht zu Augustins Arsch über, küßt ihn.)* Meine Damen, ich bitte Sie um die Erlaubnis, mit diesem jungen Mann einen Augenblick in einem Nebenzimmer zu verbringen.

MADAME DE SAINT-ANGE: Können Sie denn hier nicht alles mit ihm tun, was Sie wollen?

DOLMANCE *(leise und geheimnisvoll)*: Nein, es gibt gewisse Dinge, die unbedingt Verbergen fordern.

EUGENIE: Oh, bei Gott! Informieren Sie uns wenigstens!

MADAME DE SAINT-ANGE: Ich lasse Sie sonst nicht hinaus!

DOLMANCE: Sie wollen es wissen?

EUGENIE: Unbedingt!

DOLMANCE *(Augustin mit sich ziehend)*: Gut, meine Damen, ich will ... Aber wirklich, das kann man nicht sagen.

MADAME DE SAINT-ANGE: Gibt es denn auf der Welt eine Schlechtigkeit, die wir nicht würdig wären zu hören und auszuführen?

CHEVALIER: Komm, Schwester, ich will es dir sagen. *(Er spricht leise zu den beiden Frauen.)*

EUGENIE *(mit der Gebärde des Abscheus)*: Sie haben recht, das ist gräßlich.

MADAME DE SAINT-ANGE: Oh, ich ahnte es.

DOLMANCE: Sie sehen wohl, daß ich Ihnen diese Laune verschweigen mußte, und Sie begreifen jetzt, daß man allein und im Dunkeln sein muß, um sich derartigen Abscheulichkeiten hinzugeben.

EUGENIE: Wollen Sie, daß ich mit Ihnen gehe? Ich werde Sie wichsen, während Sie sich mit Augustin vergnügen.

DOLMANCE: Nein, nein, dies

ist eine Ehrensache und muß unter Männern vor sich gehen, eine Frau würde uns stören ... Wir sind im Augenblick wieder bei Ihnen, meine Damen. *(Er geht hinaus und zieht Augustin mit sich.)*

Sechster Dialog

MADAME DE SAINT-ANGE,
EUGENIE,
CHEVALIER

MADAME DE SAINT-ANGE: In der Tat, Bruder, dein Freund ist sehr ausschweifend.

CHEVALIER: Ich habe dich also nicht getäuscht, als ich ihn dir so schilderte.

EUGENIE: Ich bin überzeugt, daß er auf der ganzen Welt nicht seinesgleichen hat … O meine Liebe, er ist bezaubernd. Wir wollen ihn oft bei uns sehen, ich bitte dich.

MADAME DE SAINT-ANGE: Es klopft … Wer kann das sein? … Ich hatte meine Tür verboten … Es muß sehr dringend sein … Sieh nach, was es ist, Chevalier, ich bitte dich.

CHEVALIER: Ein Brief, Lafleur bringt ihn. Er ist sehr schnell weggegangen und sagte, er denke an die Befehle, die Sie gegeben hätten, doch die Angelegenheit sei ihm ebenso dringlich wie wichtig erschienen.

MADAME DE SAINT-ANGE: Oh, oh, was ist das? ... Es kommt von Ihrem Vater, Eugenie!

EUGENIE: Meinem Vater! Oh, wir sind verloren! ...

MADAME DE SAINT-ANGE: Lesen wir, ehe wir den Mut aufgeben. *(Sie liest.)*

Können Sie sich vorstellen, schönste Dame, daß meine uner-

trägliche Frau, aufgeregt über die Reise meiner Tochter zu Ihnen, in diesem Moment aufbricht, um sie wiederzuholen? Sie bildet sich alles mögliche ein ... was, selbst wenn es stimmte, in Wirklichkeit nichts Besonderes wäre. Ich bitte Sie, sie streng für diese Unverschämtheit zu bestrafen; gestern habe ich sie für eine entsprechende gezüchtigt: die Lektion hat nicht gereicht. Führen Sie sie also ordentlich hinters Licht, ich beschwöre Sie, und seien Sie versichert, daß ich mich nicht beklagen werde, soweit Sie die Dinge auch treiben ... So lange schon ist mir diese Nutte eine Last ... daß wirklich ... Sie verstehen mich? Was Sie tun werden, ist gut getan: das ist alles, was ich Ihnen sagen kann. Sie wird sehr bald nach meinem Brief eintreffen; seien Sie also wachsam. Adieu, ich möchte wohl bei Ihnen sein. Schicken Sie mir Eugenie ja nur unterrichtet zurück, ich beschwöre Sie. Ich bin einverstanden, Ihnen die erste Ernte zu überlassen, doch seien Sie versichert, daß Sie auch ein wenig für mich gearbeitet haben.

Nun, Eugenie, du siehst, daß es hier nicht viel zum Erschrecken gibt. Man muß schon sagen, das ist eine ziemlich *impertinente kleine Frau.*

EUGENIE: Die Hure! ... Oh, meine Liebe, da Papa uns eine Blankovollmacht gibt, müssen wir die Schurkin empfangen, wie sie es verdient, ich beschwöre dich!

MADAME DE SAINT-ANGE: Küß mich, mein Herz. Wie froh bin ich, dich so gesinnt zu sehen! ... Komm, beruhige dich. Ich verbürge mich dafür, daß wir sie nicht schonen werden. Du wolltest ein Opfer, Eugenie, hier hast du eins, das dir die Natur und zugleich das Schicksal schenken.

EUGENIE: Wir werden es genießen, meine Liebe, wir werden es genießen, ich schwöre es dir!

MADAME DE SAINT-ANGE: Mit welcher Ungeduld ich erwarte, wie Dolmancé diese Neuigkeit aufnimmt!

DOLMANCE *(kommt mit Augustin zurück)*: Bestens, meine Damen. Ich war nicht weit genug von Ihnen entfernt, um Sie nicht zu hören. Ich weiß alles ... Madame de Mistival erscheint in einem Augenblick, den man sich nicht besser wünschen kann ... Ich hoffe, Sie sind wirklich entschlossen, die Pläne ihres Gatten zu erfüllen?

EUGENIE *(zu Dolmancé)*: Zu erfüllen? ... Sie zu übertreffen, mein Lieber ... Oh, möge die Erde unter mir zusammenbrechen, wenn Sie mich schwach werden sehen, zu welchen Schrecken ihr diese Hure auch verurteilen mögt! ... Lieber Freund, übernimm du es, all dies zu leiten, ich bitte dich.

DOLMANCE: Lassen Sie Ihre Freundin und mich nur machen. Ihr übrigen gehorcht bloß, das ist alles, was wir von euch verlangen ... O unverschämte Kreatur! So etwas habe ich noch nie gesehen!

MADAME DE SAINT-ANGE: Das ist eine Ungeschicklichkeit!

Gut. Machen wir uns wieder etwas anständig zurecht, um sie zu empfangen?

DOLMANCE: Im Gegenteil! Vom Augenblick ihres Eintretens an darf nichts sie daran hindern, der Art und Weise sicher zu sein, wie wir für den Zeitvertreib ihrer Tochter sorgen. Wir wollen also in der größtmöglichen Unordnung sein.

MADAME DE SAINT-ANGE: Ich höre Geräusch, das ist sie! ... Komm, Eugenie, nur Mut. Denk schön an unsere Prinzipien ... Bei Gott! Was für eine köstliche Szene! ...

Siebter und letzter Dialog

MADAME DE SAINT-ANGE,
EUGENIE,
CHEVALIER,
AUGUSTIN,
DOLMANCE,
MADAME DE MISTIVAL

MADAME DE MISTIVAL *(zu Madame de Saint-Ange)*: Ich bitte Sie, mir zu verzeihen, Madame, wenn ich ohne Anmeldung bei Ihnen erscheine, aber man sagt, meine Tochter sei hier, und da ihr Alter nicht zuläßt, daß sie allein geht, bitte ich Sie, Madame, sie mir gütigst zurückzugeben und meinen Schritt nicht zu mißbilligen.

MADAME DE SAINT-ANGE: Dieser Schritt ist äußerst unhöflich, Madame. Wenn man Sie reden hört, könnte man denken, Ihre Tochter sei in schlechten Händen.

MADAME DE MISTIVAL: Nun ja, wenn man nach dem Zustand urteilt, in dem ich sie vorfinde, meine Tochter, Sie und Ihre Gesellschaft, Madame, so glaube ich, daß ich nicht ganz unrecht habe, sie hier für sehr schlecht untergebracht zu halten.

DOLMANCE: Diese Einführung ist impertinent, Madame, und ohne den Grad der Vertrautheit zwischen Ihnen und Madame de Saint-Ange zu kennen, verhehle ich Ihnen nicht, daß ich Sie an ihrer Stelle bereits aus dem Fenster hätte werfen lassen.

MADAME DE MISTIVAL: Was meinen Sie mit aus dem Fenster werfen? Merken Sie sich, mein Herr, daß man eine Frau wie mich nicht da hinauswirft! Ich weiß nicht, wer Sie sind, doch nach den Reden, die Sie halten, nach dem Zustand, in dem Sie sich befinden, ist es leicht, auf Ihre Sitten zu schließen. Eugenie, folgen Sie mir!

EUGENIE: Ich bitte um Entschuldigung, Madame, aber ich kann diese Ehre nicht haben.

MADAME DE MISTIVAL: Wie! Meine Tochter widersetzt sich mir?

DOLMANCE: Wie Sie sehen, versagt Sie Ihnen sogar ausdrücklich den Gehorsam. Ich sage Ihnen, dulden Sie das nicht. Wollen Sie, daß ich Ruten holen lasse, um dieses widerspenstige Kind zu strafen?

EUGENIE: Ich fürchte sehr, wenn sie kämen, würden sie eher Madame als mir dienen.

MADAME DE MISTIVAL: So ein impertinentes Geschöpf!

DOLMANCE *(nähert sich Madame de Mistival)*: Sachte, mein Herz, keine beleidigenden Äußerungen hier. Wir alle beschützen Eugenie, und Sie könnten Ihre Heftigkeit ihr gegenüber zu bereuen haben.

MADAME DE MISTIVAL: Wie, meine Tochter versagt mir den Gehorsam, und ich kann sie nicht die Rechte fühlen lassen, die ich über sie habe?

DOLMANCE: Und welches sind sie, diese Rechte, Madame, ich bitte Sie? Schmeicheln Sie sich Ihrer Legitimität? Als Monsieur de Mistival oder sonstwer Ihnen die Samentropfen in die Scheide spritzte, aus denen Eugenie entstand, haben Sie da an sie gedacht? Nein, nicht wahr? Nun also, welchen Dank soll sie Ihnen heute dafür wissen, daß Sie sich entluden, als Ihre widerliche

Fotze gefickt wurde? Merken Sie sich, Madame, daß es nichts Illusorischeres gibt als die Gefühle des Vaters und der Mutter für ihre Kinder und die Gefühle jener für ihre Erzeuger. Nichts begründet, nichts berechtigt solche Gefühle, die hier Brauch sind und dort verachtet, denn es gibt Länder, wo die Eltern ihre Kinder töten, und andere, in denen die Kinder die umbringen, die ihnen das Leben gegeben haben. Wären die Regungen gegenseitiger Liebe naturgegeben, wäre die Macht des Blutes kein Hirngespinst mehr, und ohne einander gesehen zu haben, ohne sich zu kennen, würden die Eltern ihre Söhne unterscheiden, anbeten, und umgekehrt würden diese inmitten der größten Menschenansammlung ihre unbekannten Väter erkennen, in ihre Arme eilen und sie verehren. Was sehen wir stattdessen? Gegenseitige und tiefverwurzelte Haßgefühle; Kinder, die noch vor der Pubertät den Anblick ihrer Väter unmöglich haben ertragen können; Väter, die ihre Kinder von sich entfernen, weil sie nie haben aushalten können, daß sie sich ihnen auch nur näherten! Diese angeblichen Regungen sind also illusorisch, absurd; einzig der Eigennutz hat sie erfunden, der Brauch sie vorgeschrieben, die Gewohnheit sie erhalten, doch die Natur hat sie nie unseren Herzen eingeprägt. Sehen Sie, ob die Tiere sie kennen; nein, zweifellos nicht; jedoch sind es immer sie, die man befragen muß, wenn man die Natur erkennen will. O ihr Väter, seid also ganz ruhig wegen der angeblichen Ungerechtigkeiten, die eure Leidenschaften oder eure Interessen auch jenen haben antun lassen, denen ein paar Tropfen eures Samens das Leben gegeben haben und die euch ganz gleichgültig sind. Ihr schuldet ihnen nichts, ihr seid auf der Welt für euch und nicht für sie. Ihr wäret schön dumm, euch zu genieren, kümmert euch um niemanden als um euch: nur für euch sollt ihr leben. Und ihr Kinder, löst euch, wenn möglich, noch mehr von jener kindlichen Pietät, deren Grundlage ein wahres Hirngespinst ist, überzeugt euch ebenfalls, daß auch ihr jenen Individuen nichts schuldet, deren Blut euch zur Welt gebracht hat. Mitleid, Dankbarkeit, Liebe, keins dieser Gefühle kommt ihnen zu. Die, die euch das Leben geschenkt haben, besitzen keinerlei Recht, sie von euch zu verlangen; sie haben für sich gearbeitet, mögen sie sich zurechtfinden. Aber die größte Dummheit wäre, ihnen Sorgfalt und Hilfe angedeihen zu lassen, die ihr ihnen in keiner Hinsicht schuldet. Dieses Gesetz schreibt euch nichts vor, und wenn ihr euch zufällig einbildet, den Antrieb dafür zu entdecken, sei es in dem, was die Gewohnheit eingibt, sei es in dem, was die moralischen Auswirkungen des Charakters inspirieren, so erstickt ohne Reue absurde Gefühle ... ortsgebundene Gefühle, Früchte klimabedingter Sitten, die die Natur verwirft und die die Natur stets verurteilt hat!

MADAME DE MISTIVAL: Wie das! Die Sorgfalt, die ich ihr habe angedeihen lassen, die Erziehung, die ich ihr gegeben habe ...

DOLMANCE: Oh, was die Sorgfalt betrifft, sie ist stets nur die Frucht des Brauches oder des Stolzes. Da Sie für sie nicht mehr getan haben, als was die Sitten des Landes vorschreiben, schuldet Eugenie Ihnen mit Sicherheit nichts. Was die Erziehung angeht, so muß sie sehr schlecht gewesen sein, denn wir sind gezwungen, hier alle Prinzipien umzukrempeln, die Sie ihr eingeprägt haben. Kein einziges ist darunter, das ihr zum Glück gereicht, kein einziges, das nicht absurd oder trügerisch wäre. Sie haben ihr von Gott erzählt, als wenn es einen gäbe; von Tugend, als ob sie notwendig wäre; von Religion, als wenn alle religiösen Kulte etwas anderes wären als das Resultat des Betruges des Stärkeren und der Dummheit der Schwächeren; von Jesus Christus, als wäre dieser Schurke etwas anderes gewesen als ein Betrüger und ein Verbrecher! Sie haben ihr gesagt, *fik-*

ken sei eine Sünde, während doch *ficken* das Wonnevollste ist, was man im Leben tun kann. Sie haben ihr Sitten vermitteln wollen, als wenn das Glück eines jungen Mädchens nicht in der Ausschweifung und der Sittenlosigkeit läge, als wenn die glücklichste aller Frauen nicht unleugbar jene wäre, die sich am meisten dem Schmutz und der Libertinage hingibt, die, die am besten allen Vorurteilen die Stirn bietet und sich am wenigsten um ihren Ruf kümmert! Sehen Sie Ihren Irrtum ein, Madame. Sie haben nichts für Ihre Tochter getan, Sie haben ihr gegenüber keine der Pflichten erfüllt, die die Natur diktiert. Eugenie schuldet Ihnen nichts als Haß.

MADAME DE MISTIVAL: Gerechter Himmel! Meine Eugenie ist verloren, es ist klar … Eugenie, liebe Eugenie, höre zum letzten Male das Flehen derjenigen, die dir das Leben geschenkt hat. Dies sind keine Befehle mehr, mein Kind, es sind Bitten. Es ist leider nur zu wahr, daß du hier bei Ungeheuern bist. Entreiße dich diesem gefährlichen Umgang und geh mit mir, ich bitte dich auf Knien darum! *(Sie fällt auf die Knie.)*

DOLMANCE: Ah! Gut! Da haben wir eine Tränenszene! ... Los, Eugenie, lassen Sie sich rühren!

EUGENIE *(halbnackt, wie man sich wohl erinnert)*: Hier, Mamachen, ich bringe Ihnen meinen Hintern ... So ist er genau in Höhe Ihres Mundes; küssen Sie ihn, mein Herz, saugen Sie ihn, das ist alles, was Eugenie für Sie tun kann ... Denke daran, Dolmancé, daß ich mich immer würdig erweisen werde, deine Schülerin zu sein.

MADAME DE MISTIVAL *(stößt Eugenie mit Entsetzen zurück)*: O Ungeheuer! Geh, ich verleugne dich für alle Zeit als meine Tochter!

EUGENIE: Setzen Sie noch Ihren Fluch hinzu, meine überaus teure Mutter, um die Angelegenheit rührender zu machen, und Sie werden mich immer ebenso gleichgültig sehen.

DOLMANCE: O langsam, langsam, Madame, hier liegt eine Beleidigung vor. Sie haben vor unseren Augen Eugenie ein wenig zu hart zurückgestoßen. Ich habe Ihnen gesagt, daß sie unter unserem Schutz steht. Dieses Verbrechen bedarf einer Strafe; haben Sie die Güte, sich ganz nackt auszuziehen, um zu empfangen, was Ihre Brutalität verdient.

MADAME DE MISTIVAL: Mich ausziehen! ...

DOLMANCE: Augustin, diene Madame als Kammerfrau, da sie Widerstand leistet. *(Augustin macht sich brutal ans Werk; Madame de Mistival verteidigt sich.)*

MADAME DE MISTIVAL *(zu Madame de Saint-Ange)*: O Himmel! Wo bin ich? Aber bedenken Sie auch, Madame, was Sie gestatten, mir bei Ihnen anzutun? Glauben Sie denn, daß ich mich über ein derartiges Vorgehen nicht beklagen werde?

MADAME DE SAINT-ANGE: Es ist nicht ganz sicher, daß Sie das können.

MADAME DE MISTIVAL: O großer Gott! Man will mich also hier töten!

DOLMANCE: Warum nicht?

MADAME DE SAINT-ANGE: Einen Moment, meine Herren. Bevor wir Ihren Augen den Körper dieser bezaubernden Schönheit zeigen, wird es gut sein, wenn ich Ihnen sage, in welchem Zustand Sie ihn sehen werden. Eugenie hat mir soeben alles ins Ohr gesagt: gestern hat ihr Mann ihr wegen ein paar kleiner häuslicher Sünden mit voller Kraft die Peitsche gegeben ... und Sie werden Arschbacken wie chinierten Taft finden.

DOLMANCE *(sobald Madame de Mistival nackt ist)*: Ah, Donnerwetter! Das ist freilich wahr! Ich glaube, ich habe noch nie einen stärker mißhandelten Körper gesehen ... Wie, zum Teufel! Aber sie hat vorn genauso viel wie hinten! ... Ein sehr schöner Arsch. *(Er küßt und betastet ihn.)*

MADAME DE MISTIVAL: Lassen Sie mich, lassen Sie mich, oder ich schreie um Hilfe!

MADAME DE SAINT-ANGE *(nähert sich ihr und faßt sie beim*

Arm): Hör zu, Hure, ich will dir endlich Bescheid sagen! ... Du bist für uns ein Opfer, das uns dein Mann selbst geschickt hat. Du mußt dein Schicksal erleiden; nichts kann dich davor schützen ... Was wird es sein? Ich weiß es nicht! Vielleicht wirst du gehenkt, gevierteilt, gepeinigt, lebendig verbrannt – die Wahl deiner Todesart hängt von deiner Tochter ab; sie ist es, die dein Urteil sprechen soll. Doch du wirst leiden, Dirne, o ja, du wirst erst hingeschlachtet, nachdem du zuvor eine Unzahl von Qualen durchgemacht hast. Deine Schreie, das sage ich dir, wären sinnlos: Man könnte in diesem Zimmerchen einen Ochsen abstechen, und sein Gebrüll würde nicht gehört. Deine Pferde, deine Leute, alle sind bereits fort. Noch einmal, meine Schöne, dein Mann erlaubt uns alles, was wir tun, und der Schritt, den du unternimmst, ist nur eine Falle, die deiner Einfältigkeit gestellt wurde und in die man, wie du siehst, nicht besser geraten konnte.

DOLMANCE: Ich hoffe, daß Madame jetzt völlig beruhigt ist.

EUGENIE: Sie derart vorzubereiten ist sicher das, was man aufmerksam behandeln nennt.

DOLMANCE *(tätschelt und klatscht immer noch ihren Hintern)*: In der Tat, Madame, man sieht, daß Sie in Madame de Saint-Ange eine gute Freundin haben ... Wo findet man heute diese Offenheit? Sie spricht zu Ihnen mit einer Wahrhaftigkeit! ... Kommen Sie, Eugenie, plazieren Sie Ihre Hinterbacken neben die Ihrer Mutter ... damit ich Ihre beiden Ärsche vergleichen kann. *(Eugenie gehorcht!)* Verflixt! Deiner ist schön, meine Liebe, aber weiß Gott, der von Mama ist auch nicht übel ... Ich muß mich einen Augenblick damit vergnügen, beide zu ficken ... Augustin, halten Sie Madame fest.

MADAME DE MISTIVAL: Gerechter Himmel! Welche Beleidigung!

DOLMANCE *(macht weiter und arschfickt zunächst die Mutter)*: *Oh,* absolut nicht, das ist völlig belanglos ... Sehen Sie, Sie haben es kaum gespürt! ... Oh, man sieht, daß Ihr Mann diesen Weg häufig benutzt hat! Jetzt du, Eugenie ... Welch ein Unterschied! ... So, nun bin ich zufrieden; ich wollte nur herumknutschen, um mich in Fahrt zu bringen ... Jetzt aber ein wenig Ordnung. Zunächst, meine Damen, Saint-Ange, Sie, und Sie, Eugenie, haben Sie die Güte, sich mit Godemichés zu bewaffnen, um dieser ehrbaren Dame sei es in die Fotze, sei es in den Arsch fürchterliche Stöße zu versetzen. Der Chevalier, Augustin und ich agieren mit unseren eigenen Gliedern und lösen Sie pünktlich ab. Ich werde beginnen, und wie Sie sich denken können, ist es wiederum Ihr Arsch, der meine Huldigung empfangen soll. Während er sich an ihr vergnügt, soll jeder das Recht haben, sie zu der Qual zu verurteilen, die ihm gut erscheint, dabei aber beachten, daß er stufenweise fortschreite, um sie nicht auf einmal umzubringen ... Augustin, tröste mich bitte, indem du mir in den Arsch fährst, weil ich gezwungen bin, diese alte Kuh zu sodomisieren. Eugenie, laß mich deinen schönen Hintern küssen, während ich den deiner Mama ficke, und Sie, Madame, kommen Sie näher, damit ich ihren betasten kann ... ihn sokratisieren ... Man muß von Ärschen umgeben sein, wenn man einen Arsch fickt.

EUGENIE: Was willst du tun, mein Freund, was willst du mit der Bübin tun? Zu was wirst du sie verurteilen, wenn du deinen Samen verlierst?

DOLMANCE *(peitscht weiter)*. Das Natürlichste von der Welt: ich werde ihr die Haare auszupfen und ihr mit Kneifen die Schenkel verwunden.

MADAME DE MISTIVAL *(bei dieser Quälerei)*: Oh, das Ungeheuer, der Verbrecher! Er verstümmelt mich! ... Gerechter Himmel! ...

DOLMANCE: Rufe ihn nicht an, Liebchen. Er wird taub gegen deine Stimme sein, wie er es bei allen Menschen ist. Noch nie hat sich der mächtige Himmel um einen Arsch gekümmert.

MADAME DE MISTIVAL: Ach, wie weh Sie mir tun!

DOLMANCE: Unglaubliche Auswirkungen der Launen des menschlichen Geistes! ... Du leidest, meine Liebe, du weinst, und ich entlade mich ... Ah! Zweifache Hure! Ich würde dich erwürgen, wollte ich das Vergnügen nicht anderen überlassen. Du bist dran, Saint-Ange. *(Madame de Saint-Ange fährt ihr mit ihrem Godemiché in Fotze und Arsch; sie versetzt ihr ein paar Faustschläge. Der Chevalier folgt, er nimmt ebenfalls die beiden Wege und ohrfeigt sie, während er sich entlädt.*

Danach kommt Augustin; er macht es ebenso und schließt mit ein paar Nasenstübern. Während dieser verschiedenen Attacken hat Dolmancé mit seinem Apparat die Ärsche aller Handelnden durchlaufen und sie mit seinen Worten angeregt.) Los, schöne Eugenie, ficken Sie Ihre Mutter, in der Fotze zuerst!

EUGENIE: Kommen Sie, schöne Mama, lassen Sie mich Ihnen als Gatte dienen. Er ist ein bißchen größer als der Ihres Gemahls, nicht, meine Liebe? Egal, er wird reingehen ... O du schreist, Mutter, du schreist, wenn deine Tochter dich fickt! ... So bin ich denn gleichzeitig Blutschänderin, Ehebrecherin, Sodomitin, und all das ist ein Mädchen, das erst heute entjungfert wurde! ... Welche Fortschritte, meine Freunde ... mit welcher Geschwindigkeit ich den dornigen Weg des Lasters durcheile! ... Oh, ich bin ein verdorbenes Mädchen! ... Ich glaube, du entlädtst dich, süße Mutter ... Dolmancé, sieh ihre Augen! ... Stimmt es nicht, daß sie sich entlädt! ... O Hure! Ich werde dich lehren, libertin zu sein ... Da! Dirne, da! *(Sie preßt und zerdrückt ihr die Brust.)* O ficke,

Dolmancé, ficke, mein süßer Freund, ich sterbe! … *(Während sie sich entlädt, versetzt Eugenie den Brüsten und den Flanken ihrer Mutter zehn oder zwölf Faustschläge.)*

MADAME DE MISTIVAL *(verliert das Bewußtsein)*: Habt Mitleid mit mir, ich beschwöre euch … ich fühle mich schlecht … Ich werde ohnmächtig … *(Madame de Saint-Ange will ihr helfen; Dolmancé hindert sie.)*

DOLMANCE: O nein, nein, lassen Sie sie in dieser Ohnmacht. Es gibt keinen wollüstigeren Anblick als eine ohnmächtige Frau.

Wir werden sie peitschen, um sie ins Leben zurückzurufen ... Eugenie, legen Sie sich auf den Leib des Opfers ... Nun werde ich erkennen, ob Sie standhaft sind. Chevalier, ficken Sie sie an der Brust ihrer ohnmächtigen Mutter, und sie soll uns wichsen, Augustin und mich, jeden mit einer Hand, und Sie, Saint-Ange, wichsen Sie sie, während man sie fickt.

CHEVALIER: Wirklich, Dolmancé, was Sie uns tun heißen, ist schrecklich; damit beleidigen Sie gleichzeitig die Natur, den Himmel und die heiligsten Gesetze der Menschheit.

DOLMANCE: Nichts amüsiert mich so wie die gediegenen Ausbrüche der Tugend des Chevaliers. Wo zum Teufel findet er in all dem, was wir tun, die geringste Beleidigung der Natur, des Himmels und der Menschheit? Mein Freund, von der Natur haben die Wüstlinge die Prinzipien, die sie in die Tat umsetzen. Ich habe dir tausendmal gesagt, daß die Natur, die zur vollkommenen Erhaltung ihres Gleichgewichts bald Laster, bald Tugenden braucht, uns jeweils die Regung eingibt, die ihr notwendig ist. Wir tun also nichts Böses, wenn wir uns solchen Regungen hingeben, wie man sich diese auch immer denken mag. Was den Himmel betrifft, lieber Chevalier, so höre doch bitte auf, seinen Einfluß zu fürchten: eine einzige Triebkraft handelt im Universum, und diese Triebkraft ist die Natur. Die Wunder, oder besser die physischen Effekte dieser Mutter des Menschengeschlechtes, von den Menschen in verschiedener Weise gedeutet, sind von ihnen unter Formen vergöttlicht worden, deren eine merkwürdiger ist als die andere. Betrüger und Intriganten haben, die Leichtgläubigkeit von ihresgleichen mißbrauchend, ihre lächerlichen Hirngespinste verbreitet, und das nennt der Chevalier Himmel, das fürchtet er zu beleidigen! … Die Gesetze der Menschlichkeit, so sagt er noch, werden durch die Albernheiten verletzt, die wir uns erlauben! Lerne doch ein für allemal, einfältiger und kleinmütiger Mensch, daß das, was die Narren Menschlichkeit nennen, nichts als eine Schwäche ist, die aus der Furcht und dem Egoismus hervorgeht; daß diese trügerische Tugend, die nur die schwachen Menschen bindet, denen fremd ist, deren Charakter der Stoizismus, der Mut und die Philosophie formen. Handle also, Chevalier, handle ohne jede Furcht. Wir könnten diese Nutte ganz und gar vernichten, und es wäre nicht ein Anflug von Verbrechen daran. Der Mensch kann keine Verbrechen begehen. Während sie ihm den unwiderstehlichen Wunsch einprägte, solche auszuführen, hat die Natur es verstanden, klug die Handlungen davon zu trennen, die ihre Gesetze stören könnten. Geh, Freund, du kannst sicher sein, daß alles übrige erlaubt ist und daß sie nicht so unvernünftig war, uns die

Macht zu geben, sie zu beunruhigen oder aus dem Gang zu bringen. Würde sie uns, blinden Werkzeugen ihrer Inspirationen, befehlen, das Universum in Brand zu setzen, so bestünde das einzige Verbrechen darin, sich diesem Befehl zu widersetzen, und alle Verbrecher der Welt sind nur ausführende Organe ihrer Launen ... Los, Eugenie, nehmen Sie Ihren Platz ein ... Aber was sehe ich! ... Sie erblaßt! ...

EUGENIE *(legt sich auf ihre Mutter)*: Ich erblassen! Bei Gott! Sie werden schon sehen, daß ich das nicht tue! *(Die Szene läuft ab;*

Madame de Mistival ist immer noch ohnmächtig. Nachdem der Chevalier sich entladen hat, löst die Gruppe sich auf.)

DOLMANCE: Wie, die Dirne ist immer noch nicht zu sich gekommen? Ruten! Ruten! ... Augustin, lauf schnell und hol mir eine Handvoll Dornen aus dem Garten. *(In der Zwischenzeit ohrfeigt er sie und gibt ihr Nasenstüber.)* Oh, ich glaube wirklich, sie ist tot: nichts schlägt an.

EUGENIE *(mißlaunig)*: Tot! Tot! Was, ich sollte diesen Sommer Trauer tragen, und ich habe mir so hübsche Kleider machen lassen!

MADAME DE SAINT-ANGE *(bricht in Lachen aus)*: Oh, so ein kleines Ungeheuer! ...

DOLMANCE *(nimmt Augustin, der zurückkommt, die Dornen ab)*: Wir wollen sehen, welche Wirkung dieses letzte Mittel tut. Eugenie, saugen Sie meinen Schwanz, während ich mich bemühe, Ihnen wieder eine Mutter zu geben, und Augustin soll mir die Schläge vergelten, die ich austeile. Ich wäre nicht böse, Chevalier, wenn ich dich deine Schwester arschficken sähe. Du plazierst dich so, daß ich während der Operation deinen Hintern küssen kann.

CHEVALIER: Gehorchen wir, da es keine Möglichkeit gibt, diesen Ruchlosen davon zu überzeugen, das alles, was er uns tun heißt, entsetzlich ist. *(Das Bild setzt sich zusammen. Während Madame de Mistival gepeitscht wird, kehrt sie ins Leben zurück.)*

DOLMANCE: Nun, seht ihr die Wirkung meiner Medizin? Ich habe euch ja gesagt, daß sie sicher ist.

MADAME DE MISTIVAL *(öffnet die Augen)*: O Himmel, warum ruft man mich aus dem Schoß des Grabes zurück? Warum mich den Schrecken des Lebens wiedergeben?

DOLMANCE *(geißelt weiter)*: Ja nun, Mütterchen, weil noch nicht alles erledigt ist. Müssen Sie nicht noch Ihr Urteil hören? ... Muß es nicht exekutiert werden? ... Kommen Sie, versammeln wir uns um das Opfer, es soll inmitten des Kreises niederknien und zitternd vernehmen, was ihm verkündet wird. Beginnen Sie, Madame de Saint-Ange. *(Die folgenden Urteilssprüche fallen, während die Handelnden weiterhin in Aktion sind.)*

MADAME DE SAINT-ANGE: Ich verdamme sie dazu, gehenkt zu werden.

CHEVALIER: Wie bei den Chinesen in vierundzwanzigtausend Stücke geschnitten.

AUGUSTIN: Und ich, ich finde, sie verdient, lebendig zerrissen zu werden.

EUGENIE: Meine schöne kleine Mama soll mit Schwefelfäden gespickt werden, und ich übernehme es, sie einzeln anzuzünden. *(Hier löst sich die Gruppe auf.)*

DOLMANCE *(kaltblütig)*: Nun, meine Freunde, in meiner Eigenschaft als euer Lehrer mildere ich das Urteil. Doch der Unterschied zwischen meinem Spruch und dem euren ist, daß eure Entscheidungen nur Ergebnisse einer bösen Mystifikation waren, während meine sich erfüllen wird. Ich habe unten einen Diener, ausgestattet mit einem der vielleicht schönsten Glieder, die sich in der Natur finden lassen, doch es sondert Schleim ab und wird von der fürchterlichsten Syphilis zerfressen, die man je auf der Welt gesehen hat. Ich werde ihn heraufkommen lassen. Er wird sein Gift in die beiden Zugänge zur Natur dieser teuren und liebenswerten Dame spritzen, damit sich die Hure, solange die Auswirkungen dieser grausamen Krankheit andauern, daran erinnert, daß sie ihre Tochter nicht stören soll, wenn sie sich ficken läßt. *(Alles klatscht Beifall; man läßt den Diener kommen. Dolmancé zum Diener).* Lapierre, ficken Sie diese Frau, sie ist außerordentlich gesund. Dieser Akt kann Sie heilen. Es gibt Beispiele für dieses Mittel.

LAPIERRE. Vor allen, Herr?

DOLMANCE: Hast du Angst, deinen Schwanz zu zeigen?

LAPIERRE. Meiner Treu, nein! Denn er ist sehr schön ... Kommen Sie, Madame, haben Sie bitte die Güte, sich hinzuhalten!

MADAME DE MISTIVAL: Gerechter Himmel, welch furchtbares Urteil!

EUGENIE: Das ist besser als sterben, Mama. Wenigstens kann ich meine hübschen Sommerkleider tragen.

DOLMANCE: Amüsieren wir uns in der Zwischenzeit. Ich würde sagen, wir sollten uns alle geißeln: Madame de Saint-Ange prügelt Lapierre, damit er Madame de Mistival feste fickt; ich prügle Madame de Saint-Ange, Augustin prügelt mich, Eugenie prügelt Augustin und wird selbst heftig vom Chevalier gepeitscht.

(All dies findet statt. Nachdem Lapierre die Fotze gefickt hat, befiehlt ihm sein Herr, den Arsch zu ficken, und er tut es. Dolmancé, nachdem alles vorbei ist). Hier hast du zehn Louis. Bei Gott, das ist eine Impfung, wie Tronchin sie sein Leben lang nicht gemacht hat!

MADAME DE SAINT-ANGE: Ich glaube, es ist jetzt sehr wesentlich, daß das Gift, das in Madames Adern kreist, keinen Ausweg finden kann. Daher muß Eugenie Ihnen sorgfältig die Fotze und den Arsch zunähen, damit der giftige Saft, stärker konzentriert, schneller Ihre Knochen verdorren läßt.

EUGENIE: Ausgezeichnet! Los, los, Nadeln, Faden! ... Spreizen Sie die Beine, Madame, damit ich Sie zunähen kann, damit Sie mir weder Brüder noch Schwestern mehr schenken. *(Madame de Saint-Ange gibt Eugenie eine große Nadel, an der ein dicker roter gewachster Faden hängt; Eugenie näht.)*

MADAME DE MISTIVAL: O Himmel! Welcher Schmerz!

DOLMANCE *(lacht wie verrückt)*. Donnerwetter! Die Idee ist ausgezeichnet; sie macht dir

Ehre, meine Liebe; mir wäre sie nie gekommen.

EUGENIE *(sticht ihr ab und zu in die Schamlippen, innen in die Fotze und manchmal in den Bauch und in den Hügel)*: Das ist gar nichts, Mama! Ich probiere nur meine Nadel.

CHEVALIER: Die kleine Hure wird sie blutig stechen!

DOLMANCE *(läßt sich angesichts des Vorgangs von Madame de Saint-Ange wichsen)*: O Himmel! Wie diese Ausschweifung mich erregt! Eugenie, machen Sie mehr Stiche, damit es besser hält.

EUGENIE: Ich mache über zweihundert, wenn es sein muß ... Chevalier, wichsen Sie mich, während ich arbeite.

CHEVALIER *(gehorcht)*: So ein verworfenes kleines Frauenzimmer ist noch nie dagewesen.

EUGENIE *(sehr erregt)*: Keine Beleidigungen, Chevalier, oder ich steche Sie! Seien Sie damit zufrieden, mich richtig zu kitzeln. Ein bißchen am Arsch, mein Engel, ich bitte dich; hast du denn nur eine Hand? Ich sehe nichts mehr, ich werde die Stiche kreuz und quer machen ... Hier, seht, wohin sich meine Nadel verirrt ...

bis zu den Schenkeln, der Brust ... Himmel, Arsch! Welche Wonne! ...

MADAME DE MISTIVAL: Du zerfetzt mich, Ruchlose! ... Wie ich mich schäme, dir das Leben geschenkt zu haben!

EUGENIE: Komm, sei friedlich, Mamachen, wir sind fertig.

DOLMANCE *(verläßt mit steifem Schwanz die Hände von Madame de Saint-Ange)*: Eugenie, überlaß mir den Arsch, das ist mein Fach.

MADAME DE SAINT-ANGE: Du bist zu erregt, Dolmancé, du wirst sie martern.

DOLMANCE: Was macht das? Haben wir nicht die schriftliche Erlaubnis dazu? *(Er legt sie auf den Bauch, ergreift die Nadel und beginnt, ihr das Arschloch zuzunähen).*

MADAME DE MISTIVAL *(schreit wie wahnsinnig)*: Au! Au! Au!

DOLMANCE *(sticht ihr die Nadel sehr tief ins Fleisch)*: Bist du wohl still, Dirne, oder ich mache dir die Arschbacken zu Brei ... Eugenie, wichs mich! ...

EUGENIE: Ja, aber unter der Bedingung, daß Sie heftiger zustechen, denn Sie müssen zugeben, daß sie sie zu sehr schonen *(Sie wichst ihn.)*

MADAME DE SAINT-ANGE: Bearbeiten Sie doch diese dicken Hinterbacken ein bißchen!

DOLMANCE: Geduld, gleich werde ich sie spicken wie einen Ochsenbraten. Du vergißt, was du gelernt hast, Eugenie, du bedeckst meinen Schwanz!

EUGENIE: Das kommt, weil die Schmerzen dieser Hure meine Phantasie so erregen, daß ich nicht mehr weiß, was ich tue.

DOLMANCE: Heiliger Herrgott! Ich fange an, den Kopf zu verlieren! Saint-Ange, Augustin soll dich vor meinen Augen arschficken, ich bitte dich, während dein Bruder deine Fotze vögelt; und laßt mich vor allem Ärsche sehen – dieser Anblick wird mich fertigmachen. *(Er sticht in die Arschbacken, während die Szene, die er befohlen hat, sich anordnet.)* Hier, teure Mama, da hast du den … und nun noch den! … *(Er sticht sie an mehr als zwanzig Stellen.)*

MADAME DE MISTIVAL: Oh, Verzeihung, mein Herr, tausend- und aber tausendmal Verzeihung, Sie bringen mich um! …

DOLMANCE *(wirr vor Lust)*:

Ich möchte es ... Lange habe ich nicht mehr so schön geladen; ich hätte das nach so vielen Orgasmen nicht für möglich gehalten.

MADAME DE SAINT-ANGE *(nimmt die verlangte Haltung ein)*: Sind wir so richtig, Dolmancé?

DOLMANCE: Augustin soll sich etwas nach rechts drehen, ich sehe den Arsch nicht genug. Er soll sich vorbeugen: ich will das Loch sehen.

EUGENIE: Oh, zum Teufel, die Spitzbübin ist blutüberströmt!

DOLMANCE: Das ist nicht schlimm. Also, seid ihr anderen

bereit? Ich jedenfalls werde in einem Augenblick die Wunden, die ich gemacht habe, mit dem Balsam des Lebens benetzen.

MADAME DE SAINT-ANGE: Ja, ja, mein Herz, ich spritze ... Wir kommen zugleich mit dir ans Ziel.

DOLMANCE *(der seine Operation beendet hat, vervielfacht seine Stiche in den Hintern des Opfers, während er sich entlädt)*: Ah! Dreifachgeficktergott! Mein Samen fließt ... er verliert sich, beim Himmel! ... Eugenie, leite ihn doch über den Hintern, den ich martere ... Himmel, Arsch und

Zwirn! Es ist vorbei ... ich kann nicht mehr! ... Warum muß auf solch starke Leidenschaften Schwäche folgen?

MADAME DE SAINT-ANGE: Ficke! Fick mich, Bruder, ich spritze! ... *(Zu Augustin)*. Rege dich doch, Hansfick! Weißt du denn nicht, daß man, wenn ich mich entlade, am tiefsten in meinen Arsch eindringen muß? ... O heiliger Gott, wie angenehm es ist, so von zwei Männern gefickt zu werden! *(Die Gruppe löst sich auf.)*

DOLMANCE: Nun ist alles erledigt. *(Zu Madame de Mistival)*.

Du kannst dich wieder anziehen, Hure, und du kannst jetzt gehen, wann du willst. Du musst wissen, daß uns dein Gatte selbst alles gestattet hat, was wir getan haben. Wir haben es dir gesagt, aber du hast es nicht geglaubt. Hier, lies den Beweis. *(Er zeigt ihr den Brief.)* Das soll dich daran erinnern, daß deine Tochter alt genug ist, zu tun, was sie will; daß sie gerne fickt, daß sie zum Ficken geboren ist und daß es, wenn du nicht selbst gefickt werden willst, das beste ist, sie gewähren zu lassen. Geh! Der Chevalier wird dich nach Hause bringen. Verabschiede dich, Hure! Knie nieder vor deiner Tochter und bitte sie um Verzeihung für dein widerliches Benehmen ihr gegenüber ... Eugenie, versetzen Sie Ihrer Frau Mutter zwei Ohrfeigen, und wenn sie auf der Schwelle ist, befördern Sie sie mit harten Tritten in den Arsch hinüber. *(All das findet statt.)* Adieu, Chevalier. Ficke nicht unterwegs die Dame, denke daran, daß sie zugenäht ist und die Syphilis hat. *(Nachdem der Chevalier und Madame de Mistival abgegangen sind).* Wir, meine Freunde, wollen uns nun zu Tisch begeben und dann alle vier in ein

Bett. Das war ein wunderbarer Tag. Ich esse niemals besser, ich schlafe niemals friedlicher, als wenn ich mich tagsüber ausreichend mit dem befleckt habe, was die Dummköpfe Verbrechen nennen.